Wesergold
Ein Krimi zwischen Bremen und Rotenburg

Titelabbildung: Ingrid Krause, www.schaedelmaedel.de

1. Auflage 2018

Copyright © Edition Falkenberg, Bremen
ISBN 978-3-95494-177-3
www.edition-falkenberg.de

Katrin Steengrafe
Dieter Grohnfeldt

Wesergold

Ein Krimi zwischen
Bremen und Rotenburg

Wümme Krimis, Band 4

Edition Falkenberg

Prolog
Montag, 1. März, 07:45 Uhr | Curt-Launstein-Straße 35

Helmut Bumbke stand auf dem kleinen Balkon seiner Dreizimmerwohnung in Osterholz und rauchte eine Selbstgedrehte. Im Grunde hätte er dafür nicht rausgehen müssen. Es gab nach dem Tod seiner Frau niemanden mehr, der sich über den Zigarettenqualm in der kleinen Wohnung aufregen würde. Doch als Renate vor ein paar Jahren starb, hatte er sich bereits an das Rauchen auf dem Balkon gewöhnt und bis heute beibehalten.

Etwa dreißig Minuten zuvor war er vom Geräusch eines Diesels vor seinem Wohnzimmerfenster beim Frühstück gestört worden. Neugierig hatte er sein übliches Schwarzbrot mit Hausmacherwurst, den Sahnejogurt und den Ostfriesentee (mit einer Löffelspitze Honig) stehen lassen und war auf den Balkon gegangen.

Büschen frisch, dachte er sich, als er im Freien stand. Er trug nur seinen »Kellersmoking« (so hatte Renate das immer genannt), den er zum Werkeln im Keller anzog: ein blütenweißes Feinripphemd mit halbem Arm, dazu die abgetragene und etwas zu weite braune Hose, die er nicht mehr bügelte und die ausgeleierten Hosenträger.

Ohne eine wärmende Jacke stand er nun da, rauchte eine vorgezogene Frühstücksabschlusszigarette und beobachtete mit den Augen eines Profis, wie eine Handvoll Männer einen hektisch am Lenkrad drehenden und den Motor traktierenden Lkw-Fahrer lautstark auf Polnisch anfeuerte. Dieser versuchte derweil ergebnislos, seinen mitten auf der großen Wiese zwischen den Blocks festgefahrenen und mit Gerüstteilen völlig überladenen Siebeneinhalbtonner freizubekommen. Dabei gruben sich die Zwillingsreifen des schweren Fahrzeugs immer tiefer in den aufgeweichten Untergrund.

»So wird das doch nichts, ihr Witzfiguren«, wollte er ihnen zurufen, und es juckte ihn in den Fingern, helfend einzugreifen. Immerhin kannte er sich bestens mit großen Fahrzeugen und schwierigen Verhältnissen auf Baustellen aus.

Er nahm einen letzten Zug von der Selbstgedrehten, inhalierte tief und blies den Rauch schräg nach oben durch die kleine Lücke am rechten oberen Eckzahn. Dann drückte er den Stummel sorgfältig im

Aschenbecher aus, den er unauffällig im Blumenkasten zwischen der Winterbepflanzung deponiert hatte.

»Die sollen mal nicht so viel herumschreien und hier im Matsch wühlen, sondern die Ladung runternehmen. Aber dann müssten sie die ja zwölf Meter weiter tragen«, grunzte er missmutig. Er spuckte noch einen Tabakkrümel über den Rand des Balkons und begab sich wieder in die Wärme seines Wohnzimmers.

Dort blieb er kurz vor der Anrichte stehen, lächelte dem Bild seiner verstorbenen Frau zu und sagte: »Renate, meine Liebe, das wird noch lustig. Erst überraschen sie uns mit dieser sinnlosen und teuren energetischen Sanierung, dann sollen wir, so Husch-Husch, in zwei Wochen die Keller und Dachböden räumen, obwohl wir drei Monate vorher informiert werden müssten. Und nun schicken sie uns solche Spezialisten, die uns die Botanik umgraben. Was meinst du? Die haben doch nicht mehr alle beisammen, oder?«

Als er sich im kleinen holzvertäfelten Esszimmer (im Stil der Vorarlberger Almromantik) wieder an den Tisch setzen und das unterbrochene Frühstück fortsetzen wollte, stellte er fest, dass sein Tee kalt geworden war. Also goss er sich aus der Kanne nach, aß sein Brot auf und löffelte den Rest Jogurt aus dem Becher.

Er zog an der Kette seiner Marlboro Taschenuhr, die ihn schon Jahrzehnte begleitete. Zuverlässig und mit einem leisen Klick sprang der Deckel auf. Während er die Uhr mit ein paar Umdrehungen der Krone aufzog, hielt er wie üblich Zwiesprache mit seiner Frau: »Wird Zeit, dass ich an die Werkbank komme, Renate. Ich werde mir dieses Drama da draußen gewiss nicht mehr mit ansehen.«

Ein wenig missmutig ging er in die Küche, um sich einen Pott heißen Tee mit runter an die Werkbank zu nehmen. Als er kurz aus dem Fenster schaute, sah er mehrere Arbeiter, die am gegenüberliegenden Block ein Gerüst anbrachten. Gleichzeitig fiel ihm erneut das merkwürdige Treiben in der ehemaligen Wohnung von Marie Kellermann im ersten Stock auf, die vor gut drei Monaten ins Seniorenheim umgezogen war. Nachdem die Wohnung mindestens drei Wochen lang durch intensive Maler- und Sanitärarbeiten modernisiert worden war, hatte er noch keine Vermietungsanzeige gesehen. Stattdessen wurden dort offensichtlich Unmengen von großen Kisten und Kartons gestapelt, so dass man den Eindruck bekam, es wäre ein Warenlager. Manchmal erschien ein Mann in den Vierzigern mit fettigen dunklen Haaren auf dem Balkon, doch hatte man nicht den Eindruck, dass er dort dauerhaft wohnte. Gerade eben schloss er die Balkontür von innen und rückte einen großen Karton vor die Tür, in dem eine Gefrierkombination Platz gehabt hätte.

Helmut Bumbke beobachtete ihn dabei vom Küchenfenster aus, in der einen Hand die Teekanne, in der anderen den Teepott. Was er sah, machte ihn nachdenklich. »Renate, sag mir mal bitte«, murmelte er, »was zum Henker geht da eigentlich vor …?«

Sonntag, 07.03., später Vormittag | Schwachhausen/Bürgerpark

Nach einem langen, verregneten Winter kündigte sich in Norddeutschland langsam, aber unübersehbar der Frühling an.

Wurde auch Zeit, hieß es überall, da alle von den vielen Niederschlägen die Nase voll und nicht wenige Menschen sich in der Zeit nach Kälte und Schnee gesehnt hatten. Das Wetter wurde immer extremer; nur wenige Jahre zuvor hatte es hier oben einen so strengen Winter gegeben, dass in vielen Städten das Streusalz ausgegangen und Wege und Straßen nahezu unpassierbar geworden waren.

In Bremen hatte das zu einer öffentlichen Diskussion über die mangelnde Organisation der Streudienste geführt, und die Zeitungen waren voll von Berichten über Stürze jeglicher Art. Zu allem Überfluss waren in den Jahren zuvor in einigen Bereichen der Innenstadt Stahlschienen zur Abdeckung kleiner Ablaufrinnen montiert worden, die durch den Dauerfrost zu gefährlichen Parcours geworden waren und den Bürgern zum Teil schlimme Brüche beschert hatten. Bremen schien in dieser Angelegenheit nicht weit von Schilda zu liegen.

Doch nun, Anfang März, wurde das Wetter endlich frühlingshaft. Ein Rest unerwarteten Schnees im Februar war nach und nach weggetaut und hatte Platz für die ersten Krokusse gemacht. An diesem Sonntag schien eine milde Frühjahrssonne und lockte am späten Vormittag schon etliche Menschen ins Freie.

»Ob die Tiere wohl schon draußen sind?« Aufgeregt lief die Kleine in Richtung Tiergehege des Bürgerparks. Rieke Senger folgte ihr mit gemäßigtem Tempo an der Seite ihres Freundes Ben, der seinen Arm um ihre Schulter gelegt hatte.

»Marie, da vorne über die kleine Brücke müssen wir …!« Ben konnte mit seinem Zuruf gerade noch verhindern, dass Marie die verkehrte Richtung nahm. Sofort änderte die Kleine ihren Kurs, ohne das Tempo zu verringern.

»Ben, und w e n n die Tiere draußen sind, w e l c h e sind denn dann draußen?« Sie rief ihm zu, ohne sich umzudrehen.

»Ich weiß es nicht, Marie. Es soll aber Ziegen geben, Enten, Gänse, einen Esel … ganz viele Meerschweinchen …«

»… und ein Alpaka aus Südamerika«, ergänzte Rieke.

»Marie, schau dich mal um, ob du nicht auch die Pfauen findest. Es gibt hier zwei Männchen, die frei herumlaufen«, rief Ben der Kleinen hinterher, die schon fast das erste Gehege erreicht hatte.

Riekes Handy klingelte. Seufzend zog sie es aus der Manteltasche.

»Bitte keine Leichen am Sonntag«, murmelte sie, doch ihre Sorge schien angesichts der angezeigten Nummer unnötig zu sein.

»Hallo? … Ja, es hat alles gut geklappt, Marie war gut drauf! … Wo wir gerade sind? Im Bürgerpark, bei den Tieren. Wolltet ihr sie gleich abholen? … Ja, das passt, bis dahin sind wir wieder zu Hause. Dann bis nachher!« Sie unterbrach die Verbindung und steckte das Handy zurück in die Tasche.

Ben drehte sich zu ihr. »Und, kommen sie gleich?«

»Carmen sagt, sie brauchen ungefähr eine Stunde, weil sie noch Oma Elli abholen und in Bremen absetzen. Elli hat eine Verabredung mit ihrer Freundin, und, stell dir vor, die will Elli mit zum Pokern nehmen!«

Ben grinste. »Je oller, je doller! Elli ist echt klasse.«

»Was ist Pokern?« Marie war neugierig geworden.

»Das ist ein Kartenspiel«, erklärte Rieke.

»Wie Pferdequartett?«

Ben verkniff sich das Lachen. »Nein, ganz anders. Man spielt es zu fünft, und manche spielen es auch um Geld.«

»Ich hab auch Geld in meiner Spardose. Kann ich auch Poker damit spielen?«

»Nee, lass man, Marie. Man sollte nie um Geld spielen, es gibt Leute, die alles dabei verlieren.«

»Verliert Oma Elli denn auch alles, wenn sie das heute spielt?«, Marie ließ nicht locker.

»Das wird sie sicher nicht, dazu ist Oma Elli viel zu vernünftig«, beruhigte Rieke sie. Ganz sicher war sie aber nicht; Elli Brandt, die Adoptivoma der Familie Schütte, liebte alles, was ein Abenteuer versprach und hatte sich damit schon in die ungewöhnlichsten Situationen manövriert.

Rieke sah auf ihre Armbanduhr. In einer halben Stunde mussten sie sich auf den Weg machen, um rechtzeitig zu Hause zu sein. Sie freute sich darauf, ihre beste Freundin und deren Mann zu sehen, auch wenn sie es fast ein wenig bedauerte, Marie wieder an die Eltern zu übergeben. Ihr Blick fiel auf Ben, der mit einer Engelsgeduld auf die sich immer wiederholenden Fragen ihres Gastkindes einging. Ihm schien das zu gefallen, vielleicht sollten sie sich langsam wirklich mal überlegen, ob sie nicht auch …

»Schnell, Rieke! Guck mal!« Maries Zeigefinger deutete auf einen Mann und eine Frau, die sich schweigend gegenüberstanden und gleichzeitig mit den Armen langsame Bewegungen vollzogen.

»Was machen die da, Rieke?« Da sie nun einem kleinen Mädchen erklären musste, was Tai Chi bedeutet, blieb Rieke für tiefergehende Gedanken hinsichtlich eigener Kinderwünsche keine Zeit. Aber aufgeschoben war ja nicht aufgehoben.

Montag, 08.03., zu Dienstbeginn | Polizeipräsidium Bremen

Zum Wochenbeginn genoss Andreas Neuhoff die Fahrt mit dem Fahrrad durch die Kurt-Schumacher-Allee zu seiner Dienststelle in der ehemaligen Kaserne in der Vahr.

Hannah und er hatten doch tatsächlich in den Pappeln vor ihrer Wohnung am frühen Morgen einen Vogel zwitschern gehört, was ihn jetzt dazu inspirierte, ein Frühlingslied nach dem anderen zu pfeifen. Erfreut nahm er zur Kenntnis, dass sich auf den Grünflächen die ersten Krokusse ans Licht drängten.

Nach kurzer Zeit bog er rechts in die Straße In der Vahr ein und gleich wieder rechts in die Einfahrt zum Parkplatz des Polizeihauses, wo er die Fahrradständer ansteuerte. Während er sein Rad anschloss, kam mit quietschenden Bremsen ein weiteres Fahrrad neben ihm zum Stehen. Erstaunt blickte er auf und erkannte seine Kollegin Rieke Senger.

»Moin!«, tönte es forsch durch einen Schal, den sie sich vor die Mundpartie gebunden hatte.

Er grinste. »Wenn ich nicht wüsste, dass du Polizistin bist, könnte ich dich glatt für jemanden halten, der gerade eine Bank ausgenommen hat …«

Rieke schälte sich aus dem Schal. »Ist mir noch zu kalt im Gesicht«, erklärte sie und fügte nur scheinbar ernst hinzu: »Hängt natürlich auch vom Tempo ab, mit dem man fährt …«

Neuhoff schlug ihr freundschaftlich auf die Schulter. »Komm du erst mal in mein Alter, dann sprechen wir uns wieder!«

»Kein Problem«, lautete die Antwort, während Rieke ihr Rad abschloss und die Satteltasche abnahm. »Glücklicherweise haben wir bis dahin ja auch noch so genug zu besprechen, zum Beispiel den Fall, an dem ich letzte Woche saß, während du frei hattest«, beschloss sie das Geplänkel.

Zehn Minuten später saßen beide mit einem Becher Kaffee ausgestattet einträchtig in ihrem gemeinsamen Büro und sichteten die Fotos ihres aktuellen Mordfalles.

»Nur soviel, sie hat sich ziemlich gewehrt, bevor man ihr die Luft abgedrückt hat.« Rieke deutete auf das erste Foto »Aber ob sie wirklich zu bedauern ist? Lange hätte sie's eh nicht mehr gemacht, sieh dir mal die Arme und Beine an.«

Andreas Neuhoff folgte dem Fingerzeig seiner Kollegin. Die Tote war bis auf einen festgezurrten Gürtel um ihren Hals vollständig nackt. Der geöffnete Mund zeigte ein ungepflegtes Gebiss, Arme und Beine wiesen zahlreiche schlecht verheilte Einstiche auf. In der linken Leistenbeuge befand sich ein Abszess.

»So jung und dann so ein Wrack«, entfuhr es Neuhoff. »Kennst du ihre persönlichen Daten?«

»Diana Litschko, zweiundzwanzig Jahre alt, hier gemeldet. War offenbar auf Droge, sicher auch Prostituierte. Neben ihrem Bett lag ein gebrauchtes Kondom …«

»Todesursache eindeutig geklärt?«

»Der Gürtel da um ihren Hals.« Sie reichte ihm ein anderes Foto. »Sie hat in Sebaldsbrück gewohnt, hier, sieh mal.« Auf dem Bild war die Wohnung der Toten zu sehen. Wenn der Eindruck nicht täuschte, bestand sie offenbar nur aus einem großen Zimmer, das wahllos möbliert und ziemlich verdreckt war. Neben dem Bett lag eine leere Flasche Spumante Sekt und mehrere zerdrückte Dosen Bier.

»Lebte sie alleine?«

»Wissen wir alles noch nicht genau. Im Schrank befanden sich auch ein paar Männerklamotten und im Bad Rasierzeug und so'n Kram, aber gemeldet ist da niemand außer ihr.« Sie fuhr fort: » Wir haben jede Menge Spuren, Haare, Fingerabdrücke gefunden. Und das hier!« Triumphierend hielt sie ein weiteres Foto in die Luft. »Eine Kette mit einem Löwen als Sternzeichen, so wie es früher mal Mode war.«

Sie griff nach einem weiteren Bild. »Hier, die Rückseite von dem Kettenanhänger hat eine Gravur; ist polnisch und heißt ›Für Marek‹.«

Neuhoff sah sie verständnislos an. »Und das reicht dir, um zu wissen, dass es nicht ihre ist?«

»Erstens hielt sie die Kette in der geschlossenen Faust, zweitens ist sie kaputt, was nahe legt, dass sie jemandem vom Hals gerissen worden ist, und drittens ist es nicht ihr Sternzeichen. Und noch was: Während wir die Spuren gesichert haben, tauchte ein junger Mann auf.« Sie suchte nach ihrem Notizblock. »Warte mal, gleich habe ich es. Ah, hier ist er ja. Daniel Hertel, dreiundzwanzig Jahre alt, scheinbar ihr Freund.«

»Dann gehörten ihm also die Sachen?«

»Sieht so aus. Allerdings ergab die Befragung der Nachbarn, dass sie immer wieder Kerle bei sich hatte. Als Verdächtiger scheidet Hertel aber aus, er hat die letzte Zeit gesessen und kam direkt aus der U-Haft in die Wohnung.«

»Weswegen war er dort?«

»Typische Drogendelikte. Diesmal waren es Diebstähle. Hat immer ein gutes Händchen für wertvolle Sachen gehabt, warum auch immer. Manchmal sah es so aus, als wenn er einen Auftraggeber hätte, das ließ sich aber nicht nachweisen.«

Das Telefon klingelte. Rieke ging ran, während Neuhoff sich eingehend mit den Unterlagen beschäftigte. Kurz darauf beendete Rieke das Telefonat.

»Um es kurz zu machen, Andreas, ich bin schon ein ganzes Stück vorangekommen. Diana Litschko hatte eine Stammkneipe in der Nähe ihrer Wohnung. Dort hat sie auch ihre Kunden abgeschleppt. Ich habe eine ziemlich gute Beschreibung, mit wem sie an dem Abend die Kneipe verlassen hat. Gemeinsam mit den Spuren, die wir haben, dürfte es nicht allzu lange dauern, bis wir den Typ gefunden haben, wenn die DNA nichts bringt.«

Neuhoff nickte und legte die Unterlagen beiseite. Ihm fiel etwas ein: »Bevor ich es vergesse: Hannah wird euch noch anrufen: Sie hat Sonntag in zwei Wochen Geburtstag und wollte Ben und dich zum Brunch einladen.«

»Ich muss fragen, ob Ben Dienst hat oder nicht. Kommendes Wochenende hat er frei, da sind wir Sonntag in Rotenburg bei den Schüttes zum Essen eingeladen als Dankeschön, dass wir am Wochenende Marie zu uns genommen haben …«

Neuhoff war die Familie nicht unbekannt; Carmen Schütte war eine wichtige Mordzeugin in Rieke Sengers erstem Bremer Fall gewesen, und die beiden Frauen hatten sich in der Zeit danach immer enger angefreundet.

»Haben die immer noch diese quirlige Adoptivoma? Wie hieß sie noch gleich …?«

Rieke lächelte. »Elli Brandt. Ja, die wohnt immer noch in dieser Service-Wohnanlage bei der Rotenburger Stadtkirche. Es geht ihr übrigens wieder richtig gut.«

»Keine Folgen mehr von dem Unfall letztes Jahr?«

»Nee, ist alles verheilt. Im Nachhinein muss man sagen, dass der Unfall das Beste war, was ihr passieren konnte, sie hat durch die Frau, die damals den Wagen fuhr, inzwischen einen neuen Freundeskreis. Stell dir vor, sie lernt pokern!«

»Ich wusste es, sie ist immer für eine Überraschung gut!«, lachte Neuhoff. »Wie alt ist denn die Lütte von Schüttes inzwischen?«

»Marie wird sechs und kommt dieses Jahr in die Schule.«

Neuhoff schüttelte den Kopf. »Sechs Jahre! Wie die Zeit vergeht! Na dann hattet ihr ja sicher ein abwechslungsreiches Wochenende mit Kind …«

»Das kann man wohl sagen. Ben hat die ganze Zeit versucht, Marie beizubringen, wie sie durch ihre obere Zahnlücke pfeifen kann …« Unvermittelt wurde Riekes Gesichtsausdruck traurig.

»Was ist los mit dir?« Neuhoff war ihre Veränderung nicht entgangen.

Sie räusperte sich. »Ich hab wieder so schlimm geträumt; immer dasselbe Schema: Ich laufe und suche Auswege und verzweifle immer mehr. Ich frage mich, wann das endlich aufhört!«

Beide schwiegen einen Moment. Riekes Träume hatten begonnen, nachdem sie bei den Ermittlungen zu einem Mordfall vor zwei Jahren fast ums Leben gekommen war. Neuhoff und sie hatten damals den Mord an dem längst pensionierten Betriebsratsvorsitzenden einer ehemaligen Bremer Werft untersucht. Durch einen Zufall war Rieke schließlich dem Täter auf die Spur und dabei gefährlich nahe gekommen, was sie fast das Leben gekostet hatte. Ihre Rettung konnte man als glückliche Fügung bezeichnen, da auch diese ein Ergebnis der Verkettung mehrerer Zufälle war. Anschließend hatte sie eine lange Zeit und viele Gespräche gebraucht, um diese Erfahrung zu verarbeiten. Geblieben waren ständig wiederkehrende Träume.

Es klopfte an der Tür, und ohne eine Antwort abzuwarten steckte Kurt Michaelis, ihr Kollege von der Spurensicherung, seinen Kopf durch die Tür. »Hallo ihr beiden, ist der Autopsiebericht von der kleinen Drogentoten da?«

Rieke winkte ihn zu sich und reichte ihm wortlos den Bericht aus der Akte. Michaelis überflog ihn und gab ihn ihr zurück. »Genauso, wie es auf den ersten Blick aussah; mit dem Gürtel umgebracht, wobei sie ziemlich neben der Spur gewesen sein muss mit dem ganzen Alkohol und den Drogen im Blut. Seid ihr schon weiter?«

Rieke berichtete ihm das, was sie auch Neuhoff mitgeteilt hatte.

»Na dann bist du ja bald damit durch.« Er wandte sich zur Tür, drehte sich aber plötzlich nochmal zu ihnen um. »Vielleicht ganz gut so, wer weiß, wann ihr gebraucht werdet. Das Theater am Goetheplatz hat nämlich eine Bombendrohung erhalten!«

Er hielt einen Moment lang inne, offensichtlich die Verblüffung seiner Kollegen genießend. Dann fuhr er fort: »Irgend so ein intellektueller Scheißer hat die Bibel neu erfunden, und dazu gibt es scheinbar noch szenische Darstellungen, vermutlich ein bisschen schweinisch. Erst sollte das im Packhaustheater im Schnoor stattfinden. Aufgrund der großen Nachfrage sind sie dann aber rüber zum Goetheplatz. Tja, und nun haben sie den Salat.«

»Und, Kurt, schon Karten bestellt? Immerhin, so'n bisschen was Nacktes und denn noch biblisch … Da kann man doch mit gutem Gewissen hin!« Rieke konnte es nicht lassen. Kurt Michaelis, seines Zeichens fantastischer Spurenermittler, prima Kollege, aber nerviger Womanizer mit permanenten Annährungsversuchen ihr und anderen Frauen gegenüber, provozierte die Zicke in ihr. Auf gewisse Weise beeindruckte sie das sogar, denn das gelang wahrlich nicht jedem.

»Rieke, das habe ich auch schon überlegt. Aber wenn du den Abend mit mir essen gehst, kann ich gut und gerne drauf verzichten«, konterte Michaelis, unbeeindruckt von ihrer Spitze.

Rieke strahlte ihn an. »Tolle Idee, Kurt!«

Neuhoff sah irritiert von seinen Unterlagen auf in ihre und Kurts Richtung.

»Ich muss nur noch Ben fragen, wann er Zeit hat!«

»Ich wusste, die Sache hat einen Haken.« Michaelis tat zerknirscht. »Treue Frau, Superfreund, da komm ich nicht gegen an. Also dann doch Karten für schweinische, äh, szenische Bibeltexte. Macht's gut Freunde, ich werde berichten.« Scheinbar niedergeschlagen schloss er die Tür hinter sich.

Die Ermittlungen im Fall der ermordeten Drogenabhängigen verliefen so zügig wie vermutet. Die Hinweise aus der Kneipe sowie die zahlreichen Spuren hatten zu einer Sanierungsbaustelle in Osterholz geführt, auf der ein Großteil der eingesetzten Arbeiter aus Polen stammte. Neuhoff und Rieke hatten akribisch jeden von ihnen befragt und die Kette vorgezeigt. Zunächst ernteten sie nur Schulterzucken und Kopfschütteln, bis schließlich ein deutschsprechender Arbeiter, der Ärger befürchtete, den entscheidenden Hinweis gab. Die Verhaftung des mutmaßlichen Täters war dann nur noch eine Sache von Minuten. Sie mussten ihn nur noch vom Gerüst pflücken. Alles Weitere war Routine. Der Mann gestand in gebrochenem Deutsch, mit Diana Litschko in ihre Wohnung gegangen zu sein. Beide waren erheblich angetrunken und versuchten, im Bett noch das Beste daraus zu machen. Der Gürtel um Litschkos Hals war Teil eines gefährlichen Liebesspiels gewesen, über das sie in Streit gerieten. An den Rest konnte oder wollte sich der Mann nicht mehr erinnern. Deswegen warteten sie nun ungeduldig auf die Analysen der Gewebeproben, die man unter den Nägeln der Toten gefunden hatte. Sollten die Ergebnisse den Täter endgültig überführen, konnte der Fall mit großer Wahrscheinlichkeit als aufgeklärt betrachtet werden. Lediglich eine Sache bereitete ihnen noch Unbehagen: Daniel Hertel, der Freund der Toten, schien wie vom Erdboden verschluckt zu sein.

Die Drohung gegen das Theater hatte ebenfalls nur kurz für Aufregung gesorgt. Gerade, als Rieke in ihren leeren Kaffeebecher schaute, kam der Anruf eines Kollegen. Er berichtete ihr, dass man problemlos die E-Mail des Verfassers hatte zurückverfolgen können. Eine Streife sei schon auf dem Weg, ihn zur Befragung abzuholen.

Rieke war das alles ein wenig schnell gegangen. Wie die Ruhe vor dem Sturm, dachte sie, und sie sollte recht behalten.

Der Nieselregen passte genau zu der Stimmung, in der sich Helmut Bumbke gerade befand, als er frustriert und mit einem Klotz Ärger im Bauch aus dem Fenster seines Alpenstübchens schaute.

»Nun sieh dir das an, Renate. Das ist doch einfach ungeheuerlich«, sagte er leise. »Aber die Idee mit dem Fotografieren ist nicht schlecht. Ich will nur noch eben das Handy aufladen.«

Er ging in die Küche und steckte das Ladekabel seines neuen Smartphones in die Steckdose. Dann goss er sich den Rest Tee vom Frühstück ein und gab die Löffelspitze Honig dazu. Beim Umrühren stellte er sich ans Küchenfenster und betrachtete das Chaos, das sich in den letzten neun Tagen zwischen den Häusern gebildet hatte.

Plötzlich, keine Armeslänge von seinem Gesicht entfernt, tauchten die dreckigen Arbeitsschuhe des Bauarbeiters mit der grünen Weste auf dem Gerüstbrett direkt vor dem Fenster auf. Bumbke spürte unbändige Lust, diesem rücksichtslosen Kerl, den er Grünweste getauft hatte, einfach die Beine unter dem Hintern wegzuziehen. Gerade dieser »Kollege« war ihm mehrmals unangenehm aufgefallen.

Bumbke hatte sein ganzes Leben auf Baustellen verbracht, hatte hunderte von richtig guten Kollegen kennengelernt und mit ihnen gearbeitet. Er war in der Gewerkschaft und hatte Freunde bei der Berufsgenossenschaft, aber so eine Baustelle und solche Handwerker hatte er noch nie erlebt. Niemals in den mehr als fünfundvierzig Jahren seines Berufslebens.

Am letzten Freitag, gleich zu Bürobeginn, hatte Bumbke versucht, bei seinem Vermieter, der *Mieterparadies* in Bremen, eine Beschwerde über die unzumutbaren Zustände und Gefahren auf dieser Baustelle loszuwerden. Der Sachbearbeiter Wessel war jedoch fortwährend »außer Haus« und die Sekretärin nicht sonderlich interessiert. Aber sie wolle es weitergeben, versprach sie. Bumbke wartete vergeblich auf den Rückruf.

Montagmorgen, also gestern, hatte er daraufhin mit seinem Freund Karl von der Berufsgenossenschaft telefoniert und ihm die katastrophale Situation und die daraus resultierende Gefährdung der Mieter vor Ort geschildert. Karl meinte jedoch, dass die BG nur eingreife, wenn

Kollegen am Bau direkt betroffen wären. Für Mieterprobleme sei er nicht zuständig.

»Tja, denn … Grüß Helga schön von mir«, hatte Bumbke sich enttäuscht verabschiedet und die Telefonnummer der Gewerkschaft herausgesucht.

Aber auch dort wurde er von der Kollegin, die er von früher noch kannte und die immer wieder sagte: »Das ist ja schrecklich, Helmut«, am Ende abgewiesen.

»Aber, Helmut, ruf mich doch bitte an, wenn es etwas Neues gibt. Ich schau dann mal, wo wir uns einklinken können«, bot sie an. Bumbke hörte aus ihrem Tonfall heraus, dass sie nur höflich sein wollte.

»Zuständig sollte doch das Bauordnungsamt sein, oder?«, riet sie noch.

»Ich versuche es da. Danke für den Tipp. Immerhin geht es hier ja um die Einhaltung der Verkehrssicherungspflicht.«

Nach mehreren erfolglosen Versuchen, am Montagnachmittag den Zuständigen beim Bauordnungsamt zu erreichen, wurde er heute Morgen endlich an den Sachbearbeiter Jens Kettler durchgestellt. Bumbke saß derweil mit seinem Pott Tee am Esstisch, einen Block mit Notizen und einen angespitzten Bleistift vor sich, und versuchte, Kettler die Situation telefonisch zu erklären.

»Sie machen sich offensichtlich keine Vorstellung von dem, was hier los ist, Herr Kettler«, sagte Bumbke, um Ruhe bemüht. »Nicht nur, dass die Gerüste nicht ordnungsgemäß aufgestellt sind und manche Spindelfüße von den viel zu dünnen Unterlagsbohlen abzurutschen drohen. Die haben nach dem Regen auf dem matschigen Untergrund eh kaum Halt. Es sind auch Teile des Gerüsts nach der Sicherheitsprüfung nicht freigegeben worden. Aber die gut sichtbar angebrachten Sperrschilder scheinen den Arbeitern völlig egal zu sein …«

»Ja, gut. Aber was sollen wir nun damit zu tun haben, Herr Bumbke?«, unterbrach Kettler etwas unwirsch.

»Wie bitte?«, fragte Bumbke verdutzt.

»Wir sind nicht zuständig, Herr Bumbke. Ganz einfach.«

»Herr Kettler, hier werden Schutt und Eisenteile vom Dach geworfen, ohne dass die Gefahrenstelle vorher abgesperrt wurde! Kabel und Schrott liegen überall auf den Wegen und den Wiesen verstreut. Auch alte Dachlatten mit Nägeln nach oben, zum Teil von Laub überdeckt. Um Himmels Willen, Herr Kettler, hier laufen jeden Tag viele alte Menschen und Kinder herum. Da besteht doch große Unfall- und Verletzungsgefahr!« Bumbke wurde langsam sauer, blieb nach außen hin aber noch immer ruhig. Er nahm einen Schluck Tee, bevor er fortfuhr. »Vorne am Weg steht ein Container, der überfüllt ist mit Schutt und Leisten, wobei einige der Leisten mit offen herausstehenden Nägeln in Augenhöhe bis in den Fußweg ragen. Im Dunkeln sieht das keiner, und man könnte sich ein Auge ausstechen«, berichtete Bumbke weiter.

Als er Luft holte, wurde er wieder von Kettler unterbrochen, der fragte: »Wo steht der Container genau?«

»Direkt am Fußweg, der zwischen dem Parkplatz und dem Nachbarblock vorbeiführt«, erklärte Bumbke und zeichnete automatisch eine Planskizze auf seinen Block.

»Ein öffentlicher Parkplatz?«

»Ein Anwohnerparkplatz.«

»Steht also ein Schild dort mit dem Hinweis ›Nur für Anwohner‹?«, fragte Kettler gelangweilt.

»Richtig. Steht da.«

»Dann sind wir nicht zuständig.«

»Aber nun hören Sie mal, Herr Kettler«, erwiderte Bumbke. Er konnte kaum noch seinen Ärger verbergen. »Wir haben hier einen konkreten Fall eines Verstoßes gegen die Verkehrssicherungspflicht. Da müssen Sie doch zumindest mal …«

»Wir müssen und werden gar nichts, Herr Bumbke. Wir sind, ich sage es nochmals, nicht zuständig«, entgegnete Kettler stur.

»Ja, aber warum denn nicht?«

»Weil es sich hier um eine Baustelle auf Privatgrund handelt. Zuständig sind da die Eigentümer, beziehungsweise der Bauleiter.«

»Aber die Verkehrssicherungspflicht …«, versuchte Bumbke einen neuen Anlauf.

»Sicher, Herr Bumbke. Aber wir sind nur für Baustellen auf öffentlichem Grund zuständig. Nicht auf Privatgelände. Tut mir Leid.«

»Ja, und was soll ich jetzt machen? Das kann doch nicht so weitergehen, und die Wohnungsgesellschaft reagiert nicht auf meine Beschwerde …« Die Spitze seines Bleistifts brach ab, als Bumbke ein dickes Ausrufezeichen auf seinen Block malte.

»Erstatten Sie doch einfach Anzeige.«

»Anzeige …«, wiederholte Bumbke leise.

»Ja. Machen Sie ein paar Bilder und erstatten Sie Anzeige.« Kettler war hörbar genervt. »Und nun, Herr Bumbke, würde ich gerne weiterarbeiten. Wir als Behörde können Ihnen in diesem Fall nicht weiterhelfen. Ich wünsche Ihnen weiterhin viel Erfolg. Guten Tag …«

Bevor Bumbke noch etwas sagen konnte, hatte Kettler bereits aufgelegt.

»86 Prozent Ladung, das muss reichen«, dachte Bumbke, als er anschließend sein Handy einschaltete. Er entschied sich, zur Tarnung seine alte dunkelgrüne Arbeitsjacke mit dem Aufdruck »Henkel Bau- und Landmaschinen« und das abgetragene schwarze Bikercap, mit dem Namen »Helmut« auf der Stirn aus dem Schrank zu holen. Zuletzt hatte er es vor ein paar Wochen getragen, als er in seiner alten Firma wieder einmal ausgeholfen hatte. Hier wäre er mit der Jacke und der Mütze ein Arbeiter unter Arbeitern. Keiner würde groß auf ihn achten, wenn er auf der Baustelle herumstromerte, »Kollegen« anlächelte, mit dem einen oder anderen ein paar Worte wechselte und unauffällig ein paar Fotos mit seinem Handy machte.

Gleich im Hauseingang traf Bumbke ein dickes Mörtelstück an der Schulter, das zwischen Hauswand und Gerüst vom Dach gefallen war.

»He! Kollege! Was soll der Scheiß! Pass mal besser auf!«, brüllte er erschrocken nach oben. Keine Antwort, nur ein Schaben und Kratzen. Zack! Noch ein Stück Mörtel klatschte ihm vor die Füße.

»He! Hörst du nicht? Lass den Scheiß!«

»Zamknij pysk, idioto!«, kam von es oben. Bumbkes Polnisch war nicht fließend, aber den Ausdruck kannte er: Halt's Maul.

»Ty głupi dupku!«, kramte er aus seinem spärlichen Baustellensprachschatz. Du blöder Hund!

Bumbke trat einen Schritt vor und machte gleich das erste Foto. Vor ihm steckten senkrecht zwei gut eineinhalb Meter lange Schneeschutzgitter wie Speere im Rasen, die jemand vorhin vom Dach geworfen hatte. Überall lagen kleine Mörtelstücke und Dachlatten mit herausstehenden Nägeln auf der Wiese und den Wegen vor dem Haus; genauso, wie er es dem Sachbearbeiter des Bauordnungsamtes berichtet hatte. Auch davon machte er eine Aufnahme. Das dritte Foto machte er vom Gerüst am Eingang seines Hauses und den drei Arbeitern, die auf dem Dach über der dritten Etage Steine aus der Wand herausschlugen. Sie beachteten ihn nicht und ließen weiter den Schutt einfach herunterfallen.

Seine Handykamera kam auf der anderen Seite des Blocks dann richtig zum Einsatz. Ein Vorarbeiter mit weißem Helm stand gestikulierend auf der Wiese, ein Handy am Ohr, und dirigierte lautstark die Arbeiter am Gerüst wie ein Choreograf seine Tänzer. Rund um ihn herum lagen hunderte von weißen Dämmplatten verstreut und bildeten eine bizarre Adaption von Caspar David Friedrichs *Eismeer*.

Bumbke betrachtete missmutig das bunte Treiben. Als dann jedoch Latten und Holzbretter durch ein Fenster im dritten Stock des Gebäudes geschoben wurden und sich nach freiem Flug auf dem Rasen vor dem Hauseingang und auf dem Weg verteilten, schluckte er trocken und betätigte den Auslöser. Die Arbeiter, die dort herumliefen und Material am Gerüst hochreichten, schienen nicht sonderlich beeindruckt, als nur wenige Handbreit entfernt die Reste der Holzverschläge aus dem Dachgeschoss an ihnen vorbeisegelten und senkrecht im Rasen stecken blieben.

»Stell dir mal vor, wenn jetzt die alte Frau Schuhknecht aus der zweiten Etage aus dem Haus tritt.«

Bumbke zuckte zusammen und nahm das Handy herunter, mit dem er fleißig Bild auf Bild gemacht hatte. Robert Ackermann, sein guter Freund und langjähriger Nachbar, stand vor ihm.

»Robert, du Socke. Musst du mich so erschrecken?«

»Nervös? Tja, ich wollte gerade mal eben rumschauen, da sah ich dich um die Ecke schleichen. In Montur, wie es aussieht. Musst du arbeiten?«

»Nö. Aber ich will mich hier mal umsehen und gucken, was so läuft. Das sind vielleicht ein paar Flitztüten, sag ich dir.« Bumbke erzählte von seinem Erlebnis im Hauseingang.

»Sach … Dann haben die wohl das B-Team hier angekarrt«, kommentierte Robert Ackermann trocken.

»Denke ich auch, Robert. Wöchentliche Barauszahlung. Containervilla. Brutto für Netto.«

»Und Polen, sagst du?«

»Zumindest die, die da oben über meinem Eingang herumpfuschen.«

»Die Firma heißt Kaczmarek Bautenschutz. Ich möchte mal wissen, wer …«

Hinter ihnen knirschten schwere Arbeitsstiefel auf Mörtelresten. Bumbke drehte sich um und sah den Arbeiter mit der grünen Weste, der noch vorhin vor seinem Küchenfenster gestanden hatte, auf sie zukommen. Er rauchte eine Zigarette und schaute ihn mit halb geschlossenen Augen an. Noch drei Schritte, dachte Bumbke. Ackermann ging automatisch einen Schritt zurück und positionierte sich leicht hinter seinen Freund.

»Karol, przestań. Chodź do góry«, rief jemand vom oberen Gerüst. Abrupt blieb Grünweste stehen und zog an der Zigarette, während er Bumbke und Ackermann weiter anstarrte. Dann ging er zum Gerüst, schwang sich auf die untere Planke und stieg über eine Leiter nach oben.

»Was war das denn?«, flüsterte Ackermann halblaut.

»Keine Ahnung. Aber ich fürchte, wir werden es noch erfahren.« Bumbke war kein Kind von Traurigkeit und wusste sich auf Baustellen zu behaupten. Aber vor solchen Typen hatte sogar er Respekt.

»Ich komm besser mal mit, Helmut, damit du mir hier nicht allein herumkasperst und verloren gehst«, bot Ackermann an. Bumbke nickte nur. Er fischte sich eine Selbstgedrehte aus der Brusttasche seiner Jacke und raspelte ein Streichholz an einer zerknitterten Schachtel an. Als der Rauch endlich seine Lungen erreichte, fühlte er sich besser.

»Komm. Gehen wir«, sagte er und setzte sich in Bewegung.

»Mann, Mann. Was die hier aus der Anlage gemacht haben … Kriegst ja das Heulen.« Ackermann schüttelte missbilligend den Kopf.

»Allerdings. Das ist keine energetische Sanierung, das ist eine ener-
gische Ramponierung«, pflichtete Bumbke ihm bei.

»Wohl wahr, Helmut. Schlimm ist es ja erst geworden, seit diese
Mieterparadies die Anlage übernommen hat. Wir müssen eine Unmenge
Geld für Gartenpflege bezahlen, aber ich hab hier noch nie jemanden
entdeckt, außer so zwei- oder dreimal im Jahr den Rasenmäher.«

»Ich hab mir die Nebenkostenabrechnungen angesehen, Robert.
Aber die wollen wohl die Belege nicht herausrücken. Seit Monaten
schreibe ich deswegen immer wieder an die Gesellschaft. Aber der Sachbearbeiter reagiert einfach nicht und lässt sich am Telefon verleugnen.«
Bumbke äffte die Stimme der Sekretärin nach und sagte: »Der Herr
Wessel ist außer Haus … Der Herr Wessel ist in einer Besprechung …
Herr Wessel ruft zurück …« Mit normaler Stimme brummte er hinzu-
fügend: »Als sie dann einmal sagte ›Herr Wessel ist bei Gericht‹, sagte
ich spontan – ›gewiss nicht zum letzten Mal. Das verspreche ich Ihnen‹.«

Bumbke und Ackermann tasteten sich vorsichtig über den herum-
liegenden Schutt und Schrott durch die weitläufige Wohnanlage.

»Damals haben die Gesellschaften noch richtig großzügig gebaut«,
sagte Ackermann, als sie um die nächste Hausecke gingen. »Heute
sind das mehr so Kaninchenställe in engen Straßen. Allein auf dieser
Wiese würden die heute noch eine Reihe exklusiver Doppelhäuser
reinquetschen.«

»Wie drüben am Park«, lachte Bumbke. »Da schauen die aus den
oberen Etagen vom Balkon den Leuten direkt auf die Terrasse. Wenn
denen beim Grillen mal das Salz ausgeht, können die von oben eine
Tasse voll an der Leine direkt auf den Tisch runterlassen.«

»Jo. Dieses Quartier ist noch so richtig familienfreundlich und mit
Sinn für Raum angelegt. Wo findet man das heute noch?«

Sie setzten sich auf eine Bank an einer Sandkiste, von denen es
mehrere zwischen den fünf Blocks gab.

»Du bist ja erst später zugezogen, aber ich erinnere mich noch, wie
das alles noch neu war. Anfangs mussten wir sogar über Bretter in die
Häuser, weil die Eingangsstufen fehlten. Als Margot und ich die ersten
Koffer in die Wohnung stellten, war der Maler in der Nachbarwohnung
noch gar nicht fertig.«

»Seitdem haben wir alle zehn Jahre eine neue Gesellschaft bekommen.«

»Dann haben die hier jetzt Halbzeit.«

»Und wir bekommen wegen der energetischen Sanierung eine satte Mieterhöhung, Robert.«

»Sind es bei dir auch 100 Euro im Monat?«

»103 und ein paar Zerquetschte.«

Schweigend saßen sie auf der Bank und sahen den geschäftigen Arbeitern auf den Gerüsten zu.

»Moin, ihr Rumtreiber!« Hannelore Walther, wie immer mit einer Einkaufstasche in jeder Hand, kam auf dem Weg hinter dem Haus hervor. »Was macht ihr denn hier bei dem Wetter? Hat Margot dich wieder vor die Tür gesetzt, Robert?«

»Nö. Ich wollt so mal an die frische Luft.«

»Den ganzen weiten Weg bis zu mir …«, verriet Bumbke. Ackermann guckte seinen Freund enttäuscht an und zog kopfschüttelnd die Nase kraus.

»Sach mal, Helmut, ist das eigentlich so üblich, was die hier machen?«, fragte Hannelore.

»Nee. Weiß Gott nicht. Aber ich bin am Ball.«

»Ich finde das ja gut, dass sich wenigstens einer kümmert. Hättest du nicht bei diesem Wessel Einspruch wegen des Termins eingelegt … Wohin hätten wir denn in den paar Tagen zwischen Ankündigung und Baubeginn die ganzen Sachen vom Dachboden und den Kellern lassen sollen? Und wie hätte ich das denn allein schaffen sollen?«

»Räumen Sie bis Freitag nächster Woche alle Dachböden und Kellerräume leer, damit die Dämmarbeiten ohne Verzögerung durchgeführt werden können. Nicht fristgerecht geräumte Verschläge und Mieterboxen werden durch eine von uns beauftragte Spezialfirma geräumt und das Räumgut entsorgt«, zitierte Ackermann aus einem Schreiben der *Mieterparadies*.

»Einfach war das ja nicht«, antwortete Bumbke. »Ich musste diesem Wessel erst einmal die Vorschriften klar machen, dass die nicht so holterdipolter mit einer so umfangreichen Aktion hier bei uns einfallen können. Die gesetzliche Frist sind drei Monate Vorlauf.«

»Na, ich will jetzt mal vor zum Markt. Macht's mal gut, ihr beiden. Und grüß Margot schön, Robert.«

»Mach ich, Hannelore«, antwortet Ackermann. Als sie hinter einem Stapel Dämmplatten verschwand, fragte er leise: »Schafft sie das mit der Mieterhöhung?«

»Weiß nicht. Aber wo soll sie denn hin? So ein Umzug kostet doch auch ein paar Tausender. Mal ganz zu schweigen von der Kaution für die neue Wohnung, Renovierung der zwei Wohnungen, das Zeug, das sie dann nicht unterbringen kann, kleinere Wohnung für das gleiche Geld in einer Gegend, die sie nicht kennt …«

Der Nieselregen hatte schon vor einer Weile aufgehört. Bumbke stand auf und holte sein Handy aus der Tasche.

»Ich geh noch mal bis zur 21 vor und mache ein paar Bilder. Kommst du mit?«

Ackermann schaute auf seine Uhr. »Nein. Ich muss wieder hoch. Willst du nachher zum Mittag nachkommen? Margot macht Kartoffelauflauf mit Brokkoli. Wir könnten auch einen kleinen Doornkaat zusammen nehmen.« Ackermann schmatzte mit den Lippen.

»Nein, danke. Ich muss noch ein paar Sachen regeln und telefonieren.«

»Na denn. Sieh zu …« Ackermann hob leicht die Hand und drehte sich um.

»Sieh zu …«, sagte Bumbke und schaute Ackermann hinterher. Der schlurfte langsam den Gehweg entlang und kickte alle paar Schritte kleine Steinchen und Mörtelreste mit dem Fuß vom Weg.

Bumbke war gerade zwei Schritte gegangen, als ein metallener Sturmhaken, der vor der Sanierung an den Balkontüren angeschraubt gewesen war, direkt vor seinen Füßen auf den Fußweg prallte. Er musste aus großer Höhe gekommen sein, denn er hüpfte noch zweimal weiter, bevor er still und unschuldig auf dem Rasen liegen blieb. Heruntergefallen vom Gerüst war er nicht; dafür war er zu weit vom Haus entfernt. Also gezielt geworfen. Bumbke schaute sich um und suchte das Gerüst ab. An der äußersten Ecke am Dach sah er ein kleines Stück einer grünen Arbeitsweste.

Nach dreißig Minuten hatte Bumbke genug gesehen und fotografiert. Er beschloss, ab jetzt jeden Tag durch die Anlage zu gehen und die Fortschritte der Sanierung und die Unordnung dieser Baustelle zu dokumentieren. Man weiß ja nie, wozu das gut ist, dachte er.

Er bog auf den Weg vor seinem Block um die Ecke ein und prallte beinahe mit Grünweste zusammen. Der andere war nicht so groß wie Bumbke, aber jünger, offensichtlich stark und durchaus bereit, diese Kraft auch einzusetzen. Bumbke blieb stehen. Grünweste auch. Sie schauten sich an.

»Was?«, fragte Bumbke, nun ganz im vertrauten Baustellenjargon. Grünweste stand nur da, beobachtete und sagte nichts.

Bumbke, daran gewöhnt, auf Baustellen auch mal das Kommando zu übernehmen, ging einen halben Schritt auf Grünweste zu, zeigte mit dem Finger auf eine der vielen nicht richtig platzierten Grundplatten der Gerüstfüße und herrschte ihn an:

»Bist du für diese Schlamperei zuständig?«, er wartete einen genau berechneten Bruchteil einer Sekunde und fügte ein ironisches »Kolega« hinzu.

Grünweste stand nur da, schaute und schwieg. Dann spuckte er aus, grinste dümmlich und wandte sich ab. Bumbke atmete innerlich auf. So einen Stress brauchte er nicht. Immerhin war er Rentner, und seine Zeit auf dem Bau war Vergangenheit. Er wollte nur noch nach oben. Tee trinken. Mit einer Löffelspitze Honig. Die Bilder ansehen. Und eine Mail an diesen Wessel schreiben.

Als er an der Kette zog und auf seine alte Marlboro-Taschenuhr schaute, war es fünf vor zwölf. Wie passend, dachte er.

Mittwoch, 10.03., mittags | Polizeipräsidium Bremen
Rieke Senger hatte ihre langen Beine unter dem Schreibtisch ausgestreckt und sich den Bericht der Pathologie vorgenommen. Danach waren die Gewebespuren unter Diana Litschkos Fingernägeln eindeutig dem Täter zuzuordnen, aber der hatte ja ohnehin gestanden.

»Ich bräuchte mal eine Computerbrille«, brummte Neuhoff, der ihr gegenüber saß und mit Augen wie ein lichtempfindlicher Maulwurf seinen Bildschirm anblinzelte.

»Möchte zu gerne wissen, wo der Daniel Hertel abgeblieben ist«, überging sie Neuhoffs Sehprobleme und fuhr fort: »Ich hatte ihm gesagt, er solle sich zur Verfügung halten, als er aus der Wohnung der Litschko gegangen ist. Und nun weiß ich nicht, wo er steckt.«

»Wo ist er denn gemeldet? Bei ihr in Sebaldsbrück war das doch nicht, oder?«

»Nein, in Bremerhaven, bei seinen Eltern. Die haben aber gesagt, sie hätten schon länger keinen Kontakt mehr. Sind nicht gut auf ihren Sohn zu sprechen, die beiden.« Sie schloss die Akte. »Ach was soll's, ist ja auch egal, der Fall ist klar. Und von daher …«

Ihr fiel etwas ein. »Übrigens klappt das mit Hannahs Geburtstag, ich habe mit Ben gesprochen. Und noch was: Diesen Freitag würde ich gerne Überstunden abbummeln, ok?«

Neuhoff nickte. »Geht klar. Darf man fragen, ob was Besonderes anliegt?«

»Ja, in der Tat. Carmen hat einen Gutschein bekommen für einen Besuch in der Therme eines Hotels in Rotenburg und mich gefragt, ob ich mitkomme.«

»Wie heißt das Hotel denn?«

Sie überlegte. »Irgendwas mit einem Vogel, Fasanenhof oder so ähnlich. Muss schon etwas Besonderes sein, der Laden, wie ich sie verstanden hab. Und die Therme wohl auch.« Sie sah raus aus dem Fenster, wo sich bei sinkenden Temperaturen in den letzten Tagen eine dichte Wolkendecke aufgebaut hatte. »Scheinbar eine gute Entscheidung, wenn ich das Wetter so sehe.«

Neuhoff sah ebenfalls hinaus. Vor nicht allzu langer Zeit hätte ihn der trostlose Bremer Himmel genauso genervt wie seine Kollegin. Doch dann war Hannah unverhofft in sein Leben getreten und mit ihr eine völlig neue Gefühlslage. Er brauchte nur an sie zu denken und augenblicklich entstand in ihm eine wohlige Zufriedenheit, die aus tiefer Dankbarkeit und Liebe gegenüber seiner Frau und dem Leben mit ihr resultierte. Er lächelte. »Denn mal viel Spaß, Rieke! Und es heißt übrigens Wachtelhof.«

Freitag, 12.03., später Vormittag | Rotenburg an der Wümme

Das Wetter schien die Norddeutschen daran erinnern zu wollen, dass ein paar Frühjahrsblüher noch lange keinen Frühling machten. Die Temperaturen sanken innerhalb kurzer Zeit bis knapp über den Gefrierpunkt, und es wehte ein eisiger Ostwind.

Rieke saß eigemummelt in ihre Daunenjacke auf einem Fensterplatz im Metronom Richtung Hamburg und freute sich auf das Treffen mit ihrer Freundin in Rotenburg. Der Zug hatte Bremen schon verlassen und befand sich im niedersächsischen Umland. Schade, alles grau in grau, dachte Rieke bedauernd, die als Ostfriesin aus der Krummhörn dem flachen Land grundsätzlich sehr verbunden war. Aber das hieß ja nicht, dass man die Sonne nicht schätzte. Sie war nur froh, dass sie in Kürze die heimeligen Temperaturen eines Wellnessbereiches genießen durfte.

Es dauerte nicht lange, und der Zug hatte Rotenburg erreicht. Beim Aussteigen erblickte sie Carmen Schütte, die am Ende des Bahnsteigs auf sie wartete. Die beiden winkten sich zu. Nach einer herzlichen Begrüßung stiegen sie in Carmens Auto, das sie unmittelbar vor dem Bahnhof zu erwarten schien.

»Mensch, ist das kalt!« Rieke rieb die Handflächen aneinander.

»Wird gleich wärmer, hab die Heizung schon auf volle Pulle gedreht.« Carmen tätschelte kurz Riekes Arm. »Schön, dich zu sehen!«

»Ich freu mich auch! Und das richtige Wetter für unser Programm hab ich auch mitgebracht …Wo hast du denn Marie untergebracht?«

»Geht nach der Kita zu Oma Elli, weil Horst noch so viel einkaufen muss.«

Die Schüttes betrieben in Rotenburg ein Restaurant, direkt an der Wümme, das sich in kürzester Zeit zu einem Geheimtipp entwickelt hatte. Im Gegensatz zu ihrem Mann, einem gelernten Koch, war Carmen zuvor nie in der Gastronomie tätig gewesen. Sie war Sozialpädagogin und hatte bis zu Maries Geburt lange in diesem Beruf gearbeitet. Zurzeit half sie im Restaurant an der Theke und dachte darüber nach, ob sie nochmal in ihren eigentlichen Beruf einsteigen sollte.

»Ist das eigentlich noch weit von hier?«

Carmen setzte gerade den Blinker nach rechts und bog kurz darauf ab. »Guck mal, da ist es.«

Rieke sah in die Richtung, wo Carmens Finger hinzeigte. Leicht hinter hohen Hecken versteckt, befand sich ein großes Gebäude, weiß verputzt und mit schwarzem Dach. Es wirkte mit zwei verschiedenen Türmchen verspielt und erinnerte mit den Butzenscheiben und Balkonen über dem Eingang an ein kleines Schloss.

»Donnerwetter«, entfuhr es Rieke, »nun bin ich aber gespannt!«

»Lass dich überraschen«, lachte ihre Freundin und lenkte das Auto auf den hoteleigenen Parkplatz, wo sie inmitten luxuriöser Autos einen großzügig bemessenen Stellplatz fand. Die beiden Freundinnen stiegen aus und gingen eingehakt zum Hoteleingang, unbeeindruckt von dem Blechvermögen, das sich um sie herum befand.

Rieke und Carmen gehörten sicher nicht zu der üblichen Gästekategorie des Hotels. Den beiden war das jedoch völlig egal und der jungen Frau am Empfang offenbar ebenfalls; sie begrüßte die neuen Gäste äußerst zuvorkommend und begleitete sie über eine breite Treppe ins Untergeschoss in den Bereich der Therme. Dort erklärte sie kurz die Räumlichkeiten, wünschte einen angenehmen Aufenthalt und zog sich zurück.

Es dauerte nicht lange, und die beiden waren umgezogen. In weißen, hoteleigenen Bademänteln, entsprechenden Schuhen und ausgestattet mit großen Handtüchern beratschlagten sie, in welche Sauna sie zuerst gehen wollten. Carmen nannte die Optionen: »Es gibt drei Saunen: einmal 90° Sauna, einmal Sanarium 60° mit Farblichtsimulation und einmal Dampfbad 45°. Mit Sternenhimmel.«

»Erst Sanarium mit dieser Lichtgeschichte und später noch den Sternenhimmel 45°. Und ganz zum Schluss muss ich unbedingt noch in dies schöne Schwimmbecken.« Rieke zeigte auf das Lagunenbad des Hotels, an dem sie gerade vorbeigingen.

Was die Sauna betraf, hatten offenbar noch weitere Hotelgäste dieselbe Wahl getroffen, denn neben der Tür hingen bereits zwei identische Mäntel. Rieke prägte sich den Platz ihrer Bademäntel ein, um eine spätere Verwechslung auszuschließen. Anschließend folgte sie Carmen in die Sauna, wo sie es sich gegenüber einer Frau und einem Mann auf den mittleren Bänken bequem machten.

Rieke konnte nicht anders; berufsmäßig »scannte« sie die anderen Gäste, die ihrerseits von Carmen und ihr keine Notiz nahmen. Die Frau ist so Anfang vierzig, schätzte sie im Stillen, überschlank, blond gesträhnt. Finger- und Fußnägel waren in einer Trendfarbe lackiert, die Rieke immer an den Schlick in ihrer ostfriesischen Heimat erinnerte. Der Mann schien dagegen etwas älter zu sein. Wie viele seiner Generation mit Bauch, aber schlanken Beinen; insgesamt ein eher durchschnittlicher Typ.

Rieke lehnte sich an die Wand und streckte die Beine auf der Bank aus. Die Farbe der Deckenbeleuchtung wechselte in bestimmten Abständen und tauchte die Sauna immer wieder in anderes Licht. Sie schloss die Augen und versuchte zu entspannen, während das fremde Paar sich leise unterhielt. Ihr Gespräch interessierte sie nicht, die Stille in dem Raum machte das Zuhören jedoch unumgänglich. Es waren nur Wortfetzen zu verstehen, die keinen Zusammenhang ergaben, aber die Stimmung zwischen den beiden wirkte gereizt. Schließlich stand die Frau abrupt auf, nahm ihre Handtücher und verließ wortlos die Sauna. Kurz darauf folgte ihr der Mann und nickte beim Rausgehen den verbleibenden beiden Freundinnen zu.

»Ziemlich dicke Luft, was?«, kommentierte Rieke die Situation, ohne die Augen zu öffnen.

»Wohl wahr. Gut, dass die beiden raus sind.« Carmen gab einen zufriedenen Seufzer von sich, und ab da herrschte Ruhe.

Nach mehreren Saunagängen mit anschließenden Pausen im Ruheraum machte sich Carmens Magen nachdrücklich bemerkbar.

»Hier unten gibt es eine kleine Bistro-Ecke, da können wir, so wie wir sind, etwas bestellen. Was hältst du davon?«

Rieke nickte; ihr Frühstück war ebenfalls schon reichlich lange her.

Kurz darauf saßen die beiden im Bademantel an einem von mehreren kleinen Tischen und studierten die Speisekarte. Plötzlich beugte sich Carmen vor und flüsterte:

»Sieh mal einer an; wir bekommen Gesellschaft.« Mit einer Kopfbewegung wies sie in Riekes Richtung. Die drehte sich erst gar nicht erst um.

»Die beiden von vorhin, richtig?«

Carmen nickte.

»Na super«, kommentierte Rieke und wandte sich wieder ihrer Bestellung zu.

Während die Freundinnen auf ihr Essen und die Getränke warteten, schien sich die Luft bei ihren Tischnachbarn ein weiteres Mal verdichtet zu haben. Diesmal fiel es ihnen vor Ärger offensichtlich schwer, ihre Stimmen zu senken.

»Du hast doch gehört, was die Kollegen aus Oldenburg und Hamburg gesagt haben. Mit dieser Truppe gab es nur Ärger!«, zischte die Frau mit der Speisekarte in der Hand ihr Gegenüber an. Und bevor er etwas erwidern konnte, fuhr sie schon fort: »Ich kann nicht verstehen, dass du die immer wieder anheuerst! Ich warte nur darauf, dass in der Zeitung steht: Kein Mieterglück bei *Mieterparadies*! Pfusch am Bau – Wohnungsunternehmen zockt Mieter bei energetischer Sanierung ab! Super Schlagzeile! Vielen Dank, mein Lieber. Und mein Name steht dann gleich in Fettschrift daneben. Aber meine Karriere ist dir ja scheißegal!« Ihr Blick fiel auf Rieke und Carmen. Erst jetzt schien sie zu registrieren, dass sie nicht allein waren.

Sein Gesicht hatte sich verdunkelt und bevor sie fortfahren konnte, fiel er ihr ins Wort:

»Geht es nicht noch lauter?« Seine beherrschte Stimme verriet deutlich seinen Ärger. Er bemühte sich, sehr leise zu sprechen.

»Hör mal gut zu. Kümmer dich um deinen Job. Als Geschäftsführerin solltest du das ja wohl können. Und mich lässt du meine Arbeit machen; halt dich da gefälligst raus! Hast du mich verstanden?«

Sie war schlagartig ruhig geworden.

»Das klang ja fast wie eine Drohung«, erwiderte sie eisig. »Überleg jetzt ganz genau, was du sagst.«

»Und denk du darüber nach, dass auch Geschäftsführer zu ersetzen sind …«, konterte er.

Sie knallte die Speisekarte auf den Tisch, schob laut den Stuhl nach hinten und verließ wortlos den Raum. Er dagegen blieb, nahm sich die Karte und las sie durch, bis er offenbar gefunden hatte, was er suchte.

»Hoffentlich war's das«, raunte Carmen Rieke zu. »Hab keine Lust, mir den Tag verderben zu lassen.«

»Keine Sorge«, entgegnete Rieke. »Ich bin ja auch noch da. Wäre das noch lange so weiter gegangen, hätte ich die beiden mal daran erinnert, dass hier auch noch Gäste sind, die sich entspannen wollen. Aber so wie es aussieht, ist das ja wohl nicht mehr nötig.«

Der Mann hatte sich inzwischen offenbar anders entschieden, stand auf und folgte seiner aufgebrachten Begleitung.

»Na bitte«, lächelte Carmen, »das hat er wohl gehört ...« Beide mussten lachen. In diesem Moment wurden ihre beiden Salate und zwei Wasser gebracht, so dass einem erholsamen Tag nichts mehr im Wege stand.

Freitag, 12.03., 14:50 Uhr | Curt-Launstein-Straße 35

»Renate, meine Liebe, ich hab vorhin Reinhold Hennings bei Penny getroffen«, rief Bumbke über den Lärm des alten Staubsaugers dem Bild seiner Frau Renate zu. Er musste so laut rufen, weil in den vierzig Jahren, die er dieses nützliche Haushaltsgerät der Firma Vorwerk besaß, die Lautstärke proportional zum Verlust der Saugleistung angestiegen war. Er rangierte den Staubsauger in gleichmäßigen geraden Linien über den alten Teppichboden im Wohnzimmer, wie er eine seiner großen Baumaschinen über die zu planierende Fläche fahren würde. Seine Frau hatte da früher ein anderes System, und sie benutzte den Staubsauger auch viel öfter als er. Nun aber war er allein für die Hausarbeit zuständig, und er machte sie nicht wirklich gerne und manchmal auch nicht besonders gründlich.

»Reinhold und Robert kommen gleich auf ein Bier rüber«, rief er weiter. »Nur eben noch fix Klarschiff machen.«

Reinhold Hennings aus der 31 und Robert »Noch'n-Köm«-Ackermann aus der 29 lebten praktisch seit dem Bau der Wohnanlage Ende der sechziger Jahre in dieser Siedlung. Helmut und Renate Bumbke waren etwas später eingezogen, kurz vor ihrer Hochzeit im Frühjahr '73. Er erinnerte sich, dass sie sogar nur einen befristeten Mietvertrag bekamen, bis sie nachwiesen, dass sie tatsächlich verheiratet waren.

Reinhold Hennings, Robert Ackermann und Helmut Bumbke bildeten seit Jahren ein überall in der Siedlung bekanntes Gespann. Jeder, der die drei kannte, konnte sie ansprechen und um Hilfe bei was auch immer bitten. Die Nachbarschaftshilfe funktionierte noch, und das seit Jahrzehnten. Zudem trafen sie sich alle Nase lang reihum bei einem von ihnen zum Skatspielen und Klönen, meist aber bei Helmut Bumbke, weil sie sich in seinem gemütliche Alpenstübchen am wohlsten fühlten. Dabei achteten sie immer darauf, dass Ackermann es mit dem Doornkaat nicht übertrieb, von dem er immer ein paar Flaschen im Tiefkühlfach lagerte. Dies sehr zum Leidwesen seiner Ehefrau Margot, die dem Getränk nun so gar nichts abgewinnen konnte.

Bumbke war mit dem Staubsaugen fertig und schaute ohne ehrliches Interesse im Wohnzimmer herum. »Ach, Renate«, jammerte er. »Die stellen hier für wer weiß wie lange Gerüste ans Haus, gucken dir in die Wohnung und schleifen die Wände ab, bohren Löcher und machen Dreck ohne Ende. Da ist das mit dem Staub ja wie bei diesem Griechen Sisyphos. Bist noch nicht mal fertig und kannst vorne wieder anfangen.« Er setzte sich auf die Kante seines Fernsehsessels und klammerte sich mit beiden Händen an das lange Rohr des Staubsaugers. »Und überhaupt. Man liest ja in letzter Zeit ständig über diesen Feinstaub. Der soll überall sein, sagen sie. Gegen den kann man fast gar nichts machen.« Allein diese Erkenntnis reichte ihm als Grund, den Hausputz für heute zu beenden.

Er hatte gerade den Staubsauger im Kabuff neben der Eingangstür verstaut, als es klingelte. Er nahm den Hörer der hausinternen Gegensprechanlage ab und fragte mit seidenweicher Stimme: »Ja, bitte? Wer schellt?« Er wusste genau, dass Ackermann und Hennings unten standen und froren, aber ein bisschen Frotzeln und Albern gehörte bei ihnen zum Ritual. Dann drückte er den Summer, um die Haustür zu öffnen.

»Moin«, japste Hennings, der als erster die Treppe heraufkam.

»Moin«, antwortete Bumbke und lehnte sich gegen den Türrahmen.

»Moin Moin«, flötete auch Ackermann aufgekratzt, als er Hennings mit einer Flasche Doornkaat in den Rücken stieß, um ihn anzutreiben.»Frischen Doornkaat«, frohlockte er grinsend und hielt die Flasche hoch.

»Gib, tu ich wech in'n Kühlschrank.« Bumbke wollte nach der Flasche greifen, aber Ackermann versteckte sie beim Betreten der Wohnung schnell hinter dem Rücken.

»Muss nich. Is kalt genug. Mach mal Gläser auf'n Tisch.« Ackermann nahm direkten Kurs auf das gemütliche Alpenstübchen, um sich seinen Stammplatz am Fenster zu reservieren.

Bumbke nahm drei kleine Schnapsgläser von der Anrichte, alle mit Bergmotiven und Edelweiß verziert, und stellte sie auf den Tisch. Sein Glas drehte er um und sagte:»Ich noch nicht. Ich will erst mal Tee kochen und eine Scheibe Brot schmieren. Noch wer?« Hennings hob die Hand. Er schien niedergeschlagen zu sein.

»Schlechte Laune? Hormonschwankungen? Allgemeiner Weltschmerz, Reinhold?«, neckte Ackermann.

»Ach Scheiß«, antwortete er,»ich hab heute noch mal die Nebenkostenabrechnungen der letzten Jahre durchgesehen.«

»Und?«, fragte Ackermann. Dabei nahm er ein Glas, öffnete den Doornkaat und goss sich bis zum Strich ein. Fragend schaute er Hennings an und hob die Flasche. Der schüttelte nur den Kopf.

Bumbke, der in der Küche heißes Wasser in die Teekanne gab und sich weiter mit dem Butterbrot beschäftigte, fragte:»Was soll drauf, Reinhold?«

»Hast du Mettwurst?«

»Wart mal … Ja, hab ich. Männerscheibe?«

»Männerscheibe, wenn's geht. Das Frühstück ist lange her, und heute bin ich nicht zum Kochen gekommen.«

»Seit wann kochst du denn?«, witzelte Ackermann, während er sich das zweite Glas einschenkte. »Ich hab doch gesehen, wie deine Bofrost-Lieferung gekommen ist. Ist doch nur warmmachen.«

»Kannst gut schnacken, wenn du eine Margot am Herd hast«, maulte Hennings.

»Robert, nu lass mal«, hielt Bumbke ihn zurück. Er stellte Hennings auf einem Holzbrett sein Mettwurstbrot hin. »Trinken?«, fragte er.

»Was hast du denn da?«

»Wasser, Limo, Bier und Tee«, zählte Bumbke auf.

»Ich trink Tee mit.«

»Ich nich«, nuschelte Ackermann dazwischen und kippte den dritten Doornkaat mit einem zufriedenen Seufzer.

Bumbke stellte Hennings einen dampfenden Becher hin und nahm Ackermann den Doornkaat aus der Hand. »Ich mach die mal ins Eisfach.« Dabei zwinkerte er Ackermann verschwörerisch zu.

»Besser ist das. Warmer Doornkaat ist unlecker.« Ackermann schaute der Flasche sehnsüchtig hinterher.

Als Bumbke seinen Teepott und das Käsebrot auf den Tisch stellte, fragte er: »Hast du was rausgefunden, Reinhold?«

»Nö. Eben nicht. Das sieht alles völlig korrekt aus. Sagt die Sachbearbeiterin vom Mieterverein ja auch. Aber sie hat ja nicht einmal richtig hingeschaut. Nach zehn Minuten war ich wieder draußen«, knurrte Hennings und biss in sein Brot. Er kaute schweigend. Ackermann trommelte leise mit den Fingern auf den Tisch, Bumbke wartete. »Alles Scheiß, sag ich euch. Was auch immer da läuft, ich sehe es nicht.« Er nahm den dampfenden Teepott mit beiden Händen, trank einen winzigen Schluck und verzog das Gesicht. »Zucker?«, fragte er. Bumbke schaute verwirrt, ging aber in die Küche und holte eine kleine Schale.

»Wieviel sollst du denn nachzahlen?«, fragte Ackermann.

»Für alle Jahre zusammen rund 700 Euro. Davon allein fast 500 für Heizung, obwohl ich die kaum anhabe.«

»Bei uns sind es etwa 580 Euro«, meinte Ackermann resigniert.

»Ich bin mit 640 Euro dabei«, ergänzte Bumbke. »Aber darüber ist das letzte Wort noch nicht gesprochen, sag ich euch.«

»Wie weit bist du denn mit den Papieren? Hast du nun endlich einen Termin zur Belegeinsicht bekommen?«, fragte Hennings und rührte gedankenverloren im Tee herum.

»Allerdings«, sagte Bumbke. »Ich hab euch ja erzählt, dass der Wessel sich auf taub stellt. Irgendwann kam mal, es wäre alles geprüft und plausibel. Alles wäre absolut in Ordnung! Aber da ist nichts in Ordnung. Das weiß ich einfach.« Bumbke wartete ein paar Sekunden, in denen seine Freunde ihn erwartungsvoll anschauten. »Ich habe mir die Abrechnungen auch noch einmal angeschaut. Ich sehe da

Ungereimtheiten bei den Kosten für die Gartenpflege und den Heizkosten.« Bumbke grinste, als er fortfuhr: »Robert, am Dienstag sind wir doch hier rumgegangen und haben uns umgeschaut.« Ackermann nickte und schaute sehnsüchtig sein Schnapsglas an. »Am Nachmittag habe ich dann eine Mail an den Wessel geschickt, mit ein paar Bildern und einer Beschwerde.« Ackermann und Hennings nickten gemeinsam. Abwartend. »Tja, und bei der Gelegenheit habe ich noch einmal Belegeinsicht gefordert. Ich habe ihm eine Stunde Zeit zum Antworten gegeben.« Ackermann und Hennings hoben wie Zwillinge die Augenbrauen.

»Und?«, fragte Hennings, als Bumbke nichts mehr sagte.

»Nuuuun ...«, Bumbke dehnte grinsend das Wort bis zum Horizont.

»Helmut!«, Ackermann klopfte mit dem Glas auf den Tisch.

»Als der Bengel wieder den Vogel Strauß spielte, habe ich seine Chefin angemailt, darauf hingewiesen, was meine Rechte als Mieter sind und, ei, da schau einer an, ein paar Minuten später bekomme ich Wessels Antwortmail mit einem Termin am nächsten Donnerstag.«

Ackermann und Hennings atmeten geräuschvoll aus.

»Kannst du mir deinen Kopierer leihen, Reinhold?«, fragte Bumbke.

»Sicher. Soll ich mitkommen? Donnerstag hab ich noch nichts vor!«, bot Hennings an.

»Gerne. Ich wollte den ganzen Kram kopieren und in Ruhe hier durchsehen. Und wenn du mitkommen könntest, wären wir schneller damit durch. Zudem kann der Wessel nicht sagen, er hätte alles in der Akte gehabt, wenn etwas fehlen sollte.«

»Wann sollen wir da sein?«

»Um zehn.«

»Dann um neun bei dir«, sagte Hennings. »Und was war das da am letzten Dienstag?«

Bumbke sammelte die leeren Tassen und Brotbrettchen ein, um sie in der Küche abzustellen. Nebenbei erzählte er mit Ackermanns Unterstützung von der Fotosafari und der Begegnung mit Grünweste.

»Lass uns mal 'nen Doornkaat nehmen«, schlug Ackermann vor, als Bumbke seine Erzählung beendet hatte. Er stand auf und ging in die Küche.

»Tiefkühler, Schublade oben.« Sie hörten Ackermann lautstark herumhantieren. »Wie gesagt, Männer. Ich schau mir das an, und nächste Woche wissen wir mehr«, versicherte Bumbke.

»Helmut, hast du eigentlich schon was über den Typen in der 41 erfahren? Der, der unter Hannelore eingezogen ist?«, kam es aus der Küche.

»Nö. Nicht einmal Hannelore kriegt da was mit. Alles geheim, offensichtlich. Da kommen immer nur zwei Typen und schleppen Zeug an oder bringen welches weg. An manchen Tagen ist das der reinste Taubenschlag, sagt sie. Und dann ist wieder ein paar Tage Ruhe. Sie ist fest davon überzeugt, dass da nicht einmal einer richtig wohnt.« Bumbke dachte einen Moment nach, bis Ackermann mit der Flasche am Tisch stand. »Vielleicht treffe ich ja mal einen von denen. Dann kann ich ein paar Worte mit ihm wechseln und sehen, was für ein Vogel das ist.«

»Jo. Mach das. Aber nu mach mal voll, Robert.«, sagte Hennings mit etwas besserer Laune. »Helmut, mach mal eine Runde Flens klar und die Karten.«

»Flensburger … Erinnert mich immer wieder daran, dass sie unsere Traditionsbrauerei Beck's für dreißig Silberlinge an die Belgier verhökert haben«, knurrte Bumbke nicht zum ersten Mal. »Mir fehlt auch die schöne Bierkutsche. Tradition ist denen doch völlig egal. Nur Kohle machen. Also *mir* schmeckt das Beck's einfach nicht mehr … Dann lieber Flensburger.« Hennings und Ackermann nickten zustimmend.

»War dein Großvater da nicht Prokurist um die Jahrhundertwende?«, fragte Ackermann.

»War er. Und zum Jubiläum 1921 bekam er ein handschriftliches Dankschreiben vom alten Müller. Ein Unikat, das mir Beck's sogar abkaufen wollte. Aber sowas gibt man ja wohl nicht her, oder?« Bumbke hatte drei eiskalte Flaschen mit dem legendären Bügelverschluss aus dem Kühlschrank geholt und stellte sie auf den Tisch. Dann hielten er und Hennings ihre leeren Schnapsgläser hin. Ackermann füllte allen bis über den Eichstrich ein.

»Prost, Männer!«, sagten sie unisono beim Anstoßen, tranken aus und ließen die Verschlüsse der Flensburger vorschriftsmäßig ploppen

Freitag, 12.03., nachmittags | Rotenburg an der Wümme
Durch einen Spalt zwischen den Vorhängen schien ein Rest Tageslicht, der die langsam einsetzende Dämmerung ankündigte. Er hatte sich so dicht es ging an ihren Rücken geschmiegt und war eingeschlafen.

Sie spürte kleine kühle Atemschauer an ihrer Schulter und versuchte, die Intimität dieses Moments zu nutzen, um sich zu beruhigen. Der Streit zwischen ihnen beiden unten im Wellnessbereich hing ihr immer noch nach, daran hatte auch die anschließende Versöhnung nur wenig geändert.

Reiß dich zusammen, ermahnte sie sich stumm, als sich erneut der Ärger in ihr breit machte und es im Hals von den zurückgehaltenen wütenden Tränen eng wurde. Reiß dich zusammen, wiederholte sie. Er zuckte im Schlaf, und sie hörte ihn leise schnarchen.

Vorsichtig rückte sie von ihm ab, um ins Bad zu gehen. Sie setzte sich aufs Klo und betrachtete währenddessen die Umgebung um sich herum. Wie schon im Zimmer wirkte auch hier alles gediegen und geschmackvoll, die Keramik war hochwertig und selbstverständlich wurden Utensilien wie Duschgel, Körperlotion und Einwegnagelfeile vom Hotel gestellt. In so was geht man gerne mit dem Liebhaber, sinnierte sie.

Schnell stand sie auf, betätigte die Spülung, die in der Wand eingelassen war, und wechselte über zum Bidet. Schade, dass man das so selten in unseren Breiten findet, dachte sie, während sie sich über den lauwarmen Wasserstrahl hockte. Nach ein paar Minuten hatte sie genug, drehte den Hahn zu und nahm sich ein Handtuch, mit dem sie sich zwischen den Beinen abtrocknete.

Zwei Tage Seminar, das bedeutete eine offizielle Übernachtung hier. Statt am zweiten Tag spätnachmittags wie die Kollegen abzureisen, hatten sie beide noch den Freitag drangehängt, als Abschluss sozusagen. Gemeinsame Nächte waren immer die Ausnahme gewesen, denn dafür hatte es in den zwei Jahren ihrer heimlichen Beziehung nie gereicht. Ein bisschen gestohlene Zeit hier, ein bisschen gestohlene Zeit dort, aber mehr als ein paar Stunden waren nie dabei herausgekommen. Eigentlich war es ohnehin eher ein Zweckbündnis gewesen; guter Sex und dabei keine Verpflichtung. Doch nun hatte seine Frau etwas gemerkt, und sofort zog er im wahrsten Sinne des Wortes den Schwanz ein. Feigling.

Sie kroch zu ihm unter die Decke. Er hatte sich mittlerweile umgedreht, so dass sie sich nun ihrerseits an seinen Rücken schmiegte. Irgendwie hatte sie sich an ihn gewöhnt, würde ihn vielleicht manchmal vermissen. Aber das war nur eine Seite der Medaille. Das heute, seine Drohung ihr gegenüber, würde ihn noch etwas kosten, wie auch immer.

Ihre Hand griff nach seinem Bauch, der in der Seitenlage noch ausladender wirkte als er ohnehin schon war. Die Gleichmäßigkeit seines Atems wirkte beruhigend auf sie und die Enge in ihrem Hals ließ langsam nach.

Noch habe ich ihn, dachte sie, und er wird mir auch weiterhin nützlich sein. Sie beschloss, das Ganze strategisch anzugehen. Und schlief mit dieser Entscheidung endlich ein.

Samstag, 13.03., nach Mitternacht | Curt-Launstein-Straße 35

Bumbke starrte an die Decke und wartete auf das nächste Aufleuchten der roten LED. In der Betriebsanleitung des neuen Rauchwarnmelders stand, dass die Kontrollleuchte alle 46 Sekunden kurz blinkt. Auch nachts. Nervig. Sehr nervig, wenn man nicht schlafen kann. Beim nächsten Aufblitzen begann er zu zählen:

»Ein-und-zwan-zig, zwei-und-zwan-zig, drei-und-zwan-zig … zwei-und-drei … Mist, verdammt!« Seine Gedanken kreisten wieder einmal um die verdächtig hohen Nebenkostenabrechnungen, die ihm schon seit langer Zeit den Schlaf raubten. Aber vorhin hatte er im Halbschlaf eine Idee. Eine Eingebung. Er schaute auf die Anzeige seines Radioweckers. 02:12, las er ab.

»Tut mir Leid, Renate, ich muss das jetzt mal eben nachrechnen.« Er rollte sich mit einem Ächzen aus dem Bett und griff nach seinem Morgenmantel.

Wenige Minuten später saß er mit einem dampfenden Becher Tee, den er sich noch auf die Schnelle im Dämmerlicht gekocht hatte, an seinem Tisch im Alpenstübchen.

»Das stimmt doch hinten und vorne nicht!«, schimpfte Bumbke leise und zog zornig die Stirn in Falten. »Schau dir das mal an, Renate«, rief er eine Spur zu laut. Dabei zeigte er auf eine Spalte in der letzten

Heizkostenabrechnung. »Die Abrechnung scheint auf den ersten Blick der Form halber richtig. Aber«, er zog das »aber« betont in die Länge, »nun pass mal auf! Da schreibt der Wessel, dass am 1. Januar 55.000 Liter in den beiden Heizöltanks waren. Bunkern können wir höchstens 36.000 Liter pro Tank, also nicht mehr als 72.000 Liter.« Er schrieb die Zahlen mit einem Bleistift auf seinen Notizblock. »Nach dieser Abrechnung wurden aber am 15. Februar satte 57.000 Liter geliefert.« Bumbke schüttelte den Kopf, als er auch diese Zahl notierte. Er rechnete kurz im Kopf, schrieb das Ergebnis auf den Block und zog darunter zwei dicke Striche. »Das ist doch M u m p i t z! Der will uns doch für dumm verkaufen!«

Bumbke war jetzt richtig wütend. Er ging in die Küche und goss sich neuen Tee in den Becher. Als er die Löffelspitze Honig verrührte und einen Schluck der heißen Ostfriesenmischung schlürfte, ging es ihm schon besser. Leise summte er »Im Wald, da sind die Räuber«, als er nach dem Handy griff, das er nachts immer in der Küche ans Ladegerät hängte. Es war genau 3 Uhr 12.

»Was is denn da los?« Bumbke zuckte erschrocken zusammen. Ihm war, als hätte er draußen ganz kurz einen Lichtschein gesehen. Er bückte sich etwas, um unter dem Rollo durchs Fenster zu linsen, aber in der Dunkelheit war kaum etwas zu erkennen. Da stand nur der Baucontainer mitten auf der Wiese, dann der Geräteschuppen daneben … Überall verteilt das Material … Der Lieferwagen … Halt! Doch, da war etwas …

»Äh … Guck mal«, flüsterte er, »am Lieferwagen sind die Türen auf.« Bumbke blinzelte angestrengt, um besser sehen zu können. Er drehte sich um, zog das Handy vom Ladekabel und schaltete es ein. »Da! Da bewegt sich doch was!«

In diesem Moment leuchtete jemand mit einer Taschenlampe weniger als eine Sekunde lang in den Lieferwagen hinein.

»Na warte, du Sausack! In flagranti, sag ich. In flagranti!« Bumbke hielt das eingeschaltete Handy dicht ans Fenster und richtete es auf den verdächtigen Lieferwagen aus. Auf dem kleinen Bildschirm waren nur undeutlich ein paar Schatten zu erkennen. Trotzdem legte er den Finger auf das Auslösesymbol.

Der unerwartete Lichtblitz der Kamera wurde von der Fensterscheibe reflektiert und ließ Bumbke einen Moment erblinden. Automatisch, aber zu spät, kniff er die Augen zusammen und duckte sich.

»Verdammte! Scheiß! Technik! … Bitte! Mach, dass der das nicht gesehen hat«, flüsterte Bumbke in die Stille und Dunkelheit der Küche hinein. Kraftlos ließ er sich auf den Küchenboden fallen.

Er blieb noch gute zehn Minuten auf den kalten Fliesen sitzen und verfluchte seine Dummheit, bevor er sich wieder ins Bett legte und unruhig auf den Sonnenaufgang wartete.

Samstag, 13.03., nach Mitternacht | Bremen Osterholz

Er war der Ingenieur. Der Denker und Planer. Wie damals auf der Werft. Er leitete das Team und entschied, was gemacht wurde und was nicht. Sein Team machte, was er anordnete. Und das war gut so, denn sie waren alle dumm.

Allein er war es bis heute, der ein profitables Geschäft wittern, professionell planen und dann sein Team zu einem erfolgreichen Abschluss des Projekts führen konnte.

Wie dumm war es von Marek gewesen, sich von der Polizei gerade jetzt erwischen zu lassen. Er hätte bei diesem Projekt zwei tüchtige Hände wirklich gut brauchen können.

Aber Marek war ein Idiot. Nachdem ihn Nadia wegen seiner Weibergeschichten zum Teufel gejagt hatte, fing er an zu saufen und erst recht alles zu ficken, was ihm vor den krummen Schwanz kam. Manchmal musste er die Weiber überreden, aber in der Regel kamen die, die er wollte, auch freiwillig mit.

Nun hatte er, besoffen wie immer, irgend so eine dumme Drogennutte totgevögelt. Hatte ihr mit einem Gürtel den Hals zugeschnürt. Aber Marek war eben ein dummer Idiot, wie alle anderen auch. Und am Ende war er nur aufgeflogen, weil er Nadias Anhänger nicht abgenommen hatte. Irgendwie hatte sie ihm dadurch noch einmal in den fetten Arsch getreten. Idiot.

Jetzt saß Marek im Bau, und er war schon fast der Überzeugung, dass das auch ganz gut so war. Außer, der fing an zu plaudern. Darum würde er sich wohl auch noch kümmern müssen. Aber erst musste er herausfinden, was es mit dem Lichtblitz vorhin auf sich hatte …

Sonntag, 14.03., früh morgens | Autobahn A 27

Das Gefühl war unbeschreiblich, als das Adrenalin durch Winfried Wessels Adern floss. Er brauchte nur leicht mit dem rechten Fuß zu tippen, um den 525 Pferden die Sporen zu geben. Schon spürte er den Druck im Rücken, als er in die Lederpolster gepresst wurde. Mit zunehmender Drehzahl beschleunigte auch sein Puls. Das kraftvolle Röhren des Antriebs war für ihn mehr als nur eine Symphonie von zehn Zylindern, das war pure Macht. Die Macht, alles und jeden hinter sich zu lassen.

Mit einem Wort: Geil. Das war einfach nur geil. Geil ohne Ende.

Vor zwanzig Minuten hatte er die Tür der Wohnung geräuschvoll geschlossen, als Hendrikje ihn von seiner Tour zum R8-Treffen in Hannover abhalten wollte. Typisch Frau, keine Ahnung von dem, was Männer brauchen. Natürlich richtige Männer, so wie er.

Wessel war der Meinung, dass Frauen nur in einfachen Schubladen dachten wie Sex, Kinder, Handtaschen und Schuhe. Männer waren da anders, mussten anders denken. Und er war ein Mann. Einer, der Macht über andere Menschen besaß und nun auch Macht über dieses einzigartige technische Wunderwerk ausübte, das die Firma Audi in ihrer unvergleichlichen Ideenvielfalt genau für ihn entworfen und gebaut hatte.

Der Wagen war erst acht Jahre alt, sah aber noch aus wie neu. Vor ein paar Wochen hatte er ihn bei einem Händler in Süddeutschland für lächerliche 63.900 Euro erstanden. Das galt bei Autoscout24 als »gutes Angebot«. Hendrikje war sauer, als er das Konto für die Anzahlung bis auf 9.000 Euro überzog, was nur 1.000 unter dem vereinbarten Limit war. Aber er hatte ihr schnell klargemacht, dass *er* das Geld nach Hause brachte und nicht sie. Und er war es auch, der sich bei der *Mieterparadies* den Arsch aufriss und noch den einen oder anderen Euro extra mit nach Haus brachte, dessen Herkunft sie gar nicht wissen wollte. Deswegen hatten sie die Raten in Höhe von rund 700 Euro auch nicht zu interessieren. Und über die Restzahlung in zwei Jahren in Höhe von etwas über 33.000 Euro würde er sich dann Gedanken machen, wenn es soweit war. Männerträume hatten halt ihren Preis.

Zu Fahrtbeginn hatte er sich zurückgehalten. Nicht einmal die 90°-Kurve auf dem Zubringer animierte ihn, etwas Gas zu geben. In der Stadt nicht mehr als moderate 68, war seine Devise. Auf der Zufahrt zur Autobahn lockte es ihn dann aber doch. Gleich hinter der 270°-Wende, in der Auffahrt zur A27 in Richtung Bremer Kreuz, hielt er kurz am rechten Seitenrand an und setzte seine Sonnenbrille auf. Sofort wurde die Umwelt kontrastreicher und die wenigen Wolken am Himmel zeichneten sich wie Wattebällchen am kristallklaren Himmel ab. »Auf nach Hannover«. Er grinste sich selbst im Spiegel an und tätschelte liebevoll das Lederlenkrad. Dreikommasieben Sekunden bis Hundert. Er trat aufs Pedal.

Noch bevor die Beschleunigungsspur endete, las er schon über 170 km/h auf der Digitalanzeige ab. Er zog gleich ganz nach links. »Aus dem Weg, du Schleicher«, rief er einem Fahrer zu, der sich allen Ernstes an die lächerliche Geschwindigkeitsbegrenzung von 120 hielt. Und das an einem Sonntag. Er zeigte ihm im Vorbeiziehen sein Wolfslächeln.

Mit der Lichthupe fegte er an der ersten Brücke in Horn einen Opa mit Hut von der Überholspur und zog Höhe Anschlussstelle Vahr rechts an einem dauerlinksfahrenden japanischen Familientransporter mit einer ganzen Palette von »Wasweißichwer-ist-an-Bord«-Stickern an der Heckscheibe vorbei. Ständig mit 130 auf der linken Spur mit der Gurke. Wenn der noch langsamer fährt, fährt er bald rückwärts, dachte Wessel, als der Van im Rückspiegel immer kleiner wurde.

Mit 187 Kilometern in der Stunde näherte er sich dem Verkehrs-schild 282, dem Ende aller Verkehrsbeschränkungen, das ihn gleich hinter dem Bremer Kreuz erwartete. Es war soweit, und die Bahn war frei. »Das Rennen kann beginnen«, rief er dem leuchtenden Armaturenbrett zu und drückte das Gaspedal bis auf den Boden durch. Die Automatik schaltete zurück in den fünften Gang, der Audi machte einen Satz nach vorn und Winfried Wessel flog mit verzücktem Grinsen raketengleich dem Horizont entgegen.

Gut drei Kilometer hinter der Ausfahrt Achim Ost, blinkte hinter ihm ein anderer Audi mehrmals mit der Lichthupe. Auch ein R8. In weiß, keine zehn Meter hinter ihm. Wessel drückte das Pedal noch tiefer, aber das war schon am Anschlag, und der Tacho meldete 312 Kilometer in der Stunde. »Scheiße!« Wessel zog sich der Magen zusammen. On the road again … Mahnke. Ausgerechnet jetzt, dachte Wessel. Er angelte in der Ablage nach dem vibrierenden und singenden Handy, das er nicht mit der Freisprecheinrichtung verbunden hatte. Mit einer Hand nahm er das Gespräch an.

»Hej, Kolben! Wo bist du? Ich bin schon unterwegs.« Wessel versuchte laut, sich gegen das Röhren der Maschine durchzusetzen und mit der Linken die Spur zu halten. Der Audi hinter ihm blinkte weiter fröhlich Lichthupensignale.

»Fahr mal rechts rüber und lass mich vorbei, du Schnecke«, tönte Mahnkes Stimme aus dem kleinen Lautsprecher des iPhones.

»Bist du das da in dem weißen R8?«

»Vorgestern abgeholt. 610 PS. Schaltet bei 280 in den siebenten Gang und hüpft dann bis 348. Also hau ab und lass mich durch. Soll ich dir in Langwedel schon mal was bestellen? Aber lass nicht kalt werden«, lachte Mahnke fröhlich.

Wessel war richtig angefressen, als er das Handy auf den Beifahrersitz schleuderte und auf die Schleicherspur nach rechts schwenkte. Mit mehr als 310, dachte er noch, als Mahnke ihn in seinem neuen R8 überholte. Obwohl es ihm richtig zuwider war, grinste er ihm durchs Fenster zu.

Mahnke lehnte lässig am Wagen und nuckelte an einer Cola. Wessel parkte neben ihm, schälte sich aus der Tiefe des Wageninneren und dehnte seine angespannten Muskeln. Mahnke nahm eine weitere Cola, die er neben seinem Fuß geparkt hatte, und gab sie Wessel in die leicht verschwitzte Hand. Der starrte nur bewundernd auf die weiße Schönheit auf 20-Zoll-Rädern.

»Hör auf zu sabbern«, sagte Mahnke.

»What a beauty«, antworte Wessel und trank von der Cola. »Wieviel?«

»Ich hab gehandelt. Zwoundneunzigfünf. Plus Märchensteuer. Aber der läuft ja auf die Firma. Von daher …«

»Ja klar. Von daher …« Wessel dachte an seinen billigen Dreier-BMW als Dienstwagen. Er konnte seinen beißenden Neid kaum verbergen.

»Was war das eigentlich letzte Woche. Du warst ja richtig in Panik, Mann«, fragte Mahnke.

»So ein besserwisserischer Clown aus der Siedlung Osterholz hat mich bei Möller-Seidenbach angeschissen. Der wollte unbedingt die Belege der Nebenkostenabrechnungen sehen«, antwortete Wessel und schaute gedankenverloren seine italienischen Lederschuhe an.

»Ja und? Dann gib sie ihm nicht«, sagte Mahnke und trank den Rest der Cola.

»Ich hab ja schon versucht zu blocken. Aber der Kerl ist richtig penetrant, sag ich dir. Jetzt hat er eine offizielle Beschwerde an die Chefin geschickt. Die hat dann gleich richtig den Boss rausgekehrt und mich zusammengestaucht. Der Mieter habe ein gesetzlich verbrieftes Anrecht auf Einsicht in die Belege, meinte sie.«

»Mach ihm ein schönes dickes Paket mit möglichst viel nur grob sortiertem Papier zurecht, lass ihn damit allein und nimm vorher die Lieferscheine raus. Wenn er dann trotzdem was checken sollte, muss er erst mal was beweisen. Das geht gar nicht so leicht und dauert ewig. Wir sind safe, Mann. Absolut safe.«

»Und wenn er sich einen Anwalt nimmt?«, fragte Wessel.

»Unwahrscheinlich. Du weißt doch, wie das dann abgeht. Ihr habt doch auch Anwälte.«

»Ja, sicher«, meinte Wessel skeptisch.

»Such dir was, um ihm zu kündigen. Zerstörtes Vertrauensverhältnis, oder so«, schlug Mahnke vor, einer spontanen Eingebung folgend. »Das bremst ihn, glaub mir.«

»Das funktioniert nur, wenn die Chefin mitspielt«, antworte Wessel. »Aber vielleicht können wir sie ja beteiligen?«

»Musst du wissen. Wenn, dann nur von deinem Anteil. Meine Ölfirma läuft rund, und ich habe mich gut abgesichert. Ich bin safe«, meinte Mahnke, drückte Wessel die leere Dose in die Hand und steckte die Hände in die Taschen seiner Designerjeans.

Wessel hatte einen trockenen Mund bekommen. Er trank die Cola aus, aber die süße Flüssigkeit half ihm nicht. »Werner«, fing er zögernd an, wurde aber sofort von Mahnke unterbrochen.

»Das ist dein Problem, Winfried. Wir machen Geschäfte, und du hast bislang gut verdient. Wenn das so bleiben soll, dann sieh zu, dass du das in den Griff bekommst. Ist mir egal, wie. Und piss mich nicht an.« Mahnke baute sich mit durchgedrücktem Rückgrat und leicht auseinandergestellten Beinen vor Wessel auf und schaute ihm direkt in die Augen. »Alles klar soweit?«

»Ja, sicher.« Wessel war etwas größer als Mahnke, aber dessen sicheres Auftreten schüchterte ihn nicht zum ersten Mal ein.

Unvermittelt lachte Mahnke ihn an und tippte ihn mit der rechten Faust an die Schulter. »Komm, Mann. Hannover ruft. Die Jungs warten schon sehnsüchtig auf uns, kann ich mir denken.« Er öffnete die Tür des R8 und faltete sich auf den Fahrersitz. »Ich fahr schon mal vor und mach eine Girlande für dich klar.«

Wessel hörte nicht, wie Mahnke noch ein »du Loser" nachlegte. Er war mit anderen Gedanken beschäftigt. Wie werde ich diesen Bumbke los, dachte er. Ganz offensichtlich war dieser Mieter auf etwas gestoßen, das ihn nichts anging. Ganz und gar nichts anging. Alle seine lukrativen Projekte waren plötzlich in Gefahr geraten: Der Deal mit Werner Mahnke und seiner Heizölfirma, und vielleicht auch Sawatzki mit den Gärtnern. Sogar mit seinem alten Kumpel Michael Lehnhorst musste er vorsichtiger sein. Er kam zu dem Schluss, dass er sich etwas einfallen lassen musste. Unbedingt und möglichst bald. Wessel holte aus dem R8 alles raus, was die Maschine hergab. Aber so sehr er sich auch bemühte, von Mahnke und seinem neuen weißen Audi war nichts mehr zu sehen.

Mit einem Wort: Scheiße. Das war einfach nur Scheiße. Scheiße ohne Ende.

Rieke Senger stand im Flur der Altbauwohnung in der Hollerallee, die sie seit ein paar Jahren mit Ben bewohnte.

Es war ein offenes Treppenhaus, wie es in Altbremer Häusern häufiger vorkommt, wo auf jedem Geschoss direkt die Zimmertüren vom Flur abgingen. Ben und Rieke störte diese Einschränkung ihrer Privatsphäre nicht; sie kamen gut mit dem Paar von oben klar, zwei Männern, die beruflich genauso eingebunden waren wie sie selbst, und von denen daher nicht viel zu sehen war.

Vorsichtig half sie Ben in seine Winterjacke. Es war nach wie vor kalt und windig draußen, doch die nächsten Tage sollte es milder werden. Aber, wie konnte es anders sein, der Regen, der die Norddeutschen bereits den Winter über begleitete, hatte sich erneut für die kommenden Tage angekündigt.

»Geht es so?«

Ben nickte stumm. Rieke betrachtete seine dick verbundene linke Hand, und ihr wurde fast übel vor Wut. Zwei Tage zuvor hatten Ben und seine Kollegin im Einsatz einen Streit zwischen zwei Männern schlichten wollen. Noch während Ben beschwichtigend auf die beiden einredete, wendete sich jedoch auf einmal das Blatt: Die Kontrahenten verbündeten sich plötzlich, und innerhalb kürzester Zeit hatte sich um die beiden Polizisten eine aufgebrachte Anzahl zuvor unbeteiligter Passanten geschart. Der überwiegende Teil von ihnen war offensichtlich gewaltbereit, wie es so schön im Polizeijargon heißt. Bens Kollegin war langsam rückwärts zum Streifenwagen gegangen und hatte Verstärkung gerufen. Dass sie dabei unbehelligt geblieben war, hatte sie Ben zu verdanken, der sich die ganze Zeit schützend vor sie stellte. Und obwohl die Kollegen in Windeseile eintrafen, war inzwischen einer aus der Gruppe mit einer abgeschlagenen Bierflasche auf Ben losgegangen. Bei dem Versuch, den Angreifer abzuwehren, wurde er schwer am Arm und an der Hand verletzt.

Abgesehen von den Schmerzen, die ihm seine Wunden bereiteten, litt Ben seit Längerem unter der zunehmenden Missachtung und Aggressivität gegenüber seiner Berufsgruppe. Als Rieke und er vor ein paar Jahren zusammenzogen, waren es zunächst die vielen Überstunden, die ihn (und seine Kollegen) nervten. Diese ständige und wie selbstverständlich vom Arbeitgeber eingeforderte zusätzliche Arbeit frustrierte ihn immer mehr. Am Ende aber waren es die mangelnde Wertschätzung, die Angriffe verbaler und körperlicher Art wie Anspucken, Treten und sonstwas, die er als Demütigung empfand und die ihm zunehmend die Lust an seinem Beruf nahmen.

Dabei hatte er, wie viele andere, die zur Polizei gingen, eine hohe Motivation und Identifikation für diese Aufgabe mitgebracht. Rieke erlebte, wie genau das in ihm langsam zerbröselte, und es Ben immer schwerer fiel, seinen Beruf noch sinnhaft zu empfinden. Es zerriss sie, ihn so unglücklich zu sehen. Sie half ihm, die Jacke zu schließen und küsste ihn sanft auf den Mund. Schweigend verließen sie das Haus.

Auf der Autofahrt nach Rotenburg hing jeder seinen Gedanken nach. Rieke hatte erst überlegt, ob sie die Einladung zum Mittagessen bei Schüttes wegen Bens Verletzung und niedergedrückter Stimmung absagen sollte. Inzwischen war sie aber froh, dass es dabei geblieben war. Zuhause fiel ihnen die Decke auf den Kopf, und Ben würde es gut tun, unter Leute zu kommen, die er mochte. Zumindest hatte er sich nicht gegen den Besuch dort ausgesprochen, sondern nur gleichgültig mit den Schultern gezuckt.

An diesem ungemütlichen Sonntag waren die Straßen wie leergefegt. Rieke entschied sich daher für die Strecke über Land; dazu musste sie nur an der Graf-Moltke-Straße nach links in die Bismarckstraße einbiegen und dann dem Straßenverlauf immer geradeaus bis Rotenburg folgen. Zeit genug hatten sie ja, um die etwas längere, aber abwechslungsreichere Strecke über die Dörfer zu nehmen.

In Sebaldsbrück angelangt, erinnerte sie sich an den Mord in diesem Stadtteil, den sie noch vor wenigen Tagen bearbeitet hatte. Als sie am Straßenbahndepot an der Ampel halten musste, schaute sie automatisch nach links und beobachtete die dort wartenden Fahrgäste. Daniel Hertel fiel ihr ein; instinktiv suchte sie die dort stehenden Menschen nach ihm ab.

Ben tippte ihr leicht auf den Arm und sagte: »Wir haben grün, Rieke. Bist du schon wieder auf Arbeit?«

»Nee. Alles gut«, antwortete sie und fuhr weiter.

An der A27 entschieden sie sich doch spontan für die schnellere Strecke über die Autobahn. Früher als zunächst berechnet erreichten sie ihr Ziel und stellten den Wagen auf dem großen Parkplatz am Restaurant der Schüttes ab.

Da es noch weit vor 18 Uhr war, fanden sie die Eingangstür des *Lampenputzer* verschlossen. Sie gingen ums Haus zum Seiteneingang, der in die Privatwohnung der Familie Schütte im Obergeschoss des Hauses führte. Rieke klingelte. Kurz darauf wurde die Tür geöffnet, und Marie schenkte den beiden zur Begrüßung ein hinreißendes Lächeln, das den Blick auf ihre Zahnlücke freigab. Gleich dahinter stand Horst.

»Marie, nun musst du unseren Besuch mal eben rein lassen, der kommt so ja gar nicht an dir vorbei!« Rieke beugte sich vor, um die Kleine in den Arm zu nehmen, die in diesem Moment Bens Verband bemerkte. Sofort wand sie sich aus Riekes Umarmung, die daraufhin schon mal mit Horst Schütte die Treppe hochging.

»Ben, was hast du da?«, lispelte sie durch ihre Zahnlücke.

Ben überlegte, wie er das Ganze altersgerecht erklären konnte. Um Zeit zu gewinnen schloss er erst mal die Tür und setzte sich dann auf die unteren Treppenstufen, so dass er mit Marie auf Augenhöhe war.

»Tja, weißt du … Ich bin doch Polizist. Und manchmal müssen wir kommen, wenn Leute nicht aufhören können, sich zu streiten. Wenn man sich dann zwischen die stellt, dann passiert einem selbst auch manchmal was.« Er hob die verbundene Hand. »Aber das wird wieder«, beruhigte er Marie, die mit großen Augen seiner Erklärung gefolgt war und offenbar nachdachte.

»Waren das Bagaluten?«

»Baga … was?"

»Bagaluten.« Etwas gelangweilt von Bens Begriffsstutzigkeit fügte sie hinzu: »Rieke hat gesagt, so nennt man böse Leute in Ostfriesland.«

»Soso, das wusste ich gar nicht.«

Für Marie war das Thema offenbar abgehakt. Sie wandte sich um und wollte gerade nach oben gehen, da schnappte sich Ben die Kleine und klemmte sie wie ein Paket unter seinen rechten Arm. Marie juchzte.

»Ah«, ächzte Ben, während er hochstiefelte, »...hab ich ein schönes Geschenk mitgebracht ... leider nur etwas schwer ...«

Oben angekommen ging er mit seinem zappelnden, kichernden Mitbringsel bis ins Wohnzimmer, wo er Marie behutsam auf dem Boden absetzte. Rieke beobachtete ihn dabei und war gerührt; das erste Mal an diesem Tag lächelte Ben.

Zu ihrer Überraschung aßen sie nicht im Restaurant, sondern am Esstisch in der Wohnung der Familie. Und es hatte auch nicht Horst gekocht, sondern Carmen.

»Ich hatte ja auch mal ein Leben vor meiner Ehe mit einem Koch«, erklärte sie den erstaunten Gästen, als sie alle am Tisch saßen, »und gekocht habe ich immer gerne. Ich hab uns, ganz traditionell, Rouladen mit Spätzle und Rotkohl gemacht. Ich hoffe, ihr mögt das.«

Alle nickten.

»Ich will aber nur Spätzle mit Soße!« Marie schob ihren Teller in die Tischmitte zum Auffüllen.

»Na denn wollen wir mal.« Horst füllte die Bestellung seiner Tochter wunschgemäß auf deren Teller und bediente danach auch die anderen, so dass sie anfangen konnten.

Das Essen verlief in guter Stimmung, was nicht zuletzt an den Kochkünsten der Gastgeberin lag.

Inzwischen war man bei Kaffee und einem Obstler angelangt, den Horst seinen Gästen ans Herz gelegt hatte. Rieke war bei Wasser geblieben, da sie noch fahren musste. Während sie die Gläser hoben, stupste Marie Ben an seinen gesunden Arm.

»Du Ben, soll ich dir mal mein Zimmer zeigen? Ich hab jetzt ein Hochbett und eine Höhle darunter ...«

»Ja klar, ich trink nur mal eben aus.«

»Du Ben, wir können auch Pferdepoker spielen!«

»Pferdepoker?«

»So nennt Marie neuerdings ihr Pferdequartett, weil Oma Elli doch Poker spielt ...«, erklärte Carmen dem verdutzten Ben.

»Ach so.« Ben hatte verstanden. Dann beugte er sich zu Marie und flüsterte »Ich würde ja gerne, aber beim Pokern spielt man ja um Geld, und dann krieg ich Ärger mit Rieke ...«

Rieke hatte das gehört und nickte bestätigend, wobei es ihr schwerfiel, ernst auszusehen. Nun beugte sich Marie zu Ben: »Das ist nicht schlimm, wir können ja nur so tun …«, flüsterte sie verschwörerisch.

Ben trank seinen Obstler, erhob sich und sprach in die Runde: »Danke für das tolle Essen, aber nun habe ich leider zu tun. Marie, kommst du?« Die ließ sich das nicht zweimal sagen. Sie rutschte vom Stuhl, griff nach Bens gesunder Hand und zog ihn in Richtung Kinderzimmer. Einen Moment lang herrschte Schweigen am Tisch. Dann sagte Horst: »Menschenskinder! Ich krieg ja so 'nen Hals, wenn ich Bens Arm sehe!« Er machte eine entsprechende Handbewegung zu seinem Hals hin.

»Wem sagst du das!«, bestätigte Rieke. »Und das ist ja nicht nur ihm passiert. Selbst die Sanitäter sind nicht mehr sicher bei ihren Einsätzen; ist doch total bescheuert!«

Carmen nickte zustimmend und sagte: »Als Ben mir am Telefon erzählt hat, was ihm passiert ist, war ich echt sprachlos. Hin wieder liest man das ja auch in der Zeitung, aber wenn das dann einem Freund passiert – unfassbar! Ich hab schon zu Horst gesagt, irgendwann will keiner mehr diese Arbeit machen …«

»…aber darüber denken diese Idioten ja nicht nach. Zum Kotzen!«, beendete Horst den Satz seiner Frau. Dann erhob er sich und schob seinen Stuhl zurück. »Ich muss leider nach unten in die Küche und noch was für heute Abend vorbereiten. Ihr guckt nachher noch rein, bevor ihr geht, ja?«

»Machen wir, Horst«, antwortete Rieke. »Ich helfe Carmen hier noch, und dann werden wir uns auch langsam auf die Socken machen.«

Kurz darauf standen die beiden Frauen in der Küche, und Rieke trocknete ab, was Carmen abgewaschen auf die Spüle legte und was nicht in den Geschirrspüler gepasst hatte.

»Wo ist denn Elli heute eigentlich?« Rieke suchte gerade einen Platz, wo sie einen abgetrockneten Topfdeckel ablegen konnte. Carmen deutete auf einen Schrank gegenüber der Spüle.

»Dahinein bitte. Elli hat heute wieder Kartentag, ist also in Bremen bei ihrer Clique.«

Rieke lächelte. »Ist schon eine Type, diese Frau!«

»Ach ich bin froh, dass es ihr wieder gutgeht. Apropos gutgehen, Ben ist ja ziemlich mitgenommen, da ist wohl noch mehr als die Verletzung, oder?«

Rieke seufzte und erzählte ihrer Freundin von Bens Frust, der nun schon eine ganze Zeit anhielt. »Es war richtig schön zu sehen, wieviel Spaß ihm heute der Quatsch mit Marie gemacht hat«, schloss sie.

Carmens Frage kam fast nebensächlich: »Und? Wie sieht es denn aus bei dir? Bist du dir schon im Klaren, ob du ein Kind möchtest?«

Rieke seufzte erneut. »Weiß nicht. Ich trau mich auch kaum, das Thema bei Ben anzusprechen, so wie er momentan drauf ist. Aber ehrlich gesagt, weiß ich ja auch nicht so recht. Ich kann mir einfach nicht vorstellen, länger zu Hause zu bleiben. Mir bedeutet meine Arbeit einfach zu viel.«

Aus dem Kinderzimmer war jetzt lautes Lachen zu hören. Es gab nichts mehr abzutrocknen, und Carmen nahm Rieke das Handtuch ab.

»Wer sagt denn, dass du das musst? Vielleicht hätte er ja auch Lust dazu!«

Rieke schwieg einen Moment, dann antwortete sie: »Gar nicht so schlecht! Ich werde mal gründlich in mich gehen. Aber zuvor schnapp ich mir meinen Freund, damit wir langsam nach Hause kommen.« Sie nahm Carmen in den Arm. »Danke für den schönen Tag. Und schön, dass ich dich hab.«

Kurz darauf saßen Rieke und Ben im Auto und fuhren winkend vom Parkplatz Richtung Rotenburger Amtsbrücke.

Ben wirkte entspannt und deutlich zufriedener als auf der Hinfahrt. Ich werde mal mit ihm reden, dachte Rieke, das Kinderthema musste ja sowieso mal auf den Tisch, und sie würde das jetzt nicht mehr auf die lange Bank schieben.

Montag, 15.03. | Polizeipräsidium

Exakt eine Woche zuvor hatten sich alle über den beginnenden Frühling gefreut, doch das schien nur ein Intermezzo gewesen zu sein. Inzwischen war das übliche norddeutsche Wettergemisch aus kühlen Temperaturen, Wind und Regen zurückgekehrt und machte wenig Anstalten weiterzuziehen.

Rieke saß an ihrem Schreibtisch, nachdem sie sich aus ihrer Fahrradkleidung geschält hatte. Neuhoff versorgte sie beide mit Kaffee.

»Und, wie geht es Ben?«

Rieke berichtete vom Wochenende und merkte erneut, wie wütend sie dieser Übergriff auf ihren Freund machte. In diesem Moment klingelte das Telefon.

»Kriminalkommissariat Bremen, Rieke Senger, guten Tag«, meldete sie sich. Nachdem sie eine Weile zugehört hatte, sagte sie nur: »Dann weiß ich Bescheid. Ich habe das so notiert. Wenn noch etwas sein sollte, melden wir uns bei Ihnen. Vielen Dank für Ihren Anruf.« Sie beendete das Gespräch und legte den Hörer auf.

»Das war Frau Hertel, die Mutter von Daniel Hertel, der verschwunden ist.«

Neuhoff zog fragend die Augenbrauen in die Höhe, und Rieke fuhr fort: »Sie wollte uns informieren, dass ihr Sohn am letzten Freitagnachmittag bei ihnen in Bremerhaven aufgetaucht ist. Er wollte sich Geld leihen. Seine Mutter hat ihm gesagt, dass wir nach ihm gefragt hätten, daraufhin ist er wieder abgehauen. Wo er jetzt wohnt, hat er ihr nicht verraten …« Sie seufzte. »Viel bringt uns das nicht, der Fall ist ja erledigt. Aber wenigstens wissen wir, dass es Hertel noch gibt.« Sie sah aus dem Fenster; es goss in Strömen.

»Depri Wetter …«, murmelte sie. Plötzlich hatte sie eine Idee: »Wie sieht es aus, Andreas, wollen wir beide heute Mittag zur Abwechslung nicht mal wieder zum Chinesen?«

In der ersten Zeit ihrer Zusammenarbeit hatten sie häufig mittags zusammen gegessen, und wenn es nur eine Bratwurst auf die Hand für unterwegs war. Inzwischen fand das nur noch selten statt. Neuhoff hatte mit seiner neuen Lebenssituation auch seine Essgewohnheiten geändert und brachte sich häufig ein belegtes Brot mit zur Arbeit. Er sah ebenfalls aus dem Fenster, dann antwortete er: »Unser Lieblings-chinese hat montags zu, aber uns fällt sicher noch was anderes ein. Wäre jedenfalls ne nette Unterbrechung bei der vielen Schreibtischarbeit. Und dann machen wir zeitig Feierabend.«

Montag, 15.03., nachmittags | Wohnanlage Curt-Launstein-Straße

»Frischer Doornkaat«, verriet Robert Ackermann fröhlich, nachdem er erfolgreich die Treppe in den ersten Stock zu Bumbkes Wohnung geschafft hatte. Stolz zog er die noch unangebrochene Flasche aus einem Stoffbeutel und hielt sie seinem Freund hin. Bumbkes Augen drehten innerlich Pirouetten. Er nahm die Flasche entgegen.

»Die kommt aber erst einmal ins Eisfach, mein Lieber. Die machen wir jetzt noch nicht gleich auf.«

»Kein Problem, Helmut. Mach kalt«, antwortete Ackermann im Vorbeigehen und bog gleich rechts ins Alpenstübchen ab. Dort saß Reinhold Hennings schon am Tisch und studierte handbeschriebene Blätter. Daneben lagen mehrere Dokumente, die Ackermann sofort als die Nebenkostenabrechnungen der letzten drei Jahre erkannte.

»Moin, Robert«, sagte Hennings, ganz in die Aufzeichnungen vertieft.

»Moin, mein Bester«, antwortete Ackermann. »Was gefunden in dem Wust?«

»Scheint so. Helmut hat da was entdeckt, das auf den ersten Blick völlig untergeht. Wer nichts über Heizanlagen weiß, übersieht das.«

»Was denn?«, fragte Ackermann und linste zur Küche rüber, wo er das Klirren von Flaschen hörte.

Bumbke kam mit drei kühlen Flens aus der Küche und verteilte sie auf dem Tisch. Ackermann und Hennings griffen zu und drückten ihre Daumen gegen den Bügelverschluss.

»Männer …«, sagte Ackermann und hob dabei die Stimme, dass es mehr wie eine Frage klang. »Prost«, sagten die anderen beiden, als die Flaschen mit einem gläsernen Klicken aneinander schlugen.

»Helmut, wollen wir nicht doch dazu …«, fragte Ackermann, aber Bumbke fiel ihm ins Wort.

»Robert, nun halt mal stille. Wir haben es noch nicht einmal fünf Uhr. Aber ich hab mal drei Gläser mit auf Eis gelegt für nachher.« Ackermanns Augen leuchteten, und er fuhr sich mit einem leichten Schmatzgeräusch über die Lippen.

»Also. Wie is nu, was habt ihr?« Ackermann nuckelte einen Schluck aus der Flasche, während er erwartungsvoll Bumbke ansah.

»Samstag kam mir die Idee, mir zu den Verbrauchszahlen der Heizanlage auch mal die Lieferdaten anzusehen. Das überliest man ja schnell. Da habe ich für letztes Jahr errechnet, dass die Anlage in den ersten 45 Tagen 40.000 Liter verbraucht haben soll.«

Ackermann schaute Bumbke abwartend an und trank einen Schluck Flens. »Ja, und?«, fragte er nach.

»Robert, das ist gut die Hälfte des gesamten Jahresverbrauchs.« Hennings zeigte vage in Richtung der Abrechnungsunterlagen, Ackermann schien aber immer noch nicht zu begreifen.

Bumbke lehnte sich mit Schwung zurück, verschränkte die Arme und legte den Kopf in den Nacken. Mit geschlossenen Augen dozierte er in Richtung Zimmerdecke: »Das bedeutet, mein lieber Robert, dass wir in den ersten sechs Wochen des Jahres 40.000 Liter Heizöl verbraucht haben sollen. In Worten: V i e r z i g t a u s e n d. Bei einem angeblichen Jahresverbrauch von insgesamt 82.000 Litern, wohlgemerkt. Und das bei Plusgraden im Januar. Oder«, Bumbke machte eine Bewegung, als würde er Salz mit den Fingern über Kartoffeln streuen, »es wurden so um die 30.000 Liter einfach auf den Rasen gekippt. Lächerlich!«

»Der Bengel will uns allen Ernstes unterjubeln, die Anlage hätte 45 Tage lang jeden Tag«, Hennings schaute auf einen anderen Notizzettel und las ab: »J e d e n T a g! 880 Liter verfeuert. Das k a n n die Anlage in echt doch gar nicht. Das ist eine Anlage, die mal gerade 600 kw/h leistet. Dabei verbrennt sie nach Daumenregel bei Höchstleistung einen Liter je zehn Kilowattstunden, also 60 Liter pro Stunde. Laut Hersteller ist die Anlage so ausgelegt, diese Leistung drei Tage lang bei Minus 18 Grad zu erbringen.

Die *Mieterparadies* behauptet nun aber, die Heizanlage habe in dem Jahr durchgehend 45 Tage lang 24 Stunden am Tag etwa 36,7 Liter pro Stunde verbraucht. Und das bei frühlingshaften Plusgraden.«

»Wir haben das mal mit den Zahlen der Vorjahre verglichen«, führte Bumbke weiter aus. »In den Jahren davor haben wir bei deutlichen Minustemperaturen lediglich 17,7 Liter in der Stunde verbraucht. Das sind 19 Liter weniger, und hochgerechnet auf den ganzen Tag, 460 Liter. Nehmen wir die dann mal 45 Tage, macht das einen Unterschied im Verbrauch von mehr als 20.000 Litern.«

»Is nich wahr ...«, staunte Ackermann. Er hielt die Flasche hoch und peilte den Inhalt. Fragend schaute er Bumbke an.

»Kühlschrank, oben links«, sagte Bumbke und vertiefte sich wieder in die Unterlagen.

»Ich hab da ja nich so hingesehen. Das macht Margot immer. Die kennt da ja was von«, sagte Ackermann, als er in die Küche ging. »Die hat nur gesagt, dass die ganz schön hingelangt haben.« Die letzten Worte wurden von klirrenden Flaschen übertönt.

»Finger weg!«, rief Bumbke, als der hörte, dass Ackermann das Eisfach aufmachte.

Die Kühlschranktür wurde geschlossen und Ackermann erschien mit säuerlichem Blick und drei Flaschen Flens am Tisch.

»Für die große Januarlieferung, die Herbstlieferung davor und die Aprillieferung danach«, fuhr Ackermann fort, »haben die immer 92 Cent den Liter berechnet. Margots Freundin aus Borgfeld hat für ihr Reihenhaus in dem Januar zwölfhundert Liter bei dem gleichen Lieferanten gekauft und nur 75 Cent bezahlt.« Ackermann öffnete seine Flasche und trank einen tiefen Schluck.

»Wart mal«, murmelte Hennings und nahm sich die Abrechnungen vor. Er notierte ein paar Zahlen und rechnete im Kopf. »Hast recht, Robert«, sagte er schließlich und gab Bumbke die Zettel mit den Berechnungen.

»So oft hab ich das jetzt angesehen und nicht entdeckt ...« Bumbke kratze sich beim Lesen mit der Linken am Ohr und griff nach dem Flens.

»Wie auch, Helmut? Da stehen ja immer nur die Liefermenge und der Endpreis. Kein Literpreis«, meinte Hennings dazu. »Ich sag ja. Sogar der vom Mieterverein hat da nur mal einen kurzen Blick drauf geworfen und nichts bemerkt.«

»Ach, Reinhold, die haben doch für sowas keine Zeit. Oder kennst du jemanden, der je mit dem Mieterverein was an einer Nebenkostenabrechnung hat machen können.

»Nö. Aber die sagen ja auch immer, dass sie nur beraten. Tun tun die nichts. Und wenn die mal die Vermieter anschreiben, und die antworten nicht, dann ist es halt so. ›Können wir nichts machen‹, sagen die vom Mieterverein dann.«

»Dann müssen wir eben vor Gericht gehen«, schlug Ackermann vor.

»Und denn?«, raunzte Hennings mit schiefem Grinsen. »Denn, mein Lieber, sieht das so aus: Du nimmst dir einen Anwalt. Der soll dir die …«

»580 Euro«, half Ackermann.

»… die 580 Euro Nachzahlung ersparen. Er schreibt einen Brief, ohne so wirklich deine Unterlagen angesehen zu haben. Die *Mieterparadies* sagt: ›Leck mich‹ und antwortet nicht. Phase zwei. Der Anwalt schreibt einen ›bösen‹ Brief und droht. Die *Mieterparadies* stellt sich taub.«

»Und so weiter und so weiter«, übernahm Bumbke. »Nun kommt Phase drei. Der Anwalt will ja Geld verdienen. Also schreibt er eine Klage und reicht sie beim Amtsgericht ein.«

»Ärgerlich, denkt sich jetzt die *Mieterparadies*, schickt ihren eigenen Anwalt in den Ring und mault. Tenor: ›Was wollt ihr? Es ist alles absolut in bester Ordnung.‹« Hennings reckte den Daumen in die Höhe.

»Man tauscht Unhöflichkeiten aus, argumentiert, lamentiert, streitet ab … Ein paar Mal hin und her.« Bumbke trank einen Schluck und fuhr fort. »Ja, und dann kommt es zur Verhandlung. Gehen wir mal von dem unwahrscheinlichen Fall aus, dass der Richter interessiert ist …«

»… und du nicht an eine grantige Richterin gerätst, die sich an dem Morgen bei schlechtem Kaffee und angebranntem Toastbrot mit ihren pubertierenden Kindern befassen musste …«, warf Hennings ein.

»… und tatsächlich die Akte gelesen hat«, fuhr Bumbke unbeirrt fort. »Dieser Richter nimmt nun den beiden Anwälten ihre Pfauenparade ab, nickt vielleicht ein- oder zweimal, und schlägt dann vor, die Parteien mögen sich doch bitte vergleichen.«

»Es geht gar nicht mehr um den Inhalt der Klage. Niemanden interessiert, was da wochenlang geschrieben wurde. Es geht um 580 Euro.

Und es geht um eine schnelle Beilegung des Streits. Beide Parteien sollen hier mit einem Ergebnis aus dem Raum gehen. Akte zu. Erledigt.« Hennings stand auf, schwenkte die leere Flasche und schaute fragend. Ackermann und Bumbke nickten.

»Das sehen die Anwälte auch so. Dein eigener Anwalt findet, dass er für sein Geld genug getan hat, der andere ist froh, so billig davongekommen zu sein. Ihr einigt euch auf, sagen wir mal 400 Euro, die dir erlassen werden. Keiner verliert dabei wirklich sein Gesicht, und du ›kannst doch wirklich zufrieden sein, mit diesem Ergebnis‹, sagt dir dein Anwalt. Schau genau hin, er wird sich sogar selbst auf die Schulter klopfen.« Bumbke lächelt schief.

Hennings stellte drei neue Flens auf den Tisch, alle griffen zu, lupften den Bügel und stießen an. Dann fragte er:

»Und? Freust du dich dann, Robert?«

»Sicher! Das ist doch was!«

Bumbke und Hennings sahen ihn schweigend an. Ackermann war verwirrt.

»Wie? Oder nicht?«

»Tja, Robert.« Bumbke lachte säuerlich. »Dann, mein Lieber kommt die Rechnung. Das Verfahren wurde mit einem Vergleich abgeschlossen. Das heißt, dass du wohl die Hälfte der Gerichtskosten tragen musst. Als Streitwert …«

»… das sind ja nur 580 Euro«, warf Ackermann ein.

»… wird eine Jahresnettomiete angesetzt. Dazu kommen die gerichtlichen und außergerichtlichen Anwaltskosten. Schätz nun, wie hoch die Rechnung ist, die dir nach ein paar Wochen ins Haus flattert.« Bumbke blickte Ackermann an und wartete. Der schaute nur verstört. »Na los! Rate mal!«

»Hundert oder so?«

»Geh mal von rund 2.000 Euro oder mehr aus. Es gibt da feste Sätze. Kannst du ja im Internet nachsehen.« Bumbke hob die Flasche, prostete Ackermann zu und trank.

Ackermann war bleich geworden. »Und wieso soll man dann klagen? Da zahlt man ja richtig drauf. So blöd kann doch keiner sein …«

»Genau. Und eben das wissen die Vermieter. Deswegen klappt das ja auch so gut. Niemand wird so dumm sein, nur für sein Recht als Mieter so viel Geld aus dem Fenster zu werfen. Mal abgesehen davon, dass es eine Menge Ärger ist. Und die Vermieter rechnen sogar noch anders: Wenn sie hundert Mieter haben, und ein Mieter oder zwei gehen vor Gericht wegen der Nebenkostenabrechnungen …«

Hennings übernahm und schloss den Satz ab: »… dann bleiben achtundneunzig Mietparteien, bei denen es geklappt hat. Keine Sammelklagen in Deutschland – jeder für sich allein auf dem weitem Ozean von Korruption, Betrug und Abzocke. Das ist eine absolut todsichere Sache, weil nicht alle die Abrechnungen wirklich lesen. Von denen, die da reinschauen, begreifen nur wenige, was da steht und rechnen nach. Und am Ende, auch wenn er es bemerkt, wird wohl kaum einer für ein paar Euro so einen Aufstand machen.« Hennings breitete die Arme aus. »Also praktisch kein Risiko.«

Ackermann wollte es aber noch einmal genau wissen und fragte: »Und wie ist das jetzt, wenn man eine Rechtschutzversicherung hat? Die übernimmt doch die Kosten, oder?«

»Ja«, antwortete Bumbke gedehnt. »Das tut sie wohl. Aber auch hier muss man bei fast jeder Versicherung mit 100 oder 150 Euro Selbstbeteiligung rechnen. Das macht bei einer ungerechtfertigten Nachzahlungsforderung des Vermieters bis zu 150 Euro auch keinen Sinn.« Bumbke lachte säuerlich. »Da kommt man dann auch bestenfalls plus minus Null raus und hatte nur monatelang Ärger.«

»Weiter muss man überlegen, wie oft man eine Rechtschutzversicherung brauchen könnte, denn billig sind die nicht, kann ich dir sagen«, übernahm wieder Hennings. »Und wenn du dann tatsächlich innerhalb von zehn Jahren Mitgliedschaft mit drei oder vier Fällen zum Anwalt oder sogar vor Gericht gehst, dann werfen die dich einfach raus, weil du zu teuer geworden bist.«

»Ohne eine Chance zu haben, dann bei einer anderen Versicherung unterzukommen, denn die sind untereinander gut vernetzt und setzen solche Mitglieder auf eine schwarze Liste«, wusste Bumbke zu berichten.

»Oha … Das hätte ich ja nicht gedacht«, sagte Ackermann erstaunt. »Tja, Männer, das schreit nach Doornkaat. Dann mach mal frei. Ich hol die Flasche und die Gläser.« Er stand auf und ging in die Küche, während Bumbke und Hennings die Blätter zu einem Stapel zusammenschoben.

»Donnerstag um neun bleibt aber, Helmut?«, fragte Hennings.

»Ja sicher. So leicht sollen die nicht vom Haken. Ein paar Briefe sollten wir dazu schon schreiben. Der Rest findet sich dann.«

»He, du Spanner …!«

»Was's los, Robert?« Hennings und Bumbke sprangen auf und liefen in die Küche.

»Hockt da so eine Figur wie auf dem Scheißhaus auf dem Gerüst vor dem Fenster und macht einen langen Hals, was wir hier tun …«

Bumbke ging ans Fenster und schaute nach rechts und links. Es war nichts zu sehen.

»Hatte er eine grüne Weste an und so ein dämliches Grinsen im Gesicht?«, fragte Bumbke.

»Gegrinst hat er nicht«, antwortete Ackermann. »Aber eine grüne Weste hatte er an.«

»Ich muss euch mal was erzählen. Kommt mal mit rüber …«

Bumbke rief noch einmal kurz seine Erlebnisse mit Grünweste vom letzten Dienstag in Erinnerung. Und er berichtete von der Nacht von Freitag auf Samstag, in der er die unheimliche Beobachtung auf der anderen Seite der Wiese gemacht hatte. Ackermann sagte immer wieder: »Is's nicht wahr…« und nahm das zum Anlass, in kurzer Zeit drei Doornkaat zu kippen. Bumbke und Hennings setzten bei den letzten Gläsern aus, öffneten aber eine neue Flasche Flens, die Hennings bereitwillig beim Zuhören aus dem Kühlschrank geholt hatte.

»Und«, schloss Bumbke den Bericht ab, »ich bin überzeugt, dass diese Figur was damit zu tun hat.«

Ackermann und Hennings nickten zustimmend. Dann stand Hennings auf und ging rüber, um einen Blick aus dem Küchenfenster zu werfen.

»Zu sehen ist da ja nicht viel«, sagte er und verrenkte sich fast den Kopf, um möglichst weit um die Ecke zu sehen. »Nur das Chaos, das wir schon kennen. Das heißt … Nee, wart mal … Kommt mal her und seht euch das an.«

Ackermann und Bumbke stellten sich neben ihn und schauten angestrengt auf die Wiese. Sie sahen den Baucontainer, den Geräteschuppen, aufgeschobene Eisschollen aus Styropor, drei Bauarbeiter, davon einer mit Helm, einen ordentlichen Stapel Dämmplatten …

»Seht ihr?«, fragte Hennings noch einmal. Dann summte er leise das Lied aus der Sesamstraße: »Ein's von diesen Dingen ist nicht wie die ander'n …«

»Der Stapel«, sagte Bumbke.

»Passt irgendwie nicht zu dem Ordnungssystem dieser Fachkräfte.« Hennings nahm einen Schluck Flens.

»Nö. Irgendwie nicht«, pflichtete Ackermann ihm bei, ging zurück ins Alpenstübchen und holte drei Doornkaat. Er verteilte die Gläser. »Prost, Männer!«

Bumbke, Ackermann und Hennings kippten den Schnaps und wischten sich synchron den Mund mit dem Handrücken ab.

»Da war das?«, fragte Hennings und nickte mit dem Kopf vage in die Richtung des Baucontainers. »Lass uns mal hingehen.«

»Moment«, Ackermann dehnte das Wort, sammelte die Gläser ein, ging rüber und füllte nach. »Hier, Männer, für'n Weg. Los. Leermachen …«

»Na gut. Aber denn ist Schluss. Sonst sind wir ja gleich duun …«, brummte Bumbke, als er Ackermann das Glas abnahm. »Und nu ab an die frische Luft. Mir ist schon ganz klöterich von dem Zeug.«

Sie nahmen ihre Jacken von der Garderobe, Bumbke setzte seine Bikerkappe auf, dann verließen die drei die Wohnung. Sie gingen quer über die Wiese, umrundeten den Container und stellten sich vor dem Gerüst so auf, dass sie den geordneten Stapel Dämmmaterial sehen konnten. Ackermann, der mittlerweile einen leicht glasigen Blick hatte, stieß Bumbke leicht in den Rücken. Er sollte vorgehen.

Aus dem Augenwinkel sah Bumbke, wie Grünweste sie vom oberen Gerüst gegenüber beobachtete. Sie schlenderten betont unauffällig auf den Stapel zu, wussten aber, dass sie dabei nicht überzeugend wirkten.

Vor dem Stapel blieben sie stehen. Grünweste stand noch immer oben auf dem Gerüst und starrte zu ihnen rüber.

Hennings stieß Bumbke unauffällig mit der Schulter an und nickte in Richtung Stapel. »Was ist das da? Farbe?«

»Nee. Glaub ich nicht.« Bumbke versuchte, etwas zu erkennen und ging einen halben Schritt vorwärts.

Das ordentlich etwa mannshoch gestapelte Styropor verdeckte die Metallplatte nicht ganz. Bumbke wusste, dass hier die Tankanlage mit zwei Tankkesseln war. Zum Öffnen der Deckel brauchte man nur einen gängigen Vierkant. So einen, wie ihn die meisten Arbeiter auf dem Bau immer bei sich tragen. Er hatte auch einen in seiner Arbeitsjacke.

Auffällig waren nur die dunklen Flecken auf dem Deckel und an den Kanten der unteren Dämmplatten.

»Nee, mein Lieber. Das ist Blut. Da bin ich sicher.« Bumbke hatte so etwas schon gesehen. Allerdings nicht in der Menge. Er schob an den Platten, die sich relativ leicht bewegen ließen. Die freigelegte Metallplatte war übersät mit rostroten Flecken, die offensichtlich an einigen Stellen noch nicht ganz eingetrocknet waren. Energisch schob Hennings die Platten ganz zur Seite; Ackermann trat zwei Schritte zurück und steckte die Hände in die Jackentaschen.

»Heilige Scheiße«, entfuhr es Hennings, als er das Ausmaß der Blutlache erkannte.

»Ich mach mal auf«, sagte Bumbke, holte seinen Vierkant heraus und steckte ihn ins Schloss. »Werfen wir mal einen Blick rein. Vielleicht hat hier ja nur jemand einen Straßenköter versenkt …« Er drehte den Vierkant und hob den Deckel an. Hennings bog den Oberkörper, um an Bumbke vorbei in den Schacht zu sehen. »Das ist definitiv KEIN Straßenköter«, meinte er trocken.

»Nee, ist das nicht.« Bumbke ließ langsam den Deckel sinken. Er schaute Hennings an. »Besser, wir holen die Polizei. Meinst du nicht?«

»Besser ist das.« Hennings suchte in seiner Jacke, aber Bumbke hatte schon sein Handy in der Hand. Er tippte die Notrufnummer und wartete.

»Polizei Notruf«, kam es aus dem Handy.

»Moin. Hier ist Helmut Bumbke, Curt-Launstein-Straße 35. Meine Handynummer ist«, er nannte die Nummer und fuhr fort, »im Revisionsschacht der Tankanlage vor Hausnummer 41, gleich neben dem Baucontainer, liegt eine Leiche. Wir warten hier, bis Sie jemanden geschickt haben.«

Der Polizist am anderen Ende der Leitung bestätigte die Meldung, bat darum, dass nichts angefasst wurde, bedankte sich und legte auf.

»Na gut, Männer. Dann warten wir mal«, sagte Bumbke auffällig ruhig. Er schaute sich um. Hennings war bleich und still, Ackermann kotzte das Gerüst an, und Grünweste war verschwunden.

Montag, 15.03., nachmittags | Tatort Curt-Launstein-Straße

Als am späten Nachmittag das Telefon klingelte, hatten die beiden gerade ihre PCs runtergefahren. Neuhoff ging ran. Konzentriert hörte er dem Anrufer zu, dann sagte er: »Wie ist die genaue Adresse? Ah ja, kenn' ich, da war ich schon mal. Wir machen uns sofort auf den Weg, bis gleich.« Er legte den Hörer auf und machte sich eine Notiz.

»Soviel zu dem zeitigen Feierabend. Und rate mal, wo wir hinmüssen?«

Rieke sah ihn erwartungsvoll an. »Ein Toter in der Curt-Launstein-Straße, in Osterholz. Kommt dir das bekannt vor?«

Rieke war schon aufgestanden. Ich hab's doch irgendwie geahnt, dachte sie. Die Verhaftung dieses polnischen Arbeiters, die schnelle Aufklärung des Mordes in Sebaldsbrück; das war alles zu schnell und zu glatt gegangen.

»Nun bin ich aber gespannt, was uns da diesmal erwartet«, antwortete sie und verließ gemeinsam mit Neuhoff das Büro.

Als sie ihren Dienstwagen abstellten, sahen sie, dass Kurt Michaelis schon seine Koffer auspackte, und zwei uniformierte Kollegen großzügig das Gelände absperrten.

Der Anrufer hatte eine genaue Beschreibung durchgegeben, wo die Leiche gefunden worden war, so dass die beiden Kommissare nicht lange suchen mussten. Als sie sich vorsichtig einen sicheren Weg durch das herumliegende Baumaterial und den zahllosen Bauschrott suchten, wurden sie von vielen Neugierigen auf den Balkonen und an den Fenstern beobachtet. Sie stellten sich neben Michaelis, der neben der geöffneten Klappe des Revisionsschachtes stand.

»Kein schöner Anblick, kaum noch zu erkennen, das Gesicht«, konstatierte er. »Den müssen wir da erst mal rausholen.«

Während die Leiche geborgen wurde, ging Rieke zu einer Gruppe von drei Männern, die etwas blass, aber durchaus interessiert das Geschehen beobachteten.

»Ist einer von Ihnen, Moment …«, sie zog einen kleinen Notizzettel aus ihrer Jackentasche, »Helmut Bumbke, der uns angerufen hat?«

Einer der drei nickte und trat einen Schritt vor. Sie reichte ihm die Hand.

»Rieke Senger ist mein Name, Kripo Bremen. Und da vorne«, sie zeigte mit dem Finger in Richtung ihrer Kollegen, »der rechte da ist Andreas Neuhoff, ebenfalls Mordkommission, daneben Kurt Michaelis von der Spurensicherung. Sie haben die Leiche gefunden?«

Bumbke nickte. »Ja, wir waren hier in der Anlage unterwegs, um mal nach dem Rechten zu sehen. Sie sehen ja, was hier los ist. Und dann haben wir das Blut entdeckt. Die Blutspur führte direkt zu der Klappe vom Tankschacht.«

Der kleinere der beiden anderen Männer fiel ihm ins Wort: »Helmut meinte, vielleicht liegt da ja ein Straßenköter drin, und da haben wir nachgesehen.« Er reichte Rieke Senger die Hand. »Robert Ackermann, aus Nummer 29.«

Nun trat auch der dritte Mann vor und stellte sich vor: »Reinhold Hennings, Nummer 31. Guten Tag, Frau Kommissarin.«

Rieke nickte ihm freundlich zu und fuhr mit der Befragung fort: »War die Klappe denn offen?«

»Nee«, antwortete Bumbke und fischte den Vierkant aus seiner Hosentasche, »den hier hab ich immer bei mir, und damit ging die Klappe auch auf. Wir haben sie aber sofort wieder zugemacht und auch nix angefasst …«

Rieke lächelte die drei an. »Das haben Sie gut gemacht«, lobte sie. »Wir nehmen gleich noch Ihre Personalien auf und werden sicher auf Sie zukommen. Fürs erste aber reicht uns das, vielen Dank!«

Sie wandte sich ab und ging zu Michaelis und Neuhoff. »Die drei da«, sie machte eine Kopfbewegung in Richtung Bumbke, »die haben die Leiche gefunden. Haben nichts angefasst, sagen sie.«

Michaelis sah in die Richtung der drei. »Trio infernal, würd ich mal sagen. Hauptsache, die lassen uns hier in Ruhe unsere Arbeit machen.

Eins kann ich euch jetzt schon sagen: Ist ein Scheißjob hier. Diese vermüllte Baustelle, der Regen, der alles aufweicht … Wird schwierig, was vernünftige Spuren angeht. Außerdem muss man aufpassen, wo man hintritt; liegen ja überall Dachlatten mit herausstehenden Nägeln rum …«

Inzwischen war auch der zuständige Arzt eingetroffen, der die Leiche untersuchte. Die Techniker hatten, nachdem sie alles sorgfältig aus allen Richtungen fotografiert hatten, zunächst etwas Platz auf dem Rasen schaffen müssen und zu diesem Zweck die im Weg liegenden Dämmplatten und Bretter ein paar Schritte entfernt aufgestapelt. Nun konnten sie die Leiche auf einer ausgebreiteten Folie ablegen und dem Mediziner Platz zum Arbeiten machen. Neuhoff ging zu ihm hin und holte einen kleinen Notizblock aus der Tasche.

»Und, lässt sich schon was sagen?«

»Tja«, der Mediziner erhob sich ächzend aus der Hocke, »der bedauernswerte junge Mann hat einen schweren Schlag ins Gesicht bekommen. Mit einem stumpfen Gegenstand. Könnte vielleicht ein Schlagstock oder ein Brecheisen gewesen sein. So etwas in der Art. Ich lehne mich wohl nicht sehr weit aus dem Fenster, wenn ich sage, dass der Gegenstand so um die zwei bis drei Zentimeter dick, rund oder oval und wahrscheinlich aus Metall war. Zentraler Treffer in Augenhöhe, so dass die Knochen tief in den Schädel eingedrungen sind. Das ergibt eine hässliche Verletzung mit sehr viel Blut.« Er deutete auf die dunklen Flecken rund um sie herum.

»Ist er hier gestorben?«, fragte Neuhoff und blickte sich um.

»Schwer zu sagen. Könnte aber durchaus sein. Das viele Blut deutet darauf hin. Er hatte viele weitere Verletzungen und Brüche. Sieht vielmehr so aus, als wenn er von irgendwo da oben abgestürzt ist.« Er schaute erst suchend das Gerüst und dann den Weg vor dem Block an. »Oder gestoßen wurde«, fügte er nachdenklich bei. »Vielleicht von da.« Er deutete vage in Richtung der Balkone des zweiten Stocks schräg rechts über ihm. »Aber das müssten euch die Kollegen von der Spusi besser sagen können.«

Neuhoff machte sich Notizen und fragte: »Wie sieht es mit der Todesursache aus?«

»An die Todesursache möchte ich mich noch nicht wagen; das lässt sich erst sagen, wenn er in der Pathologie ist. Den Bericht könnt ihr aber vielleicht schon morgen kriegen«, sagte der Mediziner und wollte sich wieder der Leiche zuwenden.

Neuhoff notierte etwas auf seinem Notizblock. »Nur noch eben eins, bitte«, bat er den Kollegen. »Wann ist er gestorben? Hast du da schon eine Idee?«

Der Arzt drehte sich wieder zu Neuhoff um. »Hmm ...«, brummte er, verschränkte die Arme und zog die Stirn in Falten. »Auch das kann man erst sagen, wenn er drüben ist. Meine erste Schätzung ist Freitag oder Samstag, nagel mich aber bitte nicht darauf fest.« Er schaute Neuhoff direkt an und fuhr fort: »Wenn ich es mir noch einmal recht überlege und mir die Spuren ansehe, komme ich zu der Überzeugung: Der junge Mann war vermutlich noch nicht tot, als man ihn wie ein Schweizermesser zusammengeklappt und hier wie eine Sardine in die Dose gequetscht hat.«

»Oh ...«, meinte Neuhoff betreten und schaute noch einmal zu dem Toten rüber. »Naja. Zumindest hatte er Papiere dabei. Wir wissen also, wer der junge Mann da war. Das ist schon mal ein Anfang.«

»Ich mach denn mal weiter, wenn sonst nichts weiter anliegt?«, fragte der Arzt.

»Ja klar«, antwortete Neuhoff, noch immer mit den Gedanken bei der Leiche. »Vielen Dank, Doc.«

Der Arzt nickte Neuhoff aufmunternd zu und begab sich wieder in die Hocke, um weiterzumachen.

Rieke hatte inzwischen die Papiere des Toten. Sie stutzte.

»Andreas, kommst du mal?« Neuhoff wandte sich seiner Kollegin zu. Rieke tippte auf den Ausweis in ihrer Hand.

»Das ist echt ein Ding. Haben wir vorhin noch drüber gesprochen. Der Tote ist unser vermisster Daniel Hertel.«

Neuhoff zog die Augenbrauen hoch. »Ach ...«

Sie sah sich um. »Was läuft hier eigentlich? Erst ist da die tote Litschko, dann taucht der Hertel bei ihr auf und ist zack«, sie schnippte mit den Fingern, »einfach spurlos verschwunden. Dann finden wir diesen Marek hier auf der Baustelle, und ein paar Tage später kommt auf derselben Baustelle Daniel Hertel wieder zum Vorschein. Aber diesmal tot und in einen Schacht gequetscht.«

»Riecht nach viel Arbeit«, entgegnete Neuhoff. »Komm, wir fahren. Jetzt sind hier erst mal die anderen dran.«

Dienstag, 16.03. | **Niederlassung der Mieterparadies Überseestadt**
Winfried Wessel, zuständiger Objektbetreuer der *Mieterparadies* Bremen, war genervt. Monatelang hatte er die penetranten Anfragen und Aufforderungen dieses Rentners abgewimmelt und dessen E-Mails ignoriert. Helmut Bumbke war ein Nichts, ein impertinenter Mistkerl, dachte Wessel. Der sollte doch froh sein, überhaupt eine Wohnung der *Mieterparadies* bewohnen zu dürfen. Stattdessen versuchte er ihn ständig anzupissen. Wenn es nach ihm ginge, wär der schon längst rausgeflogen, ärgerte er sich nicht zum ersten Mal.

Seine Taktik war bislang in allen vergleichbaren Fällen unverschämter Belästigungen durch Mieter gut aufgegangen. Sogar wenn Mietervereine mit ihren schwülstigen Pamphleten nervten, befand er sich auf der sicheren Seite, denn noch nie hatte so ein Verein mehr als einen oder zwei Briefe geschrieben, die er sofort unbeantwortet ablegte. Und die Mieter selbst waren Luschen, die man nun wirklich nicht ernst zu nehmen brauchte. Die kratzten doch nur jeden Monat ihre erbärmlichen letzten Cents für die Miete zusammen. Woher sollten sie also Geld für einen Anwalt oder ein Gerichtsverfahren haben?

Das waren alles Gründe, weswegen Winfried Wessel bis jetzt davon ausgehen konnte, dass auch so ein renitenter Mieter wie der Bumbke irgendwann aufgeben und die Sache auf sich beruhen lassen würde.

Aber dann hatte Helmut Bumbke vor ein paar Tagen die Möller-Seidenbach mit in seine Angelegenheiten reingezogen und sich über ihn beschwert. Jetzt sah die Sache schon anders aus. Die Chefin hatte herumgezickt und ihn angepfiffen. Es wäre gar nicht gut, wenn sie seine Aktivitäten nun noch genauer unter die Lupe nähme und er gezwungen wäre, sie womöglich mit einer Beteiligung an seinen Geschäften auf Abstand zu halten.

Also musste er als erstes diesen lästigen Bumbke loswerden, ihn kalt stellen. Besser noch vernichten, bevor er selbst vernichtet wurde. Er konnte es einfach nicht zulassen, dass so ein alter Sack keine Ruhe geben wollte und seine Geschäfte störte. Schließlich hatte er hart an seiner Zukunft und seiner Kariere gearbeitet.

Wessel war heute extra eine Stunde früher ins Büro gekommen, um die ganzen Belegakten zu kopieren, die dieser Bumbke übermorgen einsehen wollte. Du willst Papier, du Arsch? Dann kriegst du Papier. Ersticken sollst du darin, dachte Wessel. Und ich entscheide, was du zu sehen bekommst. Er machte sich an die Arbeit.

»Also das schon mal nicht.« Wessel sortierte alle vorhandenen Rechnungen und Lieferscheine der Firma Mahnke & Kessler Treib- und Schmierstoffe OHG heraus, nahm die letzten drei Rechnungen des letzten Jahres und legte sie auf den Stapel »Bumbke«. Den Rest übergab er dem Aktenvernichter.

Inzwischen hatte er in bunter Folge die zum Teil schlecht lesbaren Kopien in drei Stapel aufgeteilt und gelocht. Grobe Sortierung nach Jahr. Mehr nicht. Darunter mischte er noch zahlreiche unwichtige Belege anderer Liegenschaften. Dann heftete er alles ab, so dass er am Ende drei besonders dicke Ordner mit je mindestens 250 Blatt überwiegend nutzloser Information bereitstellen konnte.

Er war immer noch stolz auf seine geniale Idee, die mehr als dürftigen Unterlagen für die Gärtnerarbeiten aufzufüllen. Dazu hatte er letzten Freitag seinen alten Bekannten Sawatzki angerufen und ihm die Situation geschildert. Sein Vorschlag war nun gewesen, dass Sawatzki für jede Woche der letzten Jahre einen Arbeitsprotokollbogen erstellen solle, auf dem alle erledigten Arbeiten in den Liegenschaften notiert waren. Die werde er dann einfach ungeordnet unter die anderen Belege mischen.

Sawatzki war der Meinung, das wäre etwas dick aufgetragen. Weiterhin habe er solche Bögen doch gar nicht.

»Ach was. Das ist doch gar kein Problem«, hatte Wessel geantwortet. »Ich mache da mal mit Excel etwas fertig, lasse es von unserem Hausmeister blanko unterschreiben, dann schicke ich es dir per Mail zu. Am Wochenende hast du sicher Zeit genug, deiner Kreativität freien Lauf zu lassen. Du musst nur ankreuzen, Datum eintragen und unterschreiben. Alles klar?"

»Na gut. Du musst ja wissen, was du da machst. Ich schicke es dir gleich am Montag mit der Post zu. Dann ist alles am Mittwoch oder Donnerstag bei dir im Büro."

»Ich brauche das vorher. Ich komme am Sonntagnachmittag bei dir vorbei und hol mir die Unterlagen ab." Dabei dachte er auch an ein paar unvergleichlich befriedigende Kilometer mit seinem R8, fernab einer maulenden Partnerin und einem ewig quengelnden Kleinkind.

Er hatte Sawatzki vor ein paar Jahren bei einem privaten Pokerspiel kennengelernt. Leider hatte sein Full House mit Königen und Damen gegen Sawatzkis Straight Flush mit Herz Sechs bis Herz Zehn keine Chance. Die Karten wurden aufgedeckt, und er stand plötzlich bei Sawatzki mit zwölf Riesen in der Kreide. Dumm gelaufen, zumal er an dem Abend nicht ausreichend Bares dabei hatte.

Sawatzki schlug vor, ihm die Schulden zu erlassen, wenn er ihn für die *Mieterparadies* exklusiv mit der Gartenpflege und Gehwegreinigung beauftragen würde.

»Wie viel Objekte habt ihr denn in Bremen?«, fragte er.

»So um die 440. Es sollen aber mehr werden«, antwortete Wessel, der froh über das Angebot war und noch mehr Geld witterte.

»Eine Menge Arbeit, mein Freund«, sagte Sawatzki nachdenklich. Er drehte einen Pokerchip mehrmals zwischen den Fingern, schaute Wessel an und schlug vor:

»500 Euro pro Objekt pro Jahr für Grün und Gehwege. Macht 220.000 per anno. Dazu 25 Riesen pauschal pro Jahr für Winterdienst. Exklusiv, mit der Option, auch in den anderen Organisationen in Oldenburg und Hamburg einzusteigen. Wenn es läuft, sind 10 Prozent für dich als Provision drin.«

»Zu den anderen in Oldenburg und Hamburg kann ich nichts sagen«, antwortete Wessel, ohne seine Aufregung verbergen zu können. »Die machen alle ihr eigenes Ding. Ich frag aber mal nach. Und … 10 Prozent sind ja nicht gerade viel. Wie wären 20?«

Sawatzki behielt sein erfolgreiches Pokerface, obwohl er still in sich hineinlächelte. Dieser Typ war ja zum Schreien naiv und billig zu kriegen. »15 Prozent, Auszahlung im Quartal in bar.« Er reichte Wessel die Hand über den Tisch. »Deal?«

»Deal«, sagte Wessel und schlug ein. Mehr als 36 Riesen im Jahr dazu, von denen die *Mieterparadies* – aber besonders Hendrikje – nichts wissen musste. Einen kurzen Moment überlegte er, in was er zuerst investieren sollte.

»Gut. Ich setz das mal auf und komme dann die Tage rein zur Unterschrift. Kannst du das überhaupt so allein entscheiden?«

»Ja, sicher. Kann ich. Die Chefin vertraut mir da voll und ganz. Ich werde ihr das schon verkaufen«, sagte Wessel mit mehr Überzeugung, als er wirklich besaß. Und tatsächlich; es hatte funktioniert und maßgeblich sein Projekt zur privaten Absicherung vorangebracht.

Wessel war mit seiner Arbeit mehr als zufrieden, als er sich die Kontrollbögen ansah. Die Unterschriften Sawatzkis und offensichtlich eines weiteren Mitarbeiters waren zum Teil herrlich schlecht lesbar, und die handschriftlichen Notizen und Eintragungen der Örtlichkeiten und Zeiten variierten. Sawatzki hatte da mehr Kreativität gezeigt, als Wessel ihm zugetraut hatte. »Sawatzki, du clevere Sau", murmelte er.

Den letzten Schliff erhielten die Bögen von Wessel, indem er die kopierten Exemplare nochmals kopierte und falsch belichtete. Sollte der Bumbke doch damit zurechtkommen, wie er wollte. Allein das Sortieren und Auswerten dürfte ihn eine ganze Zeit beschäftigen. Er lächelte zufrieden, als er die Ordner fein säuberlich in einer Reihe auf dem Besuchertisch aufstellte.

»Gut soweit«, dachte Wessel, als er eine Stunde vor Feierabend die Tür zu seinem Büro schloss und es sich in seinem komfortablen Chefsessel aus weichem Leder bequem machte. Er drehte ihn zum breiten Panoramafenster herum und schaute über die Weserlandschaft und den weit im Hintergrund liegenden Containerhafen. »Schade, dass ich meine Wohnung von hier nicht sehen kann«, überlegte er. Seine Gedanken schweiften kurz ab zu seinem exklusiven Dreizimmer-Appartement, das nur durch das Fenster der Pantry zu sehen war. Manchmal gönnte er sich einen Blick von dort, mit einem Becher Kaffee in der Hand. Und hin und wieder beobachtete er Hendrikje auf dem sieben Meter langen Balkon, wie sie sich mit den Pflanzen beschäftigte. Als sie vor zwei Jahren dort eingezogen waren, hatten sie dabei noch am Handy geturtelt. Aber das war schon eine ganze Weile her …

Einfach war es bis hierhin ja nicht gerade gewesen, und er war manches Risiko eingegangen, sinnierte er, während er sich vom Trommeln der Regentropfen am Fenster einlullen ließ und dabei den Wolkenwanderungen zusah.

Bumbke hatte sich leider inzwischen zu einem beinahe unberechenbaren Faktor entwickelt. Er musste ihn auf den Platz verweisen, der ihm als Mieter zustand: Ganz unten in der Nahrungskette, Fresse halten und pünktlich zahlen. Mehr verlangte Wessel von den Bewohnern seiner Objekte nicht. Und mehr wollte er ihnen auch nicht zugestehen.

Sein Plan war ursprünglich gewesen, Bumbke einfach zu ignorieren. Das hatte leider nicht funktioniert. Nun sah er sich gezwungen, einen Gang hochzuschalten, nachdem seine dämliche Chefin interveniert hatte. Also gestaltete er die offensichtlich unvermeidbare Belegeinsicht für Bumbke so umständlich und verwirrend, dass dieser naive Laie die anspruchsvolle Buchhaltung und seine besondere Beleganordnung einfach nicht verstehen konnte. Dann hätte Bumbke ganz schnell die Schnauze voll und würde endlich aufhören, ihn zu nerven. Du kannst mir gar nichts, dachte Wessel und lächelte still in sich hinein.

Dann war da aber noch Bumbkes dummes und unverschämtes Herummeckern wegen der Baustelle. Sicher, es gab auch andere Mieter, die sich über die Baustelle beschwerten. Mal bei ihm, mal bei der Möller-Seidenbach. Diese Nörgler waren jedoch alle völlig ungefährlich und konnten schnell abgewimmelt werden. Aber dieser Bumbke …

Lukasz Kaczmarek, der für die Bauaufsicht in Osterholz zuständig war, hatte ihn angerufen und sich darüber beschwert, dass seine Arbeiter von einem Mieter wegen der Unordnung und eines »angeblichen Verstoßes gegen die Verkehrssicherungspflicht« angemacht worden waren. Er habe daraufhin seinen Vorarbeiter losgeschickt, einmal herauszufinden, wer dieser Mieter war. Es handle sich um einen Helmut Bumbke, der in der 35 im ersten Stock wohne. Ob er den Mieter kenne, fragte Lukasz.

Wessel tat zunächst erstaunt, obwohl er davon schon früher Kenntnis bekommen hatte. Immerhin hatte Bumbke ihm Bilder geschickt und sich über die »katastrophalen Zustände« lang und breit und nervig in einer E-Mail ausgelassen. Wessel hatte natürlich auch dazu in keiner Weise Stellung genommen. Aber davon wusste Lukasz Kaczmarek ja nichts.

Lukasz schien ein netter Kerl zu sein. Zumindest hatten sie eine gute Stunde telefoniert, Gemeinsamkeiten im privaten Bereich gefunden, gegenseitiges Verständnis gezeigt und am Ende beschlossen, dass Lukasz sich selbst um dieses kleine Problem kümmern solle.

Lukasz gab zu verstehen, dass er durchaus Mittel und Wege habe, um solchen penetranten Besserwissern auf ihnen verständliche Art und Weise zu begegnen. Mehr noch, er habe da jemanden, der Bumbke auch ohne viele Worte klar machen könne, dass eine Einmischung und Kritik an der Baustellenführung und Arbeitsweise der Truppe nicht erwünscht war.

»Damit sollte ich die Situation doch voll im Griff haben«, überlegte Wessel. Er schaute auf seinen neuen Chronografen von Audemars Piguet – noch dreißig Minuten bis Feierabend – griff zum Handy und wählte die Nummer von Werner Mahnke aus dem Verzeichnis.

»Was willst du?«, meldete sich Mahnke kurz vor Einschalten der Mailbox.

»He Alter. Alles senkrecht?«

Stille.

»Was'n los. Bist du noch dran?«, fragte Wessel und schaute weiter durch die Panoramascheibe über die Weser.

»Hör mal, ich warte darauf, dass du etwas Vernünftiges von dir gibst, bevor ich auflege. Also fang endlich an, ich hab keine Zeit für solchen Quatsch«, antwortete Mahnke ungehalten.

»Ich hab das mit dem Bumbke erledigt. Die Belege sind jetzt sauber, und ich arbeite daran, dass der auszieht«, meldete Wessel gut gelaunt.

»Ja, und? Dein Problem«, sagte Mahnke nur und schwieg.

»Noch dran?«, fragte Wessel, als das Schweigen anfing, peinlich zu werden.

»Ja. Was ist denn noch? Mach hin, ich habe zu tun«, sagte Mahnke und schien dabei abgelenkt zu sein.

»Ich wollte nur noch eben fragen, wie es mit Car-Freitag ist. Fahren wir zusammen da hoch?«

»Hast du denn überhaupt eine Freigabe von Hendrikje?«, lachte Mahnke.

»Muss ich die haben?«, war Wessels Gegenfrage. Allerdings war ihm anzumerken, dass ihm das Thema Hendrikje höchst unangenehm war.

»Keine Ahnung«, meinte Mahnke darauf nüchtern und fuhr fort: »Ich fahr lieber alleine. Ich hab da ein paar Umbauten machen lassen, die ich testen will.« Er schwieg wieder, fügte dann aber doch noch gehässig an: »Außerdem habe ich keinen Bock, mich von dir ausbremsen zu lassen.«

Wessel schluckte. »Alter, komm …«

»Ich hab zu tun. Wir sehen uns«, wollte Mahnke das Gespräch beenden.

»Ähmmm … Moment noch eben. Kannst du mir noch einen Vorschuss zukommen lassen?«, fragte Wessel schnell, bevor Mahnke ihn wegdrücken konnte.

Wieder eine peinliche Pause und Rauschen im Handy.

»Wie viel?«, fragte Mahnke nach einer gefühlten Ewigkeit.

»Ich dachte, so um die neun oder besser zehn …«

»Du bist verrückt«, unterbrach ihn Mahnke. Wieder ließ er Wessel warten und sagte dann: »Mach einen Auftrag klar, dann sehen wir weiter. Wenn du willst, liefere ich dir einundzwanzigtausend Liter Fakestoff für dreiundachtzig plus Mehrwert. Egal wohin. Zu den üblichen Konditionen. Aber nicht ohne schriftlichen Auftrag und Bestätigung, dass ich geliefert habe.«

Wieder schluckte Wessel. »Und wie sieht es mit fünf Riesen aus? Ich bin gerade etwas klamm …«

»Vergiss es. Ich hab dir gesagt, wie es läuft.« Mahnke legte einfach auf.

»Scheiße, Scheiße, Scheiße!«, entfuhr es Wessel. »FUCK!« Er knallte wütend sein Handy auf den Tisch.

»On The Road Again …« Mahnkes Klingelton.

Wessel riss das Handy an sich und wischte mit dem Zeigefinger über das Display. Bevor er etwas sagen konnte, hörte er Mahnkes Stimme: »Und übrigens, Winfried …«

»Ja, Werner?«, fragte Wessel hoffnungsvoll.

»Sag nicht ›Alter‹ zu mir.«

Wessel starrte das Handy an. Das Gespräch war beendet.

Es dauerte eine Weile, bis Wessel sich wieder halbwegs im Griff hatte. Die anfänglich erlösende Freude, die er über die zu erwartende endgültige Lösung des Problems »Bumbke" empfunden hatte, war mit wenigen Worten von Werner Mahnke wie ein Luftballon zum Geburtstag seiner Tochter Lieke zerplatzt.

»Mahnke, du bist eine verdammte Ratte«, zischte er wütend in Richtung Weser. Er versuchte sich weiter zu entspannen, indem er die Hände hinter dem Kopf verschränkte und mit halb geschlossenen Augen an einen grellroten Lamborghini und Sex mit einer exotischen Schönheit dachte, die keinerlei Ähnlichkeit mit seiner Hendrikje hatte. Das wirkte, wie er feststellte.

Bevor er seinen Feierabend und die Entspannungsrunde mit seinem R8 verschlafen konnte, klingelte das Bürotelefon. Wessel schlug die Augen auf und starrte die blinkende LED an. Auf dem Display stand »Intern 10«: Die Chefin.

»Was will d i e denn jetzt noch? Kann die mich nicht einfach mal in Ruhe lassen?« Er ärgerte sich, dass er vorhin nicht einfach aufgebrochen war und auf die letzten Minuten im Büro verzichtet hatte. Er nahm den Hörer ab und meldete sich mit einem einfachen: »Ja?« Sollte die Chefin doch merken, dass ihr Anruf ungelegen kam.

»In mein Büro. Jetzt.« Sie hatte schon wieder aufgelegt, bevor Wessel überhaupt begriff, was sie von ihm wollte. Er merkte nur, dass es eiskalt über seinen Rücken lief; allerdings nicht so eiskalt, wie ihre Stimme eben geklungen hatte.

Er stand auf und prüfte sein Spiegelbild im Panoramafenster. Nachdenklich richtete er seine Krawatte und den Hemdkragen, ließ aber die Jacke offen. Sie war schließlich nur die Möller-Seidenbach. Wäre sie CEO Petersson persönlich, hätte er die Jacke geschlossen.

Mit unterschiedlichen Ideen, was sie jetzt, kurz nach Feierabend, noch vom ihm wollte, ging er den Gang runter bis zur letzten Tür auf der Weserseite. Eckbüro, dachte er neidisch. Zwei und zwei Panoramafenster. Designer-Sitzgruppe.

Er betrachtete kurz das Namensschild rechts neben der Tür: Möller-Seidenbach, Managing Director. Wie wäre es denn mit Winfried

Wessel, Managing-Director? Klingt doch auch nett und wäre angemessen, oder? Das Flattern in seinem Magen wollte kein Ende nehmen und stand im Gegensatz zu seinen großspurigen Gedanken.

Er klopfte kurz an die Edelholztür und trat ohne Aufforderung ein. »Sie haben nach mir verlangt, Ma'am?«

Möller-Seidenbach las ungerührt in einem Dokument, als sie ihn leise anfuhr: »Lassen Sie Ihre kindischen Albernheiten. Dafür haben wir hier weder die Zeit, noch haben wir hier die Bühne. Setzen Sie sich.«

Eigentlich wollte Wessel mit seiner flapsigen Bemerkung seine Unsicherheit kaschieren. Das hatte schon ein- oder zweimal geklappt, und Möller-Seidenbach hatte ihn angelächelt. Wessel wurde unruhig. Irgendetwas war anders. Er wollte, wie gewohnt, in der Sitzgruppe Platz nehmen, hörte aber ein gezischtes: »Nein, dahin«, wobei seine Chefin, ohne ihn anzusehen, kurz auf den Besucherstuhl vor ihrem Schreibtisch deutete. Dort ließ sie ihn eine gefühlte Unendlichkeit warten. Wessel brach unvermittelt der Schweiß aus.

Sie las weiterhin ruhig das Dokument durch, fragte aber nebenbei geschäftsmäßig: »Wollen Sie einen Kaffee?«

»Nein, danke. Ich …«, stotterte Wessel und schaute demonstrativ auf seine Armbanduhr.

Möller-Seidenbach schaute ihn einen kurzen Moment über den Rand des Papiers an, griff wortlos nach dem Hörer ihres internen Telefons und sagte nach einer Weile: »Rita, bringen Sie uns bitte einen Kaffee und eine Latte Macchiato.« Sie legte auf und vertiefte sich wieder in ihre Lektüre. Mittlerweile waren fast fünf Minuten um, und Wessels Hemd war nass. Und warum musste er gerade jetzt dringend pinkeln?

»Wenn Sie noch einen Moment brauchen, kann ich dann eben …?«, setzte er an und hatte sich schon halb vom Besucherstuhl erhoben.

Das schien der Moment gewesen zu sein, auf den Möller-Seidenbach gewartet hatte. Sie legte langsam das Blatt Papier aus der Hand, sah Wessel direkt an und fragte:

»Was ist das da mit der Leiche?«

Wessel starb. Schnell, wortlos, einsam. »Welche Leiche …«, er suchte nach Worten. Hatte Lehnhorst damit was zu tun? Oder der kleine Auftrag über den Kaczmarek? Bumbke? Seine Gedanken überschlugen sich.

»Ach … Keine Ahnung, Herr Wessel?«

»Nein, absolut nicht. Ich …«, stotterte er. Er musste immer dringender pinkeln. Es war unerträglich heiß. Ob er die Jacke ausziehen dürfte, wenn er fragte?

»Eine Eins-A Leiche, in der von Ihnen verwalteten Liegenschaft in Osterholz, und Sie haben keine Ahnung …« Möller-Seidenbauch sprach ruhig, leicht sarkastisch, schaute ihn an, analysierte seine Körpersprache.

»Nein, leider war ich heute mit den Unterlagen beschäftigt …«, versuchte er, das Gespräch zu retten. Er schüttelte dabei in gespielter Ahnungslosigkeit und Unschuld den Kopf und hielt ihr die nach oben geöffneten Handflächen entgegen.

»Gestern war das. Und dann noch nichts gehört?« Die Frage schien rhetorisch. Ihre Augen bohrten sich in seine. Wessel hörte sie aus weiter Ferne weiterreden. »Wissen Sie ü b e r h a u p t, was in Ihren Liegenschaften los ist, Herr Wessel?«

Rita, die Bürokraft vom Empfang, öffnete nach kurzem Klopfen die Tür, stellte den Kaffee und den Latte auf den Schreibtisch und verschwand wortlos.

»Frau Möller-Seidenbach, ich schwöre, ich hätte Ihnen etwas gesagt und mich schon längst darum gekümmert, wenn ich gewusst hätte …« Der Drang zu Pinkeln war unerträglich geworden. Er fing an, mit den Füßen zu wippen.

»Die Kripo hat morgen im Laufe des Vormittags einen Termin bei mir. Ich erwarte von Ihnen, dass ich bei Bürobeginn einen vollständigen und minutiösen Bericht von Ihnen auf dem Tisch habe.« Sie sezierte ihn mit den Augen.

»Natürlich, ich werde sofort …«, setzte er an. Sein linkes Bein flatterte unkontrolliert.

Sie redete weiter, ohne ihm die Chance zum Antworten zu geben. »Und da ich Sie gerade hier habe: Es haben sich mittlerweile zahlreiche Beschwerden hier angesammelt, was die Zustände auf der Baustelle in Osterholz betrifft. Sie haben davon gehört?« Auch diese Frage war rein rhetorisch. »Was haben Sie bislang dort unternommen, um für Ordnung und Sicherheit zu sorgen?«

»Ich habe mit dem Bauleiter Kaczmarek telefoniert und …«, versuchte er sich herauszureden, denn er hatte nicht einen Finger in der Richtung gerührt und hatte es auch eigentlich nicht vorgehabt.

Wieder unterbrach sie ihn gnadenlos: »Ich wünsche weiterhin, dass Sie sich persönlich umgehend um die Situation und die Beschwerden auf der Baustelle kümmern. Ich erwarte, dass Sie sich jede einzelne Beschwerde vornehmen, sich davon überzeugen, ob sie gerechtfertigt ist, nötigenfalls Mängel abstellen und dies den Mietern mitteilen. Persönlich.« Mit einem unterdrückten Lächeln registrierte sie, dass Wessel sich vermutlich gleich in die Hose machen würde, ein neues Hemd benötigte und sein Blutdruck unterirdisch sein musste, so bleich, wie er war. Den Kaffee hatte er nicht angerührt. Das sollte er ja auch gar nicht. Sie selbst nahm sich den Becher Latte, setzte sich in ihrem Sessel zurück – ohne ihn aus den Augen zu lassen – und trank vorsichtig etwas vom Schaum ab. Mit Genugtuung sah sie, dass Wessel wie ein zitterndes, verängstigtes Kaninchen mit niedergeschlagenen Augen vor ihr auf dem Stuhl zusammengesackt war.

Sie hatte noch nicht genug Spaß gehabt, darum stellte sie die Tasse ab, nahm einen Stift und ein Blatt Papier und begann, während sie ihn weiter fixierte und ohne auf das Blatt zu sehen, Notizen zu machen. Sie schwieg, und man hörte nur das leise Kratzen des Stifts.

Wessel war zerstört. Und er hatte Angst. Das Grauen, das ihn mittlerweile erfasst hatte, personifizierte er in diesem Mieter Bumbke. Alles nur wegen dem. Die Chefin schwieg, aber was sollte er sagen? Sein Kopf hing lose nach unten, die Augen waren niedergeschlagen. Trotzdem versuchte er, Möller-Seidenbach von unten durch die Wimpern anzusehen, aber alles in ihm versagte. Endlich, nach einer Ewigkeit, begann er: »Ich werde mich sofort darum kümmern und …«

Sie schwieg beharrlich und machte Notizen, zu was auch immer. Sie hob lediglich fragend die linke Augenbraue.

Wessel versuchte es nochmals. »Also, ich gehe gleich heute noch …« Wieder versagte ihm die Stimme, die sich schon im ersten Satz fremd und viel zu hoch angehört hatte.

»Eine gute Idee, Herr Wessel. Ihren Bericht dazu erwarte ich bis morgen Nachmittag. Spätestens.« Noch immer sah sie ihn an, legte aber den Stift an die Seite. »Schönen Feierabend, Herr Wessel«, entließ sie ihn. Dann griff sie zum Telefon und begann eine Nummer einzutippen. Wessel stand auf, um aus diesem Büro zu flüchten. Er schaffte es nicht einmal, ihr ebenfalls einen schönen Feierabend zu wünschen. Er wünschte ihr die Hölle, aber bestimmt keinen schönen Abend.

Gerade hatte er zwei Schritte zur Tür gemacht, da hielt sie ihn noch einmal zurück: »Herr Wessel, eins noch.«

Wessel drehte sich um und schaute sie mit verwässertem Blick an.

»Ich habe mir einmal kurz Ihre Liegenschaft Osterholz angesehen. Mir ist aufgefallen, dass Sie das Objekt in der Curt-Launstein-Straße 41, 1. OG rechts, im Januar für 13.738,41 Euro kernsaniert haben. Ich habe zwar eine Materialabrechnung gefunden, aber keine Rechnung des beauftragten Malerbetriebs. Bitte kümmern Sie sich darum, dass diese Belege kurzfristig in die Unterlagen kommen.«

Es gab kaum noch etwas, das Wessel davon abhalten würde, mit seinem R8 gegen eine Wand zu fahren. Sein Denken hatte ausgesetzt. Er nickte nur noch, ohne Möller-Seidenbach am Rande seiner drohenden Bewusstlosigkeit zu erkennen.

»Und mir ist es unerklärlich, dass diese Wohnung nun seit fast drei Monaten noch nicht vermittelt werden konnte. Wir haben doch ständig Anfragen und eine Warteliste. Bei dem geringen Mietzins und der attraktiven Lage sollten wir doch keine Probleme haben, das Objekt kurzfristig zu vermarkten.« Sie erwartete keinen Kommentar. Es war Zeit, Wessel loszuwerden, bevor er ihr auf den Teppich pinkelte oder gar ohnmächtig zusammenbrach. Trotzdem gab sie ihm noch auf den Weg: »Ihnen ist hoffentlich klar, dass unser Unternehmen darauf angewiesen ist, nur loyale, zuverlässige und kompetente Mitarbeiter zu beschäftigen. Mitarbeiter, die den vereinbarten Arbeitsbedingungen und betrieblichen Voraussetzungen nicht entsprechen können oder wollen, raten wir in der Regel dazu, sich anderen Herausforderungen außerhalb unseres Unternehmens zu stellen. Sollten also Ihre detaillierten Berichte und konstruktiven Lösungsvorschläge für die Situation in der von Ihnen betreuten Liegenschaft nicht fristgerecht vorliegen, werde ich mich mit Herrn Petersson in Hamburg beraten und selbst geeignete Lösungen finden müssen.«

Wessel flüchtete aus dem Büro, stieß polternd die Tür zur Herrentoilette auf und stellte sich ans Urinal. Das anschließende Händewaschen war gründlich und lang. Er schaute in den Spiegel und erkannte sich selbst kaum wieder.

Woher sollte er denn jetzt eine Rechnung eines Malerbetriebs nehmen? Lehnhorst hatte die Wohnung mit einem seiner Kumpels hergerichtet. Zumindest das konnte er einigermaßen. Er hatte die Kohle bekommen, den Rest hatte Wessel sich selbst als Provision eingesteckt. Er könnte aber mal versuchen, da nachträglich etwas zu konstruieren … Mal sehen …

Berichte? Die konnte sich Möller-Seidenbach sonstwohin stecken. Oder …?

Nein. Er würde sich da etwas einfallen lassen müssen. Am besten wäre es, zu leugnen und Kaczmarek alles in die Schuhe zu schieben. Er würde schreiben, dass er die haltlosen Beschwerden bereits bearbeitet hätte (»… alles aus der Luft gegriffene und übertriebene Anschuldigungen von Querulanten und bekannten Nörglern …«). Er habe sich selbst von den sogenannten *Zuständen* auf der Baustelle überzeugt, wäre mit dem Vorarbeiter und dem (noch zu instruierenden) Hausmeister Bisewski mehrmals durch die Anlage gegangen und hätte einige wenige Schwachstellen sofort beseitigen lassen. Alles wäre so, wie man es auf einer Großbaustelle erwarten müsse. Kleinere Unannehmlichkeiten wären eben unvermeidbar und müssten von den Mietern hingenommen werden. Also kein Grund zur Sorge, Ma'am.

Die Wohnung in der 41, die er Lehnhorst als Zwischenlager für seine Internetgeschäfte zur Verfügung gestellt hatte, musste er natürlich schnellstens räumen. Lehnhorst hatte dort seine Ware deponiert, und Wessel kassierte dafür eine kleine Provision. Auf dieser Basis hatten sie ja schon eine Weile in einer Win-Win-Situation zusammengearbeitet. Immerhin zahlte ihm Lehnhorst immer pünktlich zwei Riesen im Monat. Er musste sich nur noch nach einem Ersatz umsehen, der nicht zu weit weg lag. In Gröpelingen gab es da so ein Objekt, das gerade frei geworden war. Lehnhorst könnte wieder nebenher die Sanierung durchführen (diesmal mit einer offiziellen Rechnung mit richtigem Rechnungsformular, das er noch entwerfen müsste) und dann vorübergehend dort sein Zwischenlager aufmachen. Ja, genauso machen wir das. Easy. Dann brauchte er nur noch eine Reihe Karten aus dem Ordner »Anfragen« zu nehmen, und in einer Woche wäre der Mietvertrag für die 41 unterzeichnet. Ein »Bericht« an Möller-Seidenbach wäre dann vielleicht nicht mehr nötig. Es hätten sich bis dahin eben leider keine solventen Bewerber bei ihm gemeldet, würde er ihr nur mündlich mitteilen.

Dann war da allerdings noch die Leiche. FUCK! Wieso musste ausgerechnet jetzt jemand eine Leiche in seiner Liegenschaft ablegen. Warum hatte ihm keiner etwas gesagt? Und wer war diese Leiche? Hatte der Vorarbeiter es mit Bumbke übertrieben und ihm die Lichter ausgepustet? Naja, dann wäre wieder eine Wohnung frei, und er wäre froh, den Dauernörgler endgültig los zu sein. Ein bestechender Gedanke, fand Wessel. Er könnte sogar noch schnell die Ordner mit den »Belegen« verschwinden lassen, bevor die Möller-Seidenbach da reinschaut.

Lehnhorst hatte damit aber doch wohl hoffentlich nichts zu tun. Oder doch? Oder es war einer der Bauarbeiter? Warum hatte ihn denn keiner angerufen? Er ist doch der zuständige Objektbetreuer und die anderen hatten ihn gefälligst auf dem Laufenden zu halten. Verdammt! FUCK!

Wessel schaut noch einmal in das fremde Gesicht im Spiegel der Herrentoilette. Er richtete die Krawatte und ging zurück in sein Büro. Dabei bewegte er sich wie in Watte gepackt. Er sperrte den Computer, schloss die oberste Schreibtischschublade mit dem Schlüssel an seinem Schlüsselbund ab, nahm seinen Mantel vom Haken und verließ das Gebäude.

Rita schaute ihm nachdenklich hinterher; er hatte ihr, nicht wie sonst auch, im Flirtmodus einen »ereignisreichen« Abend gewünscht. Das war ungewöhnlich, fand sie, und war etwas enttäuscht.

Bis zu seiner Wohnung waren es nur zwei Straßen. Drei Minuten Fahrtzeit. Also blieb er einfach in seinem Dienstwagen sitzen, einem schwarzen Dreier-BMW mit Sport-Paket. Er startete den Motor, um ihn warmlaufen zu lassen, ließ aber die Scheibenwischer ausgeschaltet. Er musste unbedingt mit Lehnhorst sprechen. Unbedingt und sofort.

Er tippte auf die Kurzwahl, hörte aber nur das Freizeichen und kurz darauf die Mailbox.

Er unterbrach die Verbindung und wählte eine andere Nummer, die nur er kannte. Wieder nur das Freizeichen. Dann, nach einer unendlichen Zeit des Wartens, die Aufforderung der Mailbox, eine Nachricht zu hinterlassen.

»Hallo Micha. Es gibt Probleme. Du musst sofort die Wohnung leermachen. Ich gebe dir morgen eine neue Adresse. Ruf mich sofort an, wenn du das abhörst.«

Wessel rangierte rückwärts aus der Parkbox. Als er das Gaspedal fast bis zum Boden durchdrückte, kam das Heck des Fahrzeugs auf der nassen Fahrbahn leicht ins Schleudern. Er genoss das einschießende Adrenalin, fing den Wagen ab und trat das Pedal ganz durch.

Dienstag, 16.03., Bremerhaven | Anlage Curt-Launstein-Straße
Weder Rieke noch Neuhoff hatten Lust zu reden, während sie sich auf der Rückfahrt von Bremerhaven nach Bremen befanden.

Sie waren zeitig am Morgen aufgebrochen, um die Familie Hertel über den Mord an ihrem Sohn Daniel zu informieren. Ein unangenehmer Job, den beide Kommissare trotz ihrer Professionalität liebend gern anderen überlassen hätten. Aber das Überbringen schlechter Nachrichten gehörte nun mal zu ihrem Beruf.

Die Eltern des Toten waren beide zu Hause gewesen und das Gespräch dauerte nicht lange, weil Rieke sofort auf den Punkt gekommen war. Die Hertels schienen erstaunlich gefasst zu sein, so als wenn die Nachricht des Todes ihres Sohnes etwas war, auf das sie sich unbewusst schon lange vorbereitet hatten.

Eine Idee zum Motiv der Tat oder einem möglichen Täter hatten sie auf Nachfrage aber nicht; das Leben ihres Sohnes hatte schon längst außerhalb ihres Radius stattgefunden.

Kinder, dachte Rieke auf der Rückfahrt. So konnte es auch mit ihnen werden, woran auch immer das in diesem Fall gelegen hatte. Die Hertels wirkten auf sie nicht schlechter oder besser als andere, und trotzdem war der Werdegang ihres Sohnes hin zu Drogen und Kriminalität völlig aus dem Ruder gelaufen.

Sie dachte an ihren eigenen Kinderwunsch. Wie konnte man es eigentlich verhindern, fragte sie sich, dass Kinder so abdriften? Immer vorausgesetzt, dass zu Hause alles halbwegs normal lief.

Während ihrer Ausbildung hatte sie einiges über die psychologischen und soziologischen Erklärungen von »delinquentem Verhalten«, wie es dort so schön hieß, gelernt. Zudem war sie in ihrer beruflichen Praxis nicht selten auf vernachlässigte und misshandelte Kinder und Jugendliche getroffen, bei denen man sich ernsthafte Sorgen über ihre weitere Entwicklung machen musste. Und dennoch, so manches Mal hatte es eben auch keine Erklärung für den Absturz eines Menschen gegeben. Wenn Ben und sie ein Kind hätten, setzte sie ihre Überlegungen fort, gab es wirklich eine Garantie, dass dieses Kind trotz aller Liebe und Zuwendung eines intakten Elternhauses nicht doch eines Tages, beispielsweise nach einem Eigentumsdelikt unter Drogeneinfluss, von ihren Kollegen aufgegriffen würde?

Und wie würden Ben und sie dann reagieren? Enttäuscht? Wütend? Peinlich berührt den Kollegen gegenüber? Würde sie selbst sich Vorwürfe machen, weil sie glaubte, als Mutter versagt zu haben? Und wie ginge es dann weiter? Mit ihr, mit dem Kind? Und mit Ben?

Wäre es nicht einfach besser und vor allem sicherer, auf ein Kind zu verzichten? Gar nicht so einfach, so eine Entscheidung …

Sie schob ihre Gedanken zu diesem Thema beiseite und räusperte sich. Nun ging es um den weiteren Verlauf ihrer Ermittlungen. Neuhoff schien ihre Absicht erraten zu haben.

»Und«, fragte er, »wem wollen wir gleich in Osterholz als erstes einen Besuch abstatten?«

Rieke, die den Wagen fuhr, konzentrierte sich auf die verregnete Fahrbahn. Ohne den Blick abzuwenden antwortete sie: »Ich würde gerne dieses Rentnertrio genauer befragen, zumindest diesen Bumbke oder wie der heißt. Der schien mir auf den ersten Blick der hellste von den dreien zu sein. Mal sehen, was er zu sagen hat. Und dann geht es durch die Häuser.«

Neuhoff nickte. »Wir sollten uns auch mal nach dem Vorarbeiter umsehen und ihm auf den Zahn fühlen. Der Zustand der Baustelle ist ja schon für mich als Laie eine Katastrophe …«

Damit war für beide genug gesagt, wobei Rieke die Stille entgegenkam, da die schlechte Wetterlage ihre volle Konzentration beim Fahren erforderte.

»Vor zwölf kommen wir wohl nicht da an, wenn gleich an der Tagesbaustelle zwischen Horn und Vahr Stau ist. Die sind mit den Büschen seit heute früh bestimmt noch nicht fertig«, sagte Neuhoff, als sie im zäh fließenden Verkehr die Abfahrt Ihlpohl passierten. »Mein Brot liegt im Büro. Wenn wir vorher nicht mehr reinfahren, wollen wir dann eben noch etwas essen? «

»Aber nicht bei McDonald's in Horn«, sagte Rieke, als sie einem Drängler mit leichtem Kopfschütteln Platz machte.

»Ich war neulich mal mit Hannah in dem Restaurant beim Campingplatz am Unisee. Die haben jeden Tag Mittagstisch unter zehn Euro. Wenn das Wetter besser wäre, könnten wir sogar direkt am Seeufer im Freien sitzen«, schlug Neuhoff vor und holte das Handy aus der Tasche. »Ich schau mal, was die heute anbieten.«

»Hört sich gut an«, sagte Rieke. Sie stellte die Scheibenwischer von Intervall auf Dauerbetrieb und vergrößerte den Abstand zu einem vor ihr fahrenden Lkw.

»Steakteller, Pizza, Gyros … Kartoffelgratin … Ah, das würde ich nehmen: Ravioli mit Steinpilzen für sieben fünfzig. Als fünftes Gericht haben sie Steinbeißerfilet für neun neunzig auf der Karte.«

»Klingt alles ganz lecker und liegt auf dem Weg. Hunger habe ich auch schon ein wenig. Dann lass uns da eben vorbei fahren.«

Als sie kurz nach eins in der Curt-Launstein-Straße eintrafen, war der starke Regen in ein leichtes Nieseln übergegangen. Rieke lenkte den Wagen auf den großzügigen Anwohner-Parkplatz.

Die Anlage bestand aus fünf jeweils gut 50 Meter langen Blöcken. Jeder Block hatte drei Eingänge, die zu 24 Wohnungen auf vier Etagen führten. Rieke schätzte den Abstand zwischen den Häuserreihen auf etwa 30 Meter, begrünt mit Rasen, Sträuchern und vereinzelten

Bäumen. In der ganzen Anlage befanden sich für die Kinder kleine Spielplätze und Sandkisten. Etwas verwildert, aber sicher ganz hübsch, wenn der Baumüll endlich verschwunden ist, dachte sie. Doch es sah nicht danach aus, dass das so schnell passieren würde.

Die beiden Kommissare hatten Mühe, sich zu orientieren, da die Schilder mit den Hausnummern wegen der Bauarbeiten abmontiert worden waren. Schließlich fanden sie die Nummer 35 nur, weil jemand einen Zettel mit der Nummer ans Fenster des Treppenhauses geklebt hatte.

Neuhoff ging die Klingelschilder durch, bei Bumbke drückte er auf den Knopf. Es knackte kurz in der Gegensprechanlage, dann ertönte eine Männerstimme: »Ja, bitte?«

»Neuhoff und Senger von der Kripo Bremen. Haben Sie einen Moment Zeit? Wir würden gerne mit Ihnen sprechen.«

»Erster Stock, links, bitte«, knarzte die Stimme in der Anlage. Sofort danach ging der Türsummer, und die beiden konnten ins Treppenhaus.

Bumbke empfing sie bereits mit weit geöffneter Wohnungstür. »Ah, Sie sind das«, sagte er, »kommen Sie doch bitte rein.« Er reichte ihnen die Hand zur Begrüßung. »Kommen Sie, wir gehen ins kleine Zimmer.« Er deutete auf die Tür gleich rechts neben dem Eingang.

Rieke und Neuhoff betraten vor ihm den Raum, der ehemals wohl Kinderzimmer gewesen war, und fühlten sich augenblicklich in eine österreichische Almhütte versetzt. Wände und Decke waren mit hellem Holz vertäfelt und mit zünftigen Massivholzmöbeln eingerichtet. Auf einer Anrichte befand sich das gerahmte Bild einer Frau, die in die Kamera lächelte, im Hintergrund Berge und ein Skilift. Daneben stand ein Tablett aus Messing mit kleinen Schnapsgläsern, die mit Enzianblüten und Bergmotiven bedruckt waren. Der Esstisch war übersät mit Unterlagen, dazwischen ein Block und ein Kugelschreiber. Bumbke schob alles auf einen Haufen und legte ihn auf die Anrichte.

Ihm war die Verblüffung der beiden nicht entgangen. »Ein Zimmer mit Alpenflair«, erklärte er und deutete auf das Foto. »Das hat sich meine Frau gewünscht. Wir haben immer in Österreich Urlaub gemacht, und es gefiel uns dort so gut … Aber leider lebt sie nicht mehr …«, fügte er leise hinzu.

»Wer hat Ihnen das denn so originalgetreu gebaut?« Neuhoff strich anerkennend über die Platte der Anrichte.

»Das war ich, also bis auf die Stühle.« Man sah Bumbke an, dass er sich über die professionelle Einschätzung seiner Arbeit freute.

»Wo haben Sie das denn gemacht?«

»Im Keller. Da habe ich eine komplette Werkstatt.«

Rieke hatte sich umgesehen und war näher an die Wand hinter der Anrichte getreten. Hier hingen diverse Urkunden, dazwischen Familienfotos und das Hochzeitsbild der Bumbkes. »Und Fachmann für Land- und Baumaschinen und Lkws sind Sie auch?« Sie zeigte auf ein paar gerahmte Zertifikate.

Bumbke nickte. »Ich hab Mechaniker für Land- und Baumaschinen gelernt und lange in dem Beruf gearbeitet. Später kam noch Hoch- und Tiefbau dazu. Die meisten Maschinen kann ich selbstverständlich nicht nur reparieren, sondern auch bedienen, also auch fahren.«

»Sie sind aber in Rente?«

»Jo«, Bumbke nickte. »Aber wenn die in der Firma Probleme haben, holen die mich noch.« Seine Stimme klang stolz. Zu Recht, fand Rieke.

»Tischlern können Sie auch noch, wie man sieht.«

»Ach wissen Sie, wenn man gerne bastelt und fummelt, dann kommt eins zum anderen«, antwortete Bumbke bescheiden. Er besann sich auf seine Pflichten als Gastgeber. »Etwas zu trinken vielleicht? Tee, Wasser, Kaffee?«

»Was denn für'n Tee?« Aus Rieke sprach die Ostfriesin.

»Bünting Grünpack hab ich. Hat meine Frau hier seinerzeit eingeführt, den Friesentee. Dauert einen Moment, ich brüh den selbst in der Kanne.«

»Darauf warte ich gerne, Herr Bumbke.«

Neuhoff ergänzte: »Mir auch bitte.«

Bumbke hatte sich nicht lumpen lassen: Kurz darauf standen drei Teetassen mit Friesisch Blau, Bremer Honig, braune und weiße Kluntjes, Sahne und einc Kanne mit heißem Tee auf einem Stövchen auf dem Tisch. Rieke schaute anerkennend und nickte dankend, als Bumbke ihr eingoss.

»Bitte, nehmen Sie«, sagte Bumbke und deutete auf die Kluntjes. »Wie ich heraushöre, kommen Sie doch aus Ostfriesland, nicht wahr?«

Und als Rieke bestätigend mit einem Lächeln nickte, fügte er entschuldigend hinzu: »Ich nehm den Honig. Aber nur eine Löffelspitze …«

Neuhoff zog einen Notizblock aus der Tasche, blätterte kurz und eröffnete die Befragung. »Herr Bumbke, wie war das jetzt? Sie haben ja die Leiche entdeckt und die Polizei angerufen. Können Sie uns das bitte noch einmal kurz schildern?«

»Tja, also der Reinhold, Robert und ich gehen oft über die Baustelle. Ich mach dabei seit einiger Zeit Fotos, weil wir absolut nicht damit einverstanden sind, wie das hier läuft. Ja, und da haben wir etwas gesehen, das wie Blut aussah. Den Rest wissen Sie ja.«

»Kennen Sie diesen Mann?«, Neuhoff zog ein Foto von Hertel aus der Tasche, das sich in dessen Polizeiakte befunden hatte. Bumbke nahm es und betrachtete es eingehend. Dann schüttelte er den Kopf.

»Nee, den habe ich hier noch nie gesehen.«

»Ist Ihnen ansonsten etwas aufgefallen, beispielsweise in der Nacht vor dem Mord?«

Bumbke zögerte einen Moment, dann gab er sich einen Ruck. »Ja, da war was.« Er nahm einen Schluck Tee, bevor er fortfuhr. »Also ich schlaf manchmal nicht so gut. Zurzeit zumindest. Liegt an dem ganzen Ärger mit der *Mieterparadies*, unserem Vermieter.« Er zeigte auf den Stapel Unterlagen, den er zuvor auf die Anrichte gelegt hatte. »Ob das die Nebenkosten sind, die Sanierung mit den Pfuschern hier … Wir haben den starken Verdacht, dass wir mit den Abrechnungen über den Tisch gezogen werden sollen, ganz einfach Beschiss in großem Stil, wenn ich das mal so sagen darf.« Bevor er sich weiter in Rage redete, besann er sich auf Neuhoffs ursprüngliche Frage. »Na, jedenfalls bin ich in der Nacht aufgestanden und hab durchs Küchenfenster geschaut, weil da irgendetwas los zu sein schien. Da hat jemand mit einer Taschenlampe in den Laderaum eines weißen Lieferwagens geleuchtet, aber nur ganz kurz. Das fand ich verdächtig, so mitten in der Nacht.«

»Konnten Sie auch jemanden erkennen?«

»Nee, das war zu kurz. Hab noch versucht, mit dem Handy ein Foto zu machen, hat aber nicht geklappt.« Von seiner Angst, als das Blitzlicht reflektiert worden war, wollte er lieber nichts erzählen.

Rieke gingen immer noch Bumbkes vorhergegangenen Bemerkungen durch den Kopf. »Sagen Sie mal, diese Pfuscherei und den Abrechnungsbetrug, wie Sie es nennen, haben Sie sich darüber mal beschwert?«

»Und ob! Bei den Behörden habe ich versucht, den Pfusch zu melden; sind aber nicht zuständig, meinen die. Und was die Nebenkosten betrifft, da bin ich diese Woche noch bei der *Mieterparadies* und lass mir mal die Belege zeigen.« Bumbke lachte säuerlich. »Das war gar nicht so einfach, da überhaupt ran zu kommen. Ich musste mich erst an die Chefin, eine Frau Möller-Seidenbach, wenden, um überhaupt vorgelassen zu werden. Sie werden bestimmt noch mit den Leuten von der *Mieterparadies* sprechen wollen. Die Möller-Seidenbach kenne ich ja nicht so, aber offizieller Ansprechpartner für den Sauladen und zuständig für die Nebenkostenabrechnungen ist dieser aufgeblasene Wichtigtuer Winfried Wessel. Wenn Sie da sind, können Sie sich ja selbst einmal ein Bild von dem machen.« Bumbke lächelte Rieke an, als er anfügte: »Wenn er denn überhaupt mal da ist …«

Die beiden Kommissare erhoben sich.

»Da werden wir ganz sicher noch hingehen, Herr Bumbke«, sagte Rieke. »Bitte halten Sie uns doch auf dem Laufenden über das, was hier so los ist. Sie hören ja auch viel von den anderen Mietern hier.«

Bumbke, der sich ebenfalls erhoben hatte, nickte. »Das mach ich. Ich bring Sie noch eben zur Tür.«

Als er ihnen die Tür öffnete, fiel ihm noch etwas ein, was vielleicht für die Polizei von Bedeutung sein könnte. »Ach, da wär noch was.«

Die beiden Kommissare hielten inne.

Bumbke führte sie in die Küche und zeigte auf das Fenster gegenüber. »Die Wohnung da drüben ist schon seit Monaten leer. Die Mieterin ist im letzten Dezember ins Altersheim gegangen. Seitdem werden da immer große Mengen an Kisten und Kartons hingebracht und abgeholt. Manchmal sehe ich einen Mann, der alles hin- und herschiebt. So um die Vierzig, hager, etwas längere, fettige Haare. Sie gehen doch sicher noch rüber, dann können Sie ja mal darauf achten.«

Rieke und Neuhoff bedankten sich für die Information, wobei sie nicht wussten, was sie davon halten sollten. Aber nachsehen würden sie bestimmt.

Als sie aus dem Haus traten, hatte der Regen aufgehört. Die Baustelle war erstaunlich leer, obwohl man um diese Uhrzeit an einem Wochentag geschäftiges Treiben erwarten sollte. Vielleicht gerade Pause, dachte Rieke, auch wenn sie es etwas ungewöhnlich fand, dass gleich alle eine machten.

Vor dem Gerüst am Block gegenüber trafen sie auf einen guten Bekannten.»Nanu, was machst du denn hier, Kurt? Seid ihr gestern nicht fertig geworden?«

Der Leiter der Spurensicherung wandte sich ihnen zu.»Im Prinzip schon …« Er kratzte sich nachdenklich am Kopf.»War aber alles nicht so ergiebig gestern, bis auf den Regen. Ich will nochmal auf's Gerüst, wo wir unten die Blutspuren gefunden haben. Hab da so'n Gefühl …«

Die Intuitionen und daraus folgenden Ergebnisse des Leiters der Spusi galten als legendär, so dass Rieke und Neuhoff ihn nicht aufhalten wollten.

»Wenn was ist, wir sind jetzt hier im Haus, Kurt.« Doch Michaelis schien sie gar nicht mehr zu hören, sondern war offenbar mit der Frage beschäftigt, wo er am besten auf das Gerüst kam.

Der Block mit den Hausnummern 39 bis 43 war vollkommen eingerüstet und die grauen Dämmplatten fast vollständig angebracht. Inzwischen waren ein paar Arbeiter auf den Gerüsten zu sehen, aber immer noch erstaunlich wenig, fand Rieke. Dennoch hatte sie das Gefühl, insgeheim von allen Seiten beobachtet zu werden.

Kurz nach ihrem Gespräch mit Michaelis betraten die beiden Kommissare das Haus mit der Nummer 41, dessen Tür dauerhaft offen stand. Ein dicker Wasserschlauch lag im Eingang, der vom Keller aus zu einem Mörtelmischer auf der Wiese führte.

Abgesehen von dem Baustellendreck im Eingang wirkte das Treppenhaus gepflegt und hell.

Rieke klingelte auf gut Glück an der Wohnung im Erdgeschoss links. Sie hörten jemand kommen, der vermutlich zunächst von innen durch den Türspion sah. Kurz darauf wurde geöffnet. Die beiden Kommissare wiesen sich aus und wurden von der jungen Frau nach einem kurzen Blick auf ihre Ausweise hineingebeten. Ein etwa achtjähriges Mädchen kam aus seinem Zimmer und stellte sich neben seine Mutter. Das Gespräch fand auf dem Wohnungsflur statt. Nein, man hätte nichts gehört, ihr Mann sicher auch nicht, sonst hätte er das ja erzählt. Zu der Wohnung im ersten Stock konnten sie ebenfalls nichts sagen. Manchmal hörten sie was, wüssten aber nicht, ob da überhaupt jemand wohnen würde.

Rieke und Neuhoff verabschiedeten sich. Beim Hinausgehen riet ihnen die Frau noch, es gegenüber in der Wohnung erst abends zu versuchen. »Die beiden arbeiten den ganzen Tag«, erklärte sie.

Im ersten Stock rechts klingelten sie bei der Wohnung ohne Namensschild. Niemand reagierte. Stattdessen öffnete sich eine Tür gegenüber. Ein Mann, etwa 60 Jahre alt, trat vor die Tür, in der Hand eine Einkaufstasche.

Rieke sah auf das Namensschild. »Herr Wieneke?« Der Angesprochene nickte. Die beiden Kommissare wiesen sich aus und baten um ein kurzes Gespräch.

»Bin etwas in Eile, worum geht es denn?« Es schien ihm egal zu sein, dass jeder im Treppenhaus das Gespräch verfolgen konnte, denn er machte keine Anstalten, mit den beiden in seine Wohnung zu gehen.

Nein, gehört hatte er nichts in der Nacht, er sei aber oft am Wochenende auch gar nicht da, sondern bei seinem Bruder in Tarmstedt, erklärte er. Und wenn er ansonsten abends oder bis in die Nacht hinein den Fernseher anhatte, trug er einen Kopfhörer. Was die Wohnung gegenüber betraf, war die erstmal saniert worden, als die alte Frau Kellermann ausgezogen war. Seitdem wären da hin und wieder zwei Männer und brächten Kartons rein und raus. Unfreundliche Typen, könnten nicht mal grüßen und parkten manchmal sogar auf dem Gehweg. Er hätte die deswegen auch schon angesprochen, ohne Erfolg. »Aber wohnen tun die, glaub ich, hier nicht, da sollten Sie vielleicht mal bei denen vom *Mieterparadies* nachfragen«, schloss er und beendete damit das Gespräch.

Es ging in das nächste Stockwerk. »Walther« stand am Türschild, fast verdeckt von einem üppigen Kranz an der Tür. Eine ältere Frau öffnete; Rieke schätzte sie auf Anfang siebzig. In der Wohnung roch es nach frisch gebackenem Kuchen.

»Kommen Sie doch herein«, bat sie und führte die beiden Kommissare ins Wohnzimmer. »Ich habe gerade Butterkuchen gemacht, möchten Sie vielleicht ein Stück?«

Rieke sah Neuhoff an, der nickte und Rieke sagte: »Das wäre sehr nett, Frau Walther.«

Es war rührend, wie sich die alte Dame um sie kümmerte. Ist sicher viel alleine, dachte Rieke, als sie kurz darauf in ihr Stück Kuchen biss.

»Mhmm«, kam es von Neuhoff, »fantastisch, der Kuchen«, nuschelte er mit halbvollem Mund.

Hannelore Walther strahlte. »Noch ein Stückchen vielleicht?«

»Danke, nein«, Neuhoff klopfte auf seinen Bauch. »Muss auf mich achten.« Rieke lehnte ebenfalls ein zweites Stück Kuchen ab und stellte ihre Fragen.

Hannelore Walther erwies sich als der Traum eines jeden Polizeibeamten hinsichtlich ihrer Brauchbarkeit als Zeugin. Sie schilderte ausführlich, was sie von der Wohnung unter sich wusste und bestätigte, dass zwei Männer dort ein- und ausgingen. Einer war schon so Anfang vierzig, ganz ungepflegt, dann noch ein jüngerer mit einer Kapuzenjacke und einer bunten Mütze, wie sie die jungen Männer heutzutage trugen.

»Die schieben Kartons, auch abends spät. Wissen Sie, ich habe noch gute Ohren!« So hatte sie auch gehört, dass sich beide vor einer Woche heftig gestritten hatten. Es war dabei wohl um einen großen Karton gegangen, den sie gerade ausgeladen und in die Wohnung geschleppt hatten. Sie hatte auch das Gefühl, dass der jüngere von den beiden manchmal mehrere Tage da wäre, obwohl doch sicher keine Möbel in der Wohnung seien.

In der Nacht bevor man den Toten gefunden hatte, war sie hoch gewesen. Sie hatte das Fenster auf Kipp und hörte, dass jemand auf dem Gerüst war. Im Dunkeln hätte sie dann runter geguckt, aber niemanden gesehen. »Das ist jetzt überhaupt ganz schwierig, weil die Wand jetzt viel dicker ist und das Gerüst ja auch noch davor steht. Da kann man nicht mehr sehen, wer auf dem Weg vor dem Haus steht«, erklärte sie. »Nicht einmal das Fahrrad vom Postboten, wenn er Briefe einwirft«, ergänzte sie ärgerlich.

»Wann haben Sie denn die Geräusche gehört, Frau Walther?«, fragte Rieke nach.

»Das muss so kurz nach zwei gewesen sein.« Dann hatte sie sich wieder hingelegt. »Aber vielleicht wissen die Nachbarn noch mehr«, beendete sie ihre Ausführungen.

»Apropos Nachbarn«, griff Rieke das Gesagte auf, »wir müssen noch zu …«, sie sah auf ihren Zettel, »Bartels und unten zu Hemmelskamp. Und hier drüber sind ja auch noch zwei Wohnungen.«

Frau Walther hielt es für ihre Pflicht, diese netten Kommissare erst einmal über die Erreichbarkeit sämtlicher noch zu befragender Mieter aufzuklären: »Also Hemmelskamps arbeiten beide den ganzen Tag, vor sieben werden Sie da nix. Hier gegenüber, Frau Bartels, die ist gerade beim Kinderarzt. Die hat nämlich drei Kinder und muss sich um alles alleine kümmern. Und oben links wohnen zwei junge Männer, die studieren. Die haben aber gerade Ferien und arbeiten zurzeit bei Mercedes. Oben rechts, das Ehepaar Byrne, ist gerade in England Urlaub machen, da kommen die nämlich her.« Zufrieden lehnte sie sich zurück. »Ist halt schlecht um diese Zeit hier, fast alle ausgeflogen. Vielleicht doch noch ein Stück Kuchen?« Rieke und Neuhoff lehnten dankend ab und verabschiedeten sich. Auf dem Weg zur Tür erhielten sie noch einen Tipp:

»Halten Sie sich an Helmut Bumbke, wenn Sie was wissen wollen. Wenn sich einer hier auskennt, dann unser Helmut.« Die beiden Kommissare verabschiedeten sich abermals und gingen die Treppe runter.

Im ersten Stock klingelte Rieke nochmal bei der Wohnung ohne Namensschild.

»Nur mal so«, sagte sie zu Neuhoff und wollte gerade weiter gehen, als die Tür aufgerissen wurde. Ein Mann drängte sich an ihr vorbei ins Treppenhaus und zog schnell die Tür hinter sich zu.

»Moment mal, stopp!« Rieke war nicht zu überhören, und Neuhoff hatte blitzschnell die Treppe nach unten blockiert. Rieke zeigte ihren Ausweis. »Kripo Bremen. Wir würden Sie gerne sprechen, Herr …?«

»Lehnhorst. Aber hat das nicht einen Moment Zeit? Ich bin mächtig unter Zeitdruck, außerdem steht mein Wagen auch noch auf dem Fußweg …«

In diesem Moment ging Neuhoffs Handy. Er hörte zu und steckte das Handy zurück in die Tasche. »Rieke, das hier muss warten. Michaelis sagt, wir sollen sofort kommen.« Er wandte sich an Lehnhorst: »Wir hätten da noch ein paar Fragen an Sie. Wie können wir Sie erreichen?«

»Ich bin gleich wieder da«, sagte Lehnhorst über die Schulter. Mit schnellen Schritten lief er die Treppe hinunter.

Rieke fiel etwas ein. »Andreas, gib mir mal schnell das Foto von Hertel und geh schon mal zu Kurt. Ich komm sofort nach.« Sie griff nach dem Bild und lief die Treppe wieder rauf zu Frau Walther. Dass sie da aber nicht gleich dran gedacht hatten, zu blöde!

Ein Stockwerk höher klingelte sie erneut bei Hannelore Walther. Die Tür wurde nach kurzer Zeit geöffnet, und eine erstaunte Hannelore Walther fragte, ob Rieke etwas vergessen hätte.

»Das haben wir«, antwortete Rieke und hielt ihr das Foto von Daniel Hertel hin. »Ist das einer der beiden Männer, die sie hin und wieder hier im Haus aus der leeren Wohnung haben kommen sehen?«

Hannelore Walther nahm das Bild und studierte es gründlich. »Der ältere ist das nicht, und der jüngere hatte ja immer eine Mütze oder eine Kapuze auf, wenn ich ihn gesehen habe. Moment mal.« Sie verschwand in der Wohnung und kam kurz darauf zurück, mit einer Lupe in der Hand. Sie hielt sie vor das Foto und nickte. »Das ist der jüngere Mann, ganz sicher.« Ihre Stimme klang fest. »Was ist denn mit dem?«

»Das ist der Tote, den wir draußen im Schacht gefunden haben.«

Frau Walther hielt erschrocken eine Hand vor den Mund. »Oh, mein Gott. Der arme Junge.«

»Vielen Dank. Sie wissen ja gar nicht, wie sehr Sie uns geholfen haben!«, sagte Rieke.

Auf dem Weg nach unten war von Lehnhorst weit und breit nichts zu sehen, auf Riekes Klingeln reagierte niemand, und draußen stand auch kein Auto mehr auf dem Bürgersteig.

Alle hier ausgeflogen, hatte die Walther gesagt. Wird Zeit, dass wir diesen Vogel einfangen, dachte Rieke grimmig. Auf dem Weg zu Neuhoff und Michaelis zog sie ihr Handy aus der Tasche, um die Personalien von Lehnhorst überprüfen zu lassen. Mit etwas Glück hatte er ihnen seinen richtigen Namen genannt, so überrascht wie er gewesen war.

»Sieh an, sieh an!« Der Leiter der Spurensicherung lächelte. Gemeinsam stand er mit Neuhoff und Rieke auf dem Gerüst vor dem Balkon und linste von dort aus durch die verglaste Tür in die Wohnung.

»Erstmal müsst ihr den Balkon ansehen, wir können da jetzt aber nicht rauf.« Er zeigte auf den Boden. »Seht mal hier, war alles wie zufällig zugedeckt mit Dämmplatten. Ist nicht weiter aufgefallen, weil die ja überall hier auf den Balkonen Material lagern. War aber nicht gut überlegt, denn so konnte der Regen das da eben auch nicht abwaschen.« Er deutete auf einen größeren roten Fleck vor dem Geländer. »Wenn ihr genau hinguckt, seht ihr am Rand den winzigen Abdruck eines Schuhs. Außerdem ist in der Scheibe ein Loch, seht ihr, hat wohl jemand versucht, innen an den Griff zu kommen.«

Rieke berichtete von Hannelore Walters Aussage, dass der Tote und ein anderer Mann sich hier in der Wohnung mehrfach aufgehalten hatten. »Sie hat ihn anhand unseres Fotos eindeutig identifiziert«, schloss sie.

Michaelis war auch ohne diese Information schon tätig geworden. »Wir müssen dringend rein in die Wohnung«, sagte er. »Hab schon alles in die Wege geleitet und meine Leute geordert. Die müssten gleich hier sein.«

»Kurt, wenn ihr drinnen arbeitet, seht doch mal nach, was sich in den Kartons befindet«, bat Neuhoff. Er wandte sich an seine Kollegin. »Und wir beide fragen mal nach, ob man gleich nicht noch ein wenig Zeit bei der *Mieterparadies* für uns hat.«

Mittwoch, 17.03., 08:45 | Polizeipräsidium / Büro der Mieterparadies
Neuhoff hatte soeben den Telefonhörer aufgelegt. »Kurt kommt gleich und berichtet uns von gestern. Und der Pathologiebericht sollte auch da sein.«

Rieke nickte stumm, während sie versuchte, sich ihren heißen Kaffee auf Trinktemperatur herunterzupusten. Neuhoff sah aus dem Fenster. Ein eisiger Wind klatschte den Dauerregen in unregelmäßigem Rhythmus an die Scheiben, wo er sich zu schmalen Bahnen formte, die wie kleine Sturzbäche das Fensterglas hinunterliefen. »Scheißwetter«, brummte er genervt. »Das geht mir langsam aufs Gemüt.«

»Passend zu unserem Job«, fügte Rieke hinzu. »Obduktionsberichte bei Morgenkaffee und Dauerregen … Man muss schon ziemlich verrückt sein, um gesund zu bleiben in unserem Beruf …«

Neuhoff nickte und beide schwiegen, um sich einen kleinen Moment selbst zu bedauern. In diesem Augenblick wurde mit Schwung die Bürotür geöffnet, und ein gut gelaunter, sichtlich ausgeschlafener Kurt Michaelis trat ein. »Wie schön, der erste Termin am Morgen gleich mit meiner Lieblingskollegin, da geht mir doch das Herz auf!«

Rieke stöhnte genervt. »Wie witzig, Kurt, mal wieder einen Clown gefrühstückt?«

Neuhoff sah sie an. »Soll ich ihn vielleicht einfach mal hauen, damit er ruhig ist?«, schlug er vor.

»Lass es, hilft auch nix. Vielleicht hat er uns ja was Feines mitgebracht. Wenn er nicht irgendwelchen Unfug redet, kann er ja richtig gut arbeiten …«

Völlig unbeeindruckt von den Äußerungen seiner Kollegen ließ Michaelis sich das nicht zweimal sagen, denn noch lieber als Verbalmüll zu produzieren, sprach er über seine Arbeitsergebnisse. Er zog sich einen Besucherstuhl heran, setzte sich und berichtete. »Wir haben uns den Balkon und die Wohnung vorgenommen. Auf dem Balkon haben wir tatsächlich Blut gefunden und den winzigen Ausschnitt eines Stiefelabdruckes. Da muss also das Blut schon gewesen sein, als jemand da reingetreten ist. An der unteren Seite des Geländers war auch noch etwas, was der Regen nicht erreicht hat. Auf der Wiese ist inzwischen übrigens alles wie weggewaschen, aber zum Glück haben wir ja noch ein wenig Material von Montag. In der Wohnung sind viele Abdrücke von Schuhen, eindeutig schwere Arbeitsstiefel. Und viele Fingerabdrücke. Das Blut wird noch untersucht und mit dem von Hertel abgeglichen, die Fingerabdrücke gehen gerade durch die Datei. Die Schuhabdrücke werden bei den Hannoveranern untersucht, die haben doch dies Programm, was die Schuhmarken und alles anhand der Abdrücke …«

»Ist ja gut Kurt, wir kennen das Programm«, fiel ihm Neuhoff ins Wort. »Erzähl weiter.«

»Die Kartons haben wir natürlich auch untersucht. Ebenfalls viele Fingerabdrücke drauf. Wenn ihr mich fragt, alles geklautes Zeug darin. Vieles ist mehrfach vorhanden, Fernseher zum Beispiel. Irgendwie müssen diese Kartons aber versandt worden sein, denn wir haben noch Reste von entfernten Adressaufklebern gefunden. Alle Kartons waren geöffnet. Ich vermute, dass man Lieferscheine, Rechnungen und sowas herausgenommen hat. Aber es kommt noch besser.« Scheinbar wollte sich Michaelis das Beste bis zum Schluss aufbewahren: »Ich kenn den Bericht der Pathologie ja noch nicht, gehe aber davon aus, dass wir die Tatwaffe haben.« Er zog sein Handy aus der Hemdtasche und öffnete ein Foto, das er den beiden zeigte. »Hier seht ihr eine Brechstange, besser gesagt einen Montierhebel für Autoreifen. Lag in der Wohnung, ziemlich blutverschmiert. Wird auch gerade untersucht.«

Sichtlich zufrieden mit sich steckte er sein Handy zurück in die Tasche und erhob sich. »So, und nun macht was draus, ich hab jetzt einen Termin beim Chef.« Er wandte sich zur Tür, drehte sich aber nochmal um. »Fast hätte ich es vergessen. In der Balkontür befindet sich ja ein fein säuberlich ausgeschnittenes Loch, durch das die Täter an die Türverriegelung gekommen sind. Hab ich euch gestern auf dem Gerüst gezeigt. Die war verriegelt, als ich kam; ich weiß aber nicht, ob jemand, zum Beispiel der Mörder, so in die Wohnung reingekommen ist. Zumindest ist sie nach der Tat wieder verriegelt worden. Wünsch euch viel Spaß bei der Auflösung, Kollegen.« Und so schwungvoll wie er gekommen war, verließ er das Büro.

Die beiden Kommissare stießen hörbar die Luft aus, als die Tür hinter ihm ins Schloss gefallen war.

»Jetzt bin ich ja gespannt auf die Pathologie.« Neuhoff öffnete das entsprechende Programm in seinem PC.

Die Begrüßung des Kollegen und Beschreibung der Person des Toten im Allgemeinen las er erst gar nicht vor, sondern kam gleich zum Ergebnis. »Also: Todeszeitpunkt zwischen 24 und 4 Uhr morgens in der Nacht von Freitag auf Samstag. Schwere Gesichtsverletzung, Nasenbein eingedrückt und Jochbeine zerschmettert, Tatwaffe ein schwerer, stumpfer Gegenstand, mit viel Kraft geschlagen. Verletzungen, vermutlich durch Sturz aus größerer Höhe, drei Rippen gebrochen, durch Aufprall auf harten Boden (Straßenpflaster?), Schädelfraktur und Wirbelbruch im Lendenbereich. Hämatome und Prellungen im Schulterbereich durch Tritte mit festen Schuhen. Es ist davon auszugehen, dass der Mann noch gelebt hat, als er in den Schacht gesteckt worden ist.«

Rieke überlegte. »Sturz aus größerer Höhe passt auch zu dem Balkon, auf dem wir waren; das sind doch bestimmt fünf Meter bis nach unten. Wenn er dann noch irgendwo abgeprallt ist, erklärt sich auch, wie er auf dem Gehweg gelandet ist. Und hör mal, die Tritte auf den Schultern sind doch bestimmt entstanden, als Hertel in den Schacht gesteckt wurde, oder?«

Neuhoff nickte. »Der ist sozusagen erstmal passend dafür gemacht worden, und dann noch lebendig. Ziemlich grausames Ende, würde ich mal sagen.« Er schloss per Mausklick die Datei. »Hast du uns gestern bei der *Mieterparadies* eigentlich mit Uhrzeit angekündigt?«

»Ich hab auf den AB gesprochen, dass wir während der Geschäftszeit heute kommen, um mit ihnen über den Mord auf der Baustelle zu sprechen. Gestern war ja niemand mehr persönlich zu erreichen.«

Neuhoff griff nach seinem Sakko, das er über die Lehne seines Bürostuhles gehängt hatte. »Na, denn wollen wir mal ...«

Vormittags war der frühe Berufsverkehr vorbei und die Überseestadt relativ gut zu erreichen. Da die meisten Parkplätze besetzt waren, musste Rieke eine Weile suchen, bis sie eine freie Parkbucht gefunden hatte. Kurz darauf und trotzdem schon ziemlich nass vom Regen standen die beiden am Empfang der *Mieterparadies* und zeigten einer tendenziell gelangweilten jungen Frau am Empfang ihre Dienstausweise.

»Ich sag Bescheid«, lautete die knappe Antwort, während sie zum Hörer griff. »Die Polizei ist jetzt da. Soll ich sie zu Ihnen bringen? ... In Ordnung.« Sie legte auf und erhob sich. »Bitte folgen Sie mir.«

Als sie über einen langen Flur gingen, betrachtete Rieke die ziemlich feudale Ausstattung der Geschäftsstelle. »Wusste gar nicht, dass man mit der Vermietung von Wohnungen soviel Kohle machen kann ...«, raunte sie Neuhoff zu.

Der konnte nicht mehr antworten, da sie bereits das Büro der Geschäftsführung erreicht hatten. Auf das Klopfen der Frau vom Empfang an der Bürotür folgte ein deutlich vernehmbares »Herein«.

Nach der Begrüßung und einer großzügigen Bewirtung mit Getränken (»Kaffee, Latte, Espresso, Mineralwasser ...? Was hätten Sie gerne?«) und hauchdünnen Schokoladetäfelchen eines namhaften

Bremer Herstellers, saßen die Kommissare auf Designerstühlen am Konferenztisch im Büro von Frau Möller-Seidenbach, der Geschäftsführerin der *Mieterparadies* Bremen.

Rieke schilderte kurz den Stand der Dinge und das Anliegen ihres Besuches, so dass Neuhoff Gelegenheit hatte, sein Gegenüber zu betrachten. Anfang vierzig, dezent, aber sehr teuer ausgestattet, dachte er, in Bezug auf Kleidung, Schmuck, Schuhe und das gesamte Aussehen der Frau. Ein bisschen dünn vielleicht, aber sie ging sicher regelmäßig ins Sportstudio, das passte zu seinem Bild von ihr.

Möller-Seidenbach hatte derweil ihre durchtrainierten Beine übereinandergeschlagen und aufmerksam zugehört, während lediglich der eine Fuß auf und ab wippte und eine leichte Unruhe signalisierte.

»Das ist alles sehr schrecklich, aber ich weiß wirklich nicht, wie ich Ihnen helfen kann. Was ich über den Toten weiß, habe ich aus der Zeitung …« Sie zuckte bedauernd mit den Schultern.

»Dann können Sie uns sicher mehr zu dieser Wohnung sagen, wer die zum Beispiel gemietet hat.«

»Darüber habe ich mit unserem Herrn Wessel gesprochen. Herr Wessel ist allein für die Vermietung zuständig. Ich muss Ihnen sagen, dass ich ziemlich verärgert über diesen Vorgang bin. Die Wohnung ist von uns für viel Geld saniert worden, aber leider noch nicht vermietet! Nach seinen Angaben hat sich bisher noch kein solventer Bewerber bei ihm gemeldet. Er hat aber den klaren Auftrag, sich vorrangig darum zu kümmern, dass kein länger anhaltender Leerstand der Objekte entsteht.«

»Na, von Leerstand kann nicht gerade die Rede sein«, wandt Rieke ein und berichtete über das, was sie herausgefunden hatten.

Möller-Seidenbach war blass geworden. »Davon habe ich nichts gewusst, und ich gehe davon aus, dass auch mein Mitarbeiter keine Antwort darauf hat«, antwortete sie mit fester Stimme.

»Vielleicht holen wir Herrn Wessel mal dazu und fragen ihn selbst«, schlug Neuhoff vor.

»Das tut mir leid, Herr Wessel hat sich heute krank gemeldet.«

»Dann geben Sie uns bitte seine Adresse.« Rieke hörte Neuhoffs Stimme an, dass er langsam sauer wurde.

Die Geschäftsführerin hatte das offensichtlich ebenfalls wahrgenommen. Sie entgegnete kühl: »Die erhalten Sie vorne am Empfang. Wenn Sie mich bitte jetzt entschuldigen würden …«

»Nein, das würden wir nicht, denn wir sind noch nicht fertig«, auch Rieke klang jetzt genervt. Sie fragte: »Was ist eigentlich mit dieser Baustelle in der Curt-Launstein-Straße, wo die gesamte Anlage saniert wird. Haben Sie mal gesehen, wie es da aussieht?«

»Ja, ich habe davon gehört, aber …«

»…aber Herr Wessel hat die Verantwortung?«, fiel Rieke ihr ins Wort.

»Nein«, antwortete Müller-Seidenbach säuerlich, »da müssen Sie sich an die Petersson-Holding in Hamburg wenden, direkt an die Geschäftsführung. Die setzt die Baufirmen ein, wir sind hier nur die Ansprechpartner vor Ort. Auch darüber habe ich bereits mit Herrn Wessel gesprochen. Ich gebe zu, da können wir sicher unser Beschwerdemanagement verbessern.«

»Apropos Beschwerden; hinsichtlich der Nebenkostenabrechnungen gibt es auch einen ›Vorgang‹, oder?«

»Sie meinen sicher den Mieter aus der Curt-Launstein-Straße, der seit Längerem mit uns deswegen in Verbindung steht. Der Mann erhält jetzt Einsicht in die Belege, da sind wir also auf einem guten Weg.«

Es stand außer Frage, dass sie das Gespräch beenden wollte. »Wenn wir denn jetzt fertig wären?«

Die beiden Kommissare sahen sich an und nickten sich zu.

»Vielen Dank, dass Sie sich Zeit genommen haben, Frau Möller-Seidenbach«, sagte Rieke leicht ironisch und reichte ihr die Hand. Sie legte eine Visitenkarte direkt vor ihr auf den Schreibtisch. »Wenn Ihnen noch etwas einfallen sollte, rufen Sie uns doch bitte an.«

Am Empfang erhielten sie ungefragt Wessels Adresse.

Vor der Eingangstür blieben sie stehen. Neuhoff blickte auf den Zettel mit der Anschrift. »Können wir mal eben hin, ist nicht weit von hier. Lass uns man zu Fuß gehen, es regnet ja nicht mehr.«

Rieke wirkte nachdenklich. »Weißt du was, Andreas? Ich habe die Möller-Seidenbach schon mal gesehen. Die war mit einem Mann in der Wachtelhof-Therme, als ich mit Carmen da Wellness gemacht habe.«

»Die hat dich aber scheinbar nicht erkannt.«

»Nee, sicher nicht. Ist auch kein Wunder. Die und ihr Partner hatten Zoff, die haben von ihrer Umgebung nicht viel wahrgenommen.« Rieke kramte in ihrem Gedächtnis. »Ich erinnere mich, dass es bei dem Streit um eine Baufirma ging, die sie hier nicht haben wollte, er aber wohl … Warte mal eben, hab was vergessen.« Sie marschierte umgehend zurück in das Gebäude, direkt zur Rezeption, wo die Mitarbeiterin erstaunt aufblickte. »Ich brauch noch den Namen der Baufirma in der Curt-Launstein-Straße und den Namen des Bauleiters.« Ein Anruf bei der Geschäftsführung, und die gewünschte Auskunft wurde wie eine Bestellung auf einen Block geschrieben. Rieke nahm den Zettel in Empfang, las die Angaben kurz durch und sah die junge Frau fragend an: »Und wo finde ich den Herrn Kaczmarek jetzt?«

»Auf der Baustelle natürlich, wo sonst?«, lautete die gelangweilte Antwort.

Es war in der Tat nicht weit zu Wessels Wohnung. Den beiden Kommissaren tat der kleine Spaziergang gut, zumal der Regen immer noch Pause machte.

»Wenn wir den Wessel gesprochen haben, fahren wir zur Baustelle und kümmern uns mal um die Bauleitung, ok?«

Rieke nickte. Neuhoff zeigte auf eines der neuen Häuser mit Luxuswohnungen, die überall in der Überseestadt wie Edelpilze aus dem Boden schossen. »In dem Haus wohnt er. Scheint ja nicht schlecht zu verdienen, wenn er sich das hier leisten kann.«

Als er klingeln wollte, trat eine junge Frau mit einem Kleinkind auf dem Arm aus der Tür. Die beiden wollten gerade an ihr vorbei ins Haus, als die Frau sie ansprach: »Zu wem wollen Sie denn? Hier kann man nicht einfach rein!« Rieke lächelte sie an und holte ihren Ausweis aus der Tasche. »Wir möchten zu Herrn Wessel«, erklärte sie, »der wohnt doch hier, oder?«

Der Dienstausweis schien die Frau zu beruhigen und sie gesprächig zu machen. »Ja, mit seiner Familie. Unsere Wohnungen liegen gegenüber«, antwortete sie und fuhr fort: »Die sind aber nicht da. Seine Frau hat gestern Abend bei uns geklingelt und gefragt, ob ich die Post für sie rausholen kann, weil sie wegfahren wollen.«

»So kurzfristig?«

»Ja, ihr Mann hat wohl überraschend ein paar Tage freimachen können und nun sind sie nach Holland, zur Familie seiner Frau.«

Rieke überlegte kurz. »Sie haben doch sicher eine Handynummer für Notfälle, oder?«

Die Frau sah bestürzt aus. »Ach nee, da hat keiner von uns dran gedacht. Ist ja auch nur für ein paar Tage, was soll da schon sein?«

Neuhoff und Rieke verabschiedeten sich und machten sich auf den Weg zum Auto.

»Schade«, sagte Rieke, ich dachte schon, wir kriegen eine Telefonnummer.«

»Wer weiß, wofür das gut ist, Rieke. So kann sie ihn auch nicht über unseren Besuch informieren. Aber wahrscheinlich hat das die Möller-Seidenbach über sein Handy schon getan, also hätten wir da auch eine Nummer. Lass uns aber erst zur Baustelle.«

Im Nachhinein waren sie beide einer Meinung: Den Besuch in der Curt-Launstein-Straße hätten sie sich sparen können.

Neuhoff hatte auf der Fahrt zur Baustelle weder den Bauleiter noch die Zentrale der Baufirma unter den angegebenen Rufnummern erreichen können. Aber auch auf der Baustelle selbst hatten sie kein Glück. Wen auch immer sie nach dem Bauleiter fragten, jeder zuckte mit den Schultern, verstand kein Deutsch oder wollte es nicht verstehen. Schließlich waren zwei der Arbeiter auf sie zugekommen. Der eine von ihnen hatte breite Schultern, war untersetzt und hatte eine grüne Weste an. Rieke kam er irgendwie bekannt vor.

»Czego chcesz?«, brummte er ungehalten.

Sein Begleiter, ein kleiner, schmaler Typ mit einem spitzen Gesicht und Schnauzbart, übersetzte in gebrochenem Deutsch: »Was Sie wollen hier?« Auch das klang nicht freundlich, wie Rieke feststellte. Nachdem sie sich ausgewiesen und ihm geantwortet hatten, sagte der Arbeiter mit der grünen Weste: »Lukasza nie ma tutaj. Pewnie jest na innej budowie. Nie wiem, kiedy znowu przyjdzie.«

Rieke schaute Neuhoff fragend an, dann den Mann mit der grünen Weste, dann den mit dem Schnauzbart. Sie schüttelte den Kopf.

»Lukasz nicht hier. Er wohl auf andere Baustelle sein. Wir weiß nicht, wann wieder hier kommt«, übersetzte der mit dem Schnauzbart und schaute die Kommissare provozierend an.

Der Arbeiter mit der grünen Weste verzog keine Miene. Rieke war klar, dass dieser hier das Zepter schwang und alles kontrollierte.

»Wissen Sie, wie wir ihn erreichen können? Handy?« Rieke wandte sich dabei demonstrativ an den kleineren der beiden und machte eine entsprechende Handbewegung.

Der kleinere flüsterte Grünweste leise etwas zu, wobei dieser Rieke weiterhin stur in die Augen schaute. Er nickte zögernd und zog einen Kugelschreiber aus der Weste.

»Lukasz ma zawsze dużo pracy. Na budowie czesto wyłącza swój telefon, wiec nie wiem, czy Pan się do niego dodzwoni.«

Wieder schüttelte Rieke den Kopf. Sie schaute den Übersetzer fragend an.

»Lukasz immer viel arbeiten. Auf der Baustelle dann kein Handy. Ich weiß nicht, ob diese Nummer geht.«

Grünweste sagte nur: »Gib«, und hielt ihr die offene Hand hin.

Rieke gab ihm den Zettel mit dem Namen der Baufirma. Er ging damit zu einem der Gerüste, legte das Papier auf ein gerades Stück Holz, das dort herumlag, und schrieb. Mit steinernem Blick hielt er ihn Rieke hin. Sein Kollege nickte den beiden zu. Dann drehten sie sich wortlos um und gingen wieder an die Arbeit.

Rieke schaute kurz auf die Notiz und hielt sie Neuhoff hin, bevor sie ihn in die Tasche steckte. »Andere Nummer«, raunte sie leise.

Neuhoff nickte. »Aha …«, kommentierte er ebenso leise.

Auf dem Weg zu ihrem Dienstwagen sagte Rieke: »Komische Typen. Und komische Baustelle. Achte mal drauf, wenn wir kommen, verschwinden die hier …«

Neuhoff sah sich um. In der Tat, es hatte sich auf den Gerüsten mal wieder deutlich gelichtet, seitdem sie dort aufgetaucht waren.

»Lass uns hier weg und zurück ins Büro«, antwortete Neuhoff. »Außerdem brauch ich was zu essen, einen Kaffee und Zeit, das Ganze mal zu sortieren.«

Mit zwei belegten Brötchen waren sie schließlich wieder in ihrer Dienststelle angekommen. Neuhoff hatte zwei Kaffee organisiert und Rieke die Brötchen auf Servietten gelegt. Nachdem sie zur Abwechslung während des Essens einmal die Arbeit außer Acht gelassen und stattdessen über die Einladung zu Hannahs Geburtstag am kommenden Wochenende gesprochen hatten, kamen sie wieder auf den aktuellen Fall zurück.

Neuhoff begann mit den Fakten. »Mal ganz von vorne. Die Litschko wird umgebracht, ist eine Freundin von Daniel Hertel, der am Tatort auftaucht. Kommt direkt aus dem Knast. Der Täter, Marek Burdinski, ist Arbeiter auf der Baustelle in Osterholz. Soweit alles klar.«

Rieke fuhr fort: »Hertel taucht ab, keiner weiß wohin. Bis er tot aufgefunden wird – im Schacht, ermordet. Die Baustelle kommt wieder ins Spiel.«

»Und diese Baustelle wird ›betreut‹ (Neuhoff machte mit den Fingern Gänsefüßchen in die Luft) von der *Mieterparadies*. Das ist eine Immobilienverwaltung, die es in sich hat. Glaubt man den Berichten der Mieter, rechnet sie offensichtlich unkorrekt ab und hat eine schlampig arbeitende Baufirma eingesetzt. Beziehungsweise die Petersson-Holding hat die beauftragt, zu der die *Mieterparadies* gehört. Aber da kümmert sich wohl erst recht keiner um die Zustände auf dem Bau«, ergänzte Neuhoff. »Und es gibt noch einen anderen Strang in dieser Geschichte: die geklauten Sachen in der leeren Wohnung. Wozu gehören die? Wie hängt das zusammen?«

»Keine Ahnung. Wir sollten auf alle Fälle mit der Baufirma sprechen und versuchen, den Wessel aufzutreiben. Obwohl ich nicht weiß, ob der wirklich was damit zu tun hat, außer dass er laut Bumbke wohl ein ziemlicher Arsch ist. Also nicht so vorrangig. Ich werde mal die Petersson-Holding googeln, vielleicht taucht ja der Typ von der Möller-Seidenbach, der aus der Sauna, mit einem Foto auf der Firmenseite auf. Sie hat nämlich in dem Streit sowas wie Kollegen erwähnt, die auch ihrer Meinung bezüglich der schlechten Wahl der Baufirma waren.«

Das Läuten des Telefons unterbrach ihre Gedankengänge. Neuhoff nahm ab, hörte stumm zu, bedankte sich und legte wieder auf.

Er lächelte. »Die Analyse der Fingerabdrücke ist da. Neben denen von Hertel sind die Abdrücke von Michael Lehnhorst in der ganzen Wohnung und auf den Kartons. Lehnhorst ist ein guter Bekannter von uns, schon länger registriert. Letzte bekannte Adresse ist in Hastedt.«

Er griff erneut zum Telefon. »Die Kollegen sollen da mal vorbeifahren. Wenn sie ihn nicht antreffen, schreiben wir ihn zur Fahndung aus. Gesucht wegen Mordverdachts im Fall Daniel Hertel.«

Nachdem die beiden Kommissare die Geschäftsräume der *Mieterparadies* verlassen hatten, und der Empfang ebenfalls nicht mehr besetzt war, hatte Irene Möller-Seidenbach endlich die Ruhe, die sie zum Nachdenken brauchte. Reg dich ab, sagte sie zu sich selbst, denn sie brauchte jetzt einen absolut kühlen Kopf und eine Strategie für ihr weiteres Vorgehen. Winfried Wessel, dieser … ja, was war er eigentlich? Ein aufgeblasener Wichtigtuer mit einem Hang zum Größenwahn! Sie hatte schon lange den Verdacht, dass bei diesem Zwerg irgendwas nicht ganz lupenrein lief. Solange er jedoch seine Arbeit machte, wollte sie gar nicht mehr über seine ›Aktivitäten‹ wissen.

Entscheidend waren dagegen vielmehr die Zahlen, die sie bei der *Mieterparadies* schrieben, und die waren gut. Und wenn sie mal nicht ganz so gut waren, hatte sie bis vor Kurzem den einen Teil der Petersson-Geschäftsführung immer noch auf andere Weise besänftigen können. Da dieser ihr aber in Rotenburg mitgeteilt hatte, dass er diese Art der Zusammenarbeit nicht mehr wollte, musste sie ab jetzt ganz klar auf der Hut sein. Denn in einem Punkt war sie sich absolut sicher: Der Job hier war ihr Ding; viel Gehalt, super Firmenwagen und genug Zeit fürs Fitnessstudio und andere private Dinge. Und das wollte sie nicht verlieren, schon gar nicht wegen so einem Vollidioten wie Wessel.

Sie holte sich ein Wasser aus dem Kühlschrank, öffnete es und trank aus der Flasche. Eigentlich, dachte sie weiter, gibt es nur eine Lösung: Wessel musste hier raus, und zwar schnell. Vielleicht war es klug, Petersson vorzuschlagen, dass sie ihn rausschmeißen sollten. Doch dann verwarf sie den Gedanken, Petersson hatte ihr ja bereits deutlich gesagt, dass auch sie ersetzbar war! Vielleicht müsste man nur ein wenig nachhelfen, und Wessel ging von selbst? Auf einmal wusste sie, was zu tun war. Sie stand auf, nahm ihren Schlüssel und ging zu Wessels Büro. Als Geschäftsführerin hatte sie Zugang zu allen Räumen. Also los, sie öffnete die Tür und war gespannt, was sie so alles finden würde.

Man hatte ihn um einen Gefallen gebeten. Weil er immer praktische Lösungen fand. Weil er der Ingenieur und Planer war. Es war wohl eine Fügung des Schicksals, dass es dabei um einen Gefallen ging, der ihm auch bei seinem eigenen Problem half: Jemandem musste klar gemacht werden, dass er seine Nase nicht in Dinge zu stecken hatte, die ihn nichts angingen.

Nur ein kurzer Anruf am Montag, dann ein ›zufälliges‹ Treffen mit dem Vorarbeiter im Schatten eines Gerüsts, ein Name, eine Hausnummer. Und es sollte eine saubere Sache sein, keiner Person zuzuordnen. Keine Verletzten. Mehr so ein Unfall. Oder so, er wisse schon. Mit der Option, notfalls nachzulegen und eine runde und endgültige Sache daraus zu machen. Fang mal klein an. Dann sehen wir, was passiert, hatte der Vorarbeiter gesagt und ihm einen Umschlag mit zwei grünen Scheinen in die Brusttasche seiner Arbeitsweste gesteckt. Als ob es einer Bezahlung bedurft hätte. In diesem Fall hätte er es auch so gemacht, da sie beide dasselbe Zielobjekt hatten. Aber das konnte der andere ja nicht wissen.

Planung, Vorbereitung, Ausführung; die richtigen Aufgaben für ihn als Ingenieur.

Sein Plan war einfach und genial. Eher so eine psychologische Sache. So, wie ein Arzt ein warnendes Vorgespräch mit einem uneinsichtigen Patienten vor einer drohenden Operation führen würde: Wenn du dich nicht vorsiehst, werden wir dich aufschneiden müssen!

Dafür hatte er unauffällig den Ort vorbereitet. Das Fallrohr vom Dach war wegen der Anbringung der Dämmplatten abgebaut und durch einen einfachen, flexiblen Plastikschlauch ersetzt worden. Das Zielobjekt hatte seinen Keller zufällig an der Stelle, wo das Fallrohr durch die Wand in das Kanalsystem geleitet wurde. Er musste also nur dafür sorgen, dass der als Werkstatt ausgebaute Keller voll Wasser lief. Das würde das Zielobjekt erst einmal beschäftigen und von weiteren Dummheiten ablenken.

Jetzt, kurz vor Feierabend, war er bei der Ausführung. Die gekrümmte Eisenstange lag schwer in seinen Arbeitshandschuhen. Niemand würde Verdacht schöpfen, wenn er hier in der Ecke unter dem

Gerüst am Arbeiten war. Er konnte bequem in das offene armdicke Rohr in der Wand schauen und das T-Stück erkennen, das im Kellerraum etwa auf Augenhöhe sein müsste.

Zwei, drei kurze kräftige Schläge mit der Spitze der Stange reichten aus, um den porösen Mörtel im Inneren der fünfzig Jahre alten Rohre abplatzen zu lassen und die Verbindung zu lösen. Nun konnte das Wasser ungehindert durch den entstandenen Spalt am T-Stück in den Keller fließen. Wie Blut beim Aderlass, dachte er.

Seit gestern regnete es wie aus Eimern, und es war windig. Fast schon orkanartig, wenn die Böen um die Hausecke fegten. Das Wetter war so übel, dass der Bauleiter eine Prämie anbot, damit die Arbeiter weiter auf die Gerüste gingen. Zulässig war das in Deutschland offensichtlich nicht, meinte er zu wissen. Zumindest wenn es nach der Berufsgenossenschaft ging. Aber er und seine Kollegen hatten bei schlimmerem Wetter schon ganz andere Arbeiten erledigt. In Polen. Da sah man das nicht so eng.

Und eben dieser starke Regen war es gewesen, der ihn auf diese einfache und geniale Idee gebracht hatte. Nun brauchte er nur noch den Plastikschlauch, durch den literweise das Regenwasser vom Dach herunterströmte, in das offene Rohr in der Wand zu stecken und mit einem angelehnten Brett und einem Kabelbinder zu fixieren.

Ein Kinderspiel. Er war mit seinem Werk zufrieden. Alles funktionierte so, wie er, der Ingenieur, es geplant und konstruiert hatte. Den Rest würde der starke Regen machen, der noch bis morgen anhalten sollte. Er lächelte.

Die Handynummer hatte er noch im Protokoll der Anrufe. Er tippte das Feld an und wartete. Nach einem kurzen Verbindungston hörte er, wie jemand ›Hallo‹ sagte.

»Załatwione«, antwortete er. Erledigt. Mehr nicht. Dann beendete er das Gespräch, nahm die Eisenstange und stemmte sich gegen den starken Wind in Richtung Baucontainer.

Freitag, 19.03., später Vormittag | Curt-Launstein-Straße 35

»Heiliges Kanonenrohr. Was für eine Scheiße!«, dröhnte Robert Ackermann.

»Eher wohl Heiliges Wasserrohr«, verbesserte Reinhold Hennings trocken, der hinter Ackermann und Bumbke im Kellereingang stand.

Bumbke stand da, wie vom Donner gerührt, bleich, entsetzt und unfähig, die vor wenigen Minuten entdeckte Situation in vernünftige Worte zu fassen. In so einer Verfassung hatten seine beiden Freunde ihn noch nie erlebt. Nicht einmal der Leichenfund am letzten Montag hatte ihn in diesen Zustand versetzen können. Bumbke stand eindeutig unter Schock.

»Ich«, begann Bumbke und verstummte wieder. Nach einer Weile versuchte er es noch einmal mit »Ich …«

»Lass gut sein, Helmut.« Hennings nahm Bumbke bei den Schultern und drehte ihn so, dass er nicht mehr in den Keller schauen konnte. Ackermann öffnete gleichzeitig den Vorratskühlschrank und inspizierte den Inhalt.

»Hast du Doornkaat im Haus?«, fragte er, erntete aber nur einen bösen Blick von Hennings und schloss sanft die Kühlschranktür.

Hennings holte sein Handy aus der Tasche und suchte im Namensverzeichnis eine Nummer. »Hast du den Hausmeister schon angerufen, Helmut?«

»Ich …«, setzte Bumbke an, dann schwieg er wieder. Hennings nickte und tippte auf das Display. Man hörte das Freizeichen und den Rufton. Hennings hatte auf laut gestellt.

»Bisewski« Offensichtlich bei einer wirklich wichtigen Tätigkeit gestört, knurrte der Hausmeister der *Mieterparadies* seinen Namen in dem gleichen Tonfall, wie andere Menschen ›Was willst du schon wieder?‹ sagen.

»Herr Bisewski, hier ist Hennings aus der Curt-Launstein-Straße. Wir stehen hier vor dem Keller von Herrn Bumbke im Haus Nummer 35. Es gibt einen Wassereinbruch über das T-Stück des Abwasserrohrs. Der Keller steht unter Wasser.«

»Seh' ich mir an. Räumen Sie schon mal alles frei. Ich komme dann am …« Es folgte eine Pause und das Rascheln von Papier. »Also, ich komme dann am Montag gegen drei. Oder am Dienstag.«

»Herr Bisewski, es gießt hier richtig rein. Ich sagte bereits, dass der Keller unter Wasser steht.« Hennings sprach etwas lauter und eindringlicher als sonst.

»Stellen Sie erst einmal einen Eimer drunter. Jetzt, an einem Freitag, bekomme ich sowieso keine Handwerker mehr. Schönes Wochenende. Wiederhören.«

Noch bevor Hennings etwas sagen konnte, hatte Bisewski aufgelegt. Er steckte das Handy wieder in die Tasche und schaute Bumbke an.

»Ich …«, sagte der zum wiederholten Mal. Er hob mit noch immer verständnislosem Gesichtsausdruck die Handflächen nach oben. Dann schüttelte er leicht den Kopf und zeigte mit dem Finger auf das linke Kellerregal. »Eimer …«

Hennings nickte und schob Ackermann, der zwischenzeitlich interessiert die Inhalte der Regale und Gerätschaften auf den sorgfältig aufgeräumten Arbeitstischen angeschaut hatte, einfach wie ein Paket zur Seite. Nachdem er sich orientiert hatte, holte er unter einem Regalbrett einen Eimer mit Feudel hervor. Dann drehte er sich zur Werkbank unter dem kaputten Rohr und räumte einen geöffneten, völlig mit dreckigem Wasser gefüllten Werkzeugkoffer auf einen trockenen Tisch im hinteren Bereich der Werkbank. Er holte aus dem Koffer einen Akkuschrauber, einen Ersatzakku und das passende Ladegerät, ließ alles abtropfen und legte die Gerätschaften auf ein großes trockenes Tuch auf der makellos sauberen Werkbank. Das Wasser aus dem Koffer kippte er abschließend in den Eimer.

»Die muss neu«, sagte Ackermann, der nur zugeschaut hatte, fachmännisch.

»Mach dich mal nützlich, Robert. Hier …« Hennings warf ihm den Feudel und ein weiteres Tuch zu. »Mach mal trocken.« Er zeigte auf die Stelle, an der das Wasser aus dem Rohr auf die Werkbank lief und den unter Wasser stehenden Boden davor. »Und mach erst den Eimer drunter.«

Ackermann positionierte den Eimer unter der Schadenstelle und begann, das Wasser mit dem Feudel aufzunehmen. »Ist aber ne Menge«, maulte er.

»Dann nimm halt erst die Schippe«, half ihm Hennings und zeigte auf Handfeger und Kehrschaufel, die hinter Ackermann in einer kleinen Nische an der Wand hingen.

»Ah, ja«, sagte Ackermann.

Langsam überwand Bumbke den Schock. Eigentlich hatten sie sich getroffen, um die Kopien der Belege zu ordnen und durchzusehen, die Hennings und Bumbke gestern im Büro der *Mieterparadies* in der Überseestadt angefertigt hatten.

Bumbke war nur eben in den Keller gegangen, um ein paar Flaschen Flensburger zu holen. Als er die Kellertür geöffnet und das Licht eingeschaltet hatte, meinte er, sein Herz stünde still. Sein kleines Heiligtum, seine Werkstatt, der Ort der Ruhe und Inspiration, des Schaffens und der Kreativität, war entweiht. Aus dem Abwasserrohr über der rechten Werkbank lief ungehindert literweise das Wasser. Die braune Suppe ertränkte auf breiter Fläche und darunter alles, was sich dort befand: den Koffer mit dem Akkuschrauber, die vorgesägten Holzbrettchen seines aktuellen Bastelprojekts, die kleinen Schächtelchen mit den Schrauben und Muttern, Konstruktionszeichnungen, das halbfertige Holzmodell einer Dampfmaschine, an dem er schon seit Wochen gearbeitet hatte … Alles auf der Werkbank und in den Fächern darunter, einschließlich dem Kellerboden, stand unter Wasser und war unwiederbringlich von braunem, stinkendem Wasser aufgeweicht und zerstört.

Nach fast zehn Minuten des Wartens waren Hennings und Ackermann ihm in den Keller gefolgt und hatten ihn am Eingang der Werkstatt erstarrt und reglos dastehend gefunden. Beide waren ebenso sprachlos und erschüttert wie ihr Freund Bumbke.

»Hast du einen zweiten Eimer, Helmut? Der hier ist ja gleich voll«, fragte Hennings.

Bumbke nickte, bückte sich und holte zwei Zehnlitereimer unter dem Regal heraus. »Ich geh mal eben umzu und seh' mir das von draußen an«, sagte er und wollte loslaufen.

»Lass mich mal. Du hast ja nur Hauspuschen an, und draußen pladdert das ganz schön«, hielt Hennings ihn zurück. Er ging an Bumbke und dem missmutig feudelnden Ackermann vorbei nach draußen. Der hielt den Lappen nur mit den Fingerspitzen und war offensichtlich bemüht, jeden Kontakt mit dem überschwemmten Boden und dem Abwasser zu vermeiden.

Bumbke öffnete den Kellerkühlschrank und nahm drei Flaschen Flensburger raus. »Hier«, sagte er, reichte Ackermann eine Flasche und zauberte ihm damit ein Lächeln ins Gesicht. Er behielt eine der Flaschen in der Hand und stellte die dritte auf die Werkbank. Sie öffneten die Verschlüsse, tippten die Flaschen mit einem Blick in die Augen und einem Kopfnicken aneinander und tranken einen Schluck.

»Dascha 'n schön' Schiet, wa«, sagte Ackermann.

»Das sachma«, antwortete Bumbke und trank einen weiteren Schluck.

»Flasche leer«, sagte Ackermann in dem Moment, als der Wasserschwall, der aus dem Rohr in den Eimer floss, plötzlich versiegte. Es blieb nur ein schnelles Tröpfeln. »Geht doch«, meinte er, als er sich die volle Flasche von der Werkbank angelte und seine leere dafür abstellte. Er betrachtete sichtbar interessiert das stetige Tropfen in den Eimer, ploppte den Verschluss des Flens auf und prostete dem Eimer zu. »Wenn man lange genug wartet, erledigt sich vieles von selbst.«

Bumbke bückte sich, griff nach dem Lappen, den Ackermann eben dort achtlos hatte liegen lassen, und nahm damit weiter Wasser vom Boden auf. Er wrang die triefenden Feudel in den nun fast vollen Eimer.

»Und? Is wech?«, fragte Hennings, der durchnässt durch die Tür kam.

»Fast«, antwortete Bumbke über die Schulter. »Im Moment tropft es nur noch.«

»Die haben doch die Fallrohre abgenommen, um die dicken Dämmplatten anbringen zu können. Das Wasser haben sie durch Plastikschläuche geleitet, und die haben sie in die offenen Anschlussstücke in der Wand gelegt. Wohl deswegen, damit das Wasser nicht einfach so abläuft, und der Boden unter den Gerüsten durchgeweicht wird. Ich hab den einen Schlauch jetzt mal rausgenommen. Jetzt kommt das Wasser nur noch von dem Schlauch an der Vorderseite.«

»Clever!«, sagte Ackermann anerkennend und reichte Hennings die angetrunkene Flasche Flens. »Schlückchen?«, fragte er.

»Ne. Im Moment nich. Lass uns mal eben erst alles klarmachen und hochgehen.« Hennings griff nach dem zweiten Lappen und half Bumbke, der noch immer aufwischte.

»Is gut. Ich will mal besser nicht im Weg stehen und geh vor«, meinte Ackermann. »Ich nehm ein paar Flens mit hoch, damit ihr nicht schleppen müsst. Ist doch ok, Helmut?«

»Sicher, Robert. Schlüssel steckt draußen an der Kellertür. Wir kommen dann gleich nach.«

Ackermann nahm sechs Flens aus dem Kühlschrank, klemmte sie sich gekonnt zwischen die Finger beider Hände und verschwand im Treppenhaus.

»Oh, Mann«, stöhnte Hennings leise, wobei man nicht heraushören konnte, ob er Ackermann oder den Wasserschaden meinte.

»War das nun Absicht oder Schicksal?«, fragte Hennings in die Runde. Sie hatten sich im Alpenstübchen an den Tisch gesetzt, nachdem sie sich im Bad ausgiebig die Hände und Gesichter gewaschen hatten. Bumbke hatte noch eine andere Hose angezogen und Hennings auch eine trockene Jogginghose angeboten, einen Tee gekocht und die drei restlichen Flens in den Kühlschrank gestellt, die Ackermann ihnen übriggelassen hatte.

»Weiß der Henker«, kommentierte Ackermann und spielte versonnen mit dem Verschluss seiner Bierflasche.

»Wenn ich mir das mal so überlege, kann das schon gut sein.« Hennings schaute Bumbke an. »Immerhin hast du ja seit einiger Zeit ›neue Freunde‹ im Quartier, oder?«

»Nun erzählt doch mal lieber von der Belegeinsicht. Bevor der Bisewski nicht da war, kommt wohl auch keiner zum Reparieren. Wenn die Handwerker dann da sind, kann man ja mal fragen, ob das von selbst gekommen ist oder nicht«, sagte Ackermann. Er nahm die leeren Flaschen vom Tisch und ging in die Küche.

»Gut, dann warten wir mal ab. Im Moment können wir nichts weiter tun. Das Knetgummi und die Gaffa-Bandage sollten das Gröbste abhalten, und den Eimer kippt man halt ein- oder zweimal am Tag aus«, meinte Hennings. »Schade nur um die Maschine und deine Bastelarbeiten, Helmut.«

Bumbke nickte und trank einen Schluck Tee. »Allerdings. Höchst ärgerlich«, stimmte er zu.

Ackermann hatte sich wieder hingesetzt und die drei kalten Flensburger mitgebracht. Er öffnete eins davon.

»Zur Belegeinsicht gibt es nichts weiter zu sagen«, berichtete Hennings nun.

»Ein ausgesprochen exklusives und repräsentatives Büro haben die da in der Überseestadt. Edelholztresen, Empfangsdame im schicken Businessanzug und – selbstverständlich ein abwesender Herr Wessel ...«, fügte Bumbke hinzu.

»Wir haben da in so einem Aquarium unseren Kopierer aufgebaut, uns die drei Ordner vorgenommen und Blatt für Blatt kopiert. Die haben alles so aufgestellt, dass wir immer mit dem Rücken zur Glaswand stehen mussten. Da konnten sie uns ungehindert zusehen, wie wir am Arbeiten waren.«

»Raffiniert!«, sagte Ackermann gedehnt. »Sagt mal, Männer, wie wär das denn mal mit einem Lütten ...? Den haben wir uns heute ja wohl ehrlich verdient.«

Bumbke schüttelte den Kopf, Hennings schaute Ackermann nur an und schwieg.

»Na, denn eben nicht. Muss ja nicht. Ich dachte halt nur ...« Ackermann schien spontan verschnupft.

Bumbke erzählte weiter. »Die ganzen Kopien haben wir dann in den Karton gepackt. Das war ganz schön viel. Unser Papier hat gerade mal so gereicht. Allein die Unterlagen von der Gartenfirma waren so um die 200 Blatt.«

»Und alles natürlich querbeet und nicht richtig sortiert«, übernahm Hennings wieder. »Das müssen wir erst mal in Reihe bringen.«

»Was ich auf den ersten Blick vermisst habe, sind die Lieferscheine und Rechnungen für das Heizöl. Auch scheint es keine Ableseunterlagen der Heizölbestände zu geben. Die braucht man doch allein schon dann, wenn man Heizöl nachkaufen will, oder wenn am Jahresende der Bestand für die Nebenkostenabrechnung dokumentiert werden muss. Hast du die gesehen, Reinhold?«, fragte Bumbke.

»Nee. Nicht eine«, antwortete Hennings. »Aber mir ist da was bei den Unterlagen der Gartenfirma aufgefallen. Für jede Woche der drei Jahre haben sie Arbeitsnachweise vorgelegt. Alle waren mit so einem Ankreuzsystem und Unterschriften vom Gärtner und einem Kontrolleur.«

»Ja und? Ist doch schön, dass die das vorgelegt haben«, sagte Ackermann.

»Sicher, Robert. Die Kreuze zeigen, was sie in der Woche gemacht haben. Rasenmähen im November, Büsche im Juni geschnitten … Geht man nach den Bögen, waren die sogar jede Woche hier und haben Gehwege gereinigt und irgendetwas an dem Grünzeug gemacht …«

»Rasenmähen im November? Jede Woche Gehwegreinigung? Wirklich jede Woche? Ist mir gar nicht aufgefallen«, staunte Ackermann.

Bumbke schaute interessiert, weil er das offensichtlich noch nicht mitbekommen hatte.

»Kontrolliert und abgezeichnet hat die Arbeiten ein K. Sawatzki sowie der uns gut bekannte L. Bisewski, seines Zeichens Hausmeister bei der *Mieterparadies.*«

Ackermann schaute Hennings mit weit hochgezogenen Augenbrauen und nach oben gedrehten Handflächen fragend an.

»Nun …« Hennings machte eine effektheischende Pause. »Alle Unterschriften waren gleich. Absolut identisch. Alle Bögen sind von einem Original kopiert. Mit allen Unterschriften. Nur Datum und Kreuz bei der Tätigkeit wurden nachträglich eingetragen.«

»Is nich wahr!«, polterte Ackermann, griff nach einer neuen Flasche Flens (der letzten verschlossenen auf dem Tisch) und ließ den Verschluss laut ploppen.

»Doch, is wahr. Kannst selber nachsehen«, sagte Hennings und wollte die besagten Kopien aus dem dicken Stapel in der Tischmitte ziehen.

»Lass stecken, glaub ich auch so«, sagte Ackermann.

»Reinhold und ich wollen am Wochenende mal dabei gehen und das ganze Zeug ordnen und durchsehen«, kündigte Bumbke an.

»Ich bin mit Margot unterwegs. Da kann ich euch leider nicht helfen, Männer«, bedauerte Ackermann und trank einen Schluck Flensburger.

»Halb so wild, Robert. Wir kommen damit schon irgendwie klar«, sagte Hennings, schien Ackermanns Verhinderung zum Treffen aber nicht wirklich zu bedauern.

Ackermann sprach noch einmal kurz an, dass zu wenig Doornkaat ausgeschenkt wurde, Hennings ging nicht darauf ein und erinnerte Bumbke an den gemeinsamen Termin am Wochenende zur Belegdurchsicht (Wie is am Sonntag mit Brötchen von Bartels und Rührei?), und Bumbke fragte sich laut, ob das jetzt nun alles war, was ihm mit der *Mieterparadies* wiederfahren würde.

»Erst dieser Stress mit den Nebenkostenabrechnungen, dann die Sanierung, am Montag eine Leiche im Tank … und jetzt die Werkstatt unter Wasser«, zählte Bumbke auf.

»Du bist aber sicher, dass du keinen Spiegel zerschlagen hast, Helmut?«, fragte Hennings mit leichter Ironie.

Helmut Bumbke schaute seinen Freund eine Weile an und wiegte überlegend den Kopf langsam hin und her. »Ich weiß es nicht, Reinhold. Ich habe echt keine Ahnung.«

Freitag, 19.03., bis Sonntag, 21.03. |
Polizeipräsidium / Büro der Mieterparadies / Schwachhausen

Rieke Senger sah sich in der ersten Einschätzung des Falles voll bestätigt.

Vor nicht einmal drei Wochen hatten sie Diana Litschko tot aufgefunden, deren Freund, dieser Daniel Hertel, gleich darauf verschwunden war. In kürzester Zeit war Marek Burdinski als Mörder überführt worden. Ab da hatte sie das unbestimmte Gefühl, dass noch etwas hinterherkommen würde. Irrational, dachte sie, warum eigentlich traute sie der schnellen Aufklärung nicht? Wie auch immer, sie hatte recht behalten.

Alles, was danach passiert war, schien daran anzuknüpfen. Burdinski arbeitete auf der Großbaustelle in Osterholz, Hertel war dort offenbar getötet worden, aber wie passte das zusammen?

Alles an diesem Fall war zäh wie ein zu lange gebratenes Steak: Michael Lehnhorst, ihr Hauptverdächtiger, war wie vom Erdboden verschluckt, die Fahndung verlief bisher ergebnislos.

Der Bauleiter Lucasz Kaczmarek war ebenfalls nicht ans Handy zu kriegen. Entweder ging die Mailbox an, oder er war vorübergehend nicht erreichbar. Einmal hatte sie ihn tatsächlich unter der zweiten Nummer erreicht, die der Arbeiter auf der Baustelle auf einen Zettel geschrieben hatte, doch da gab es Probleme mit dem Empfang. Wenn sie ehrlich war, wusste sie auch gar nicht so genau, inwiefern sie ihm auf den Zahn fühlen konnten. Warum haben Sie Ihre Baustelle nicht im Griff, könnte sie ihn fragen, aber wirklich zielführend war das nicht und eigentlich auch nicht ihr Problem.

Dasselbe mit diesem Winfried Wessel. Nervig. War mit seinem gelben Schein nach Holland gefahren – durfte der das? Aber auch das war nicht ihr Problem, und ob der Mann irgendwie von Bedeutung war, wusste sie auch nicht. Der würde ja wiederkommen, dann erfuhren sie vielleicht mehr.

Seit sie Mitte der Woche bei der *Mieterparadies* gewesen waren, hatte Rieke überwiegend hinter Leuten hertelefoniert. Inzwischen hatte sie außerdem herausgefunden, dass der Begleiter der Möller-Seidenbach in der Sauna einer der beiden Geschäftsführer und Inhaber der Petersson-Holding war. Sie hatte sein Bild im Internet auf der Website der Firma gesehen und ihn zweifelsfrei wiedererkannt. Verheiratet war er, und trotzdem vögelte er offenbar die Geschäftsführerin der *Mieterparadies*. Das war wirklich nicht nett von ihm, aber hatte das für den Fall irgendeine Bedeutung, fragte sich Rieke. Auch ihn hatte sie versucht zu kontaktieren. Herr Petersson ist zurzeit verreist, hatte seine Sekretärin ihr mitgeteilt.

Rieke fuhr genervt ihren PC herunter, Neuhoff hatte bereits Feierabend gemacht. Ihr reichte es auch für heute. Das Wochenende stand vor der Tür, und sie freute sich auf die Einladung zu Hannah Neuhoffs Geburtstag.

Wenn wir nicht bald diesen Lehnhorst kriegen, dachte sie, weiß ich echt nicht, wie wir sonst an eine wirklich brauchbare Information kommen sollen. Und der Scheißregen könnte auch mal aufhören.

Sie öffnete die Schreibtischschublade und griff nach ihrem Büroschlüssel. Er war nicht da. »Nicht auch das noch ...«, stöhnte sie. Sie suchte ergebnislos ihren Schreibtisch ab, dann fiel es ihr ein, sie hatte ihn auf der Ablage beim Waschbecken in der Toilette liegen lassen. »Ganz schön leichtsinnig!«, schalt sie sich.

Auf dem Weg zur Damentoilette zündete es auf einmal in ihren Gedanken. Natürlich. Neuhoff und sie hatten beide nicht geschaltet, als sich endlich mal eine Spur auftat! Doch das würde sie jetzt ändern. Sie sah auf ihre Armbanduhr; noch zeitig genug, um erfolgreich ein paar Telefonate zu führen.

Irene Möller-Seidenbach war ebenfalls genervt. Nur gut, dass sie den Wessel nicht um sich hatte, denn der war ein Problem. Und zwar ein Problem, für das sie noch keine endgültige Lösung hatte. In seinem Büro hatte sie nichts gefunden, mit dem sie ihm hätte Druck machen können. Lag wahrscheinlich alles im Schreibtisch, den er abgeschlossen hatte, vermutete sie.

Es klopfte, und kurz darauf steckte Rita vom Empfang ihren Kopf durch die Tür. »Ich geh dann mal, Frau Möller-Seidenbach. Die Akten von Herrn Wessel, die dieser Herr Bumbke gestern eingesehen hat, habe ich wieder in sein Büro gebracht. Ein schönes Wochenende für Sie.«

»Ihnen auch, bis Montag!« Die Akten von der Belegeinsicht. Die sollte sie sich mal ansehen, vielleicht fand sie ja etwas.

Eine knappe Stunde später saß sie wieder an ihrem Schreibtisch und lächelte. Sie wusste noch nicht, wie genau die Belege manipuliert worden waren, aber dass sie es waren, hatte sie auf den ersten Blick erkannt. Anschließend hatte sie über ihre nächsten Schritte nachgedacht und war zu dem Entschluss gekommen, dass sie auch gar nicht so genau wissen wollte, was für Dinger der Wessel da drehte. Nachher hieß es noch, sie hätte das verhindern müssen! Nein, die Geschäfte, die Wessel betrieb, endeten automatisch, wenn er die *Mieterparadies* verließ, so what? Und genau das würde sie ihm nach seiner Rückkehr mitteilen. Auch, dass er sich eine Abfindung aus dem Kopf schlagen sollte; immerhin konnte er ja froh sein, wenn er keine Anzeige wegen des Verdachts auf Abrechnungsbetrug an den Hals bekommen würde. Ihr Lächeln wurde breiter.

Und nun noch der Anruf dieser Senger vor ein paar Minuten! Der passte perfekt in ihren Plan. Die Kommissarin hatte wissen wollen, wer bei der *Mieterparadies* für die Schlüsselvergabe zuständig sei? Natürlich unser Herr Wessel, hatte sie geantwortet. Und da man ja nicht lügen sollte, noch ergänzt, dass vereinzelt auch der Hausmeister, der Herr Bisewski, den Schlüssel hätte, zum Beispiel bei Handwerkerarbeiten in leeren Wohnungen und natürlich bei Schlüsselübergaben, jeweils vor oder nach den Ein- und Auszügen.

Diese begriffsstutzige Kommissarin hatte nochmal gefragt, ob es definitiv keinerlei Mietverhältnis zwischen den beiden Männern aus der Curt-Launstein-Straße und der *Mieterparadies* gegeben hätte? Nein, hatte sie geflötet, unser Herr Wessel hat gesagt, die Wohnung sei nicht vermietet, und warum sollte er da die Unwahrheit sagen? Die Senger hatte sich dann die Handynummern von Wessel und Bisewski geben lassen. Ob Wessel denn Montag wieder da wäre. »Davon gehe ich aus, er hätte sich sonst gemeldet«, hatte sie mit Engelsgeduld geantwortet.

»Bitte benachrichtigen Sie mich, wenn er ins Büro kommt, ich möchte ihn umgehend sprechen. Und den Hausmeister ebenfalls, wenn wir schon mal dabei sind.«

»Selbstverständlich, Frau Senger. Sie können sich auf mich verlassen«, hatte sie das Gespräch beendet, sich selbst an Freundlichkeit überbietend.

Bisewski hatte sicher keinen Dreck am Stecken, dachte sie. Der war für so was viel zu faul und feige und vermutlich auch zu blöd. Aber Wessel hatte den Dreck, wie schön. Wenn die Kripo den an der Angel hatte, war es noch einfacher, ihn loszuwerden.

Irene Möller-Seidenbach freute sich so über ihre eigene Genialität, dass sie laut loslachen musste. Das hast du nun davon, kleiner, dummer Wessel.

Sonntagnachmittag lockerte sich endlich der Himmel über Bremen auf und ließ ein paar Sonnenstrahlen passieren. Rieke und Ben befanden sich auf dem Rückweg zu ihrer Wohnung, nachdem sie bei Hannah und Andreas einen üppigen Geburtstagsbrunch hinter sich hatten. Schön, dass er nochmal so eine nette Frau gefunden hatte, dachte Rieke. Zu Beginn ihrer Zusammenarbeit war er ihr manchmal einsam vorgekommen, doch das hatte sich mit Hannah geändert; die beiden passten wirklich gut zueinander. Und das wussten beide auch zu schätzen.

Rieke hatte während der Feier zwischen Tür und Angel eine Gelegenheit gefunden, ihren Kollegen kurz über den Freitagnachmittag zu informieren. Neuhoff schlug sich mit der Hand gegen die Stirn. Natürlich, dass sie daran nicht gedacht hatten! Rieke hatte allerdings kein Glück bei den Telefonaten gehabt, nachdem sie die Nummern von der Möller-Seidenbach erhalten hatte. »Das lief den ganzen Tag schon so, Andreas. Teilnehmer nicht erreichbar, Mailbox … Ätzend! Aber die Möller-Seidenbach ruft Montag an, wenn Wessel im Büro ist, und bestellt auch den Bisewski ein. Erstaunlich kooperativ für einen Freitag, die Dame, fast schon ein bisschen viel! Aber was soll's, Montag sehen wir weiter.«

»Endlich mal kein Regen mehr.« Riekes Blick ging gen Himmel, als sie aus dem Auto stiegen. »Was hältst du noch von einer kleinen Tapse durch den Bürgerpark?«

Ben nickte. »Kann nicht schaden, bin noch ziemlich voll vom Essen …«

Kurz darauf schlenderten sie Arm in Arm durch den Park, der sich nach und nach mit weiteren Besuchern füllte, die genau wie sie beide ein Sauerstoffdefizit zu haben schienen.

Rieke wusste auf einmal, dass dies der richtige Moment für das Thema war, das sie schon seit Längerem beschäftigte. Sie räusperte sich und war zu ihrer eigenen Überraschung verlegen. Nun aber, sie gab sich einen Ruck.

»Du Ben, da gibt es etwas, was ich schon länger mit dir besprechen wollte …«

»Na, da bin ich ja gespannt, wenn du es schon so ankündigst!«

»Tja also, Marie war doch vor Kurzem bei uns. Na ja, und irgendwie habe ich danach gedacht, ob wir vielleicht nicht auch …«

Ben brachte den Satz zu Ende: »…ein Kind haben sollten? Das wolltest du schon länger mit mir besprechen?«

Rieke nickte wortlos.

Ben wandte sich ihr zu und umarmte sie. »Dann bin ich aber froh, dass du es endlich angesprochen hast, Rieke«, murmelte er in ihre Haare. »Ich hätte nämlich gerne ein Kind mit dir.«

Rieke löste sich aus seiner Umarmung. »Da gibt es aber noch etwas …«

»Etwa mehrere Kinder? Auch ok.«

»Nein Ben, es gibt ein Problem. Ich kann mir nicht vorstellen, lange aus meinem Beruf rauszugehen. Und da wollte ich dich fragen, ob du die Kinderbetreuung nach einer gewissen Zeit übernehmen würdest?« Nun war es raus, dachte sie erleichtert und wartete gespannt auf seine Reaktion.

Ben schwieg eine Weile. Dann sagte er: »Da hatte ich noch nicht drüber nachgedacht, über ein Kind schon. Aber mir gefällt der Gedanke, und je länger ich mir das vorstelle, umso besser!« Er nahm sie erneut in den Arm und sagte mit leiser Stimme: »Diese Kinder sollen sich angeblich ja nicht von selbst machen, vielleicht sollten wir mal langsam nach Hause gehen …«

Rieke knuffte ihn liebevoll. »Dieser Gedanke gefällt mir, und je länger ich darüber nachdenke, umso besser«, zitierte sie ihren Freund und lenkte ihn in Richtung Ausgang.

Rieke hörte das Telefon zuerst. Ein Blick auf die Uhr sagte ihr, dass vermutlich Carmen dran war. Sie hatten sich gegen acht zum Telefonieren verabredet. Ben war inzwischen ebenfalls wach geworden, und Rieke signalisierte ihm, dass der Anruf für sie sei. Sie zog sich etwas über und holte sich den Hörer vom Flur.

»Hallo Carmen«, begrüßte sie ihre Freundin, deren Nummer auf dem Display angezeigt wurde. Sie ließ sich auf dem Sofa nieder und zog die Beine an. »Wie geht's bei euch?«

Ben kam inzwischen aus dem Schlafzimmer und ging in die Küche, um sich was zu trinken zu holen. Den Worten seiner Freundin war anzumerken, dass es bei den Schüttes irgendein Problem gab.

»Ach, das tut mir ja leid für Horst. Aber was machst du nun?«, fragte sie. Carmen schien eine längere Antwort zu geben, da Rieke eine ganze Zeit schwieg oder »Mhm …« machte. Dann sagte sie: »Also Elli ist nicht vor morgen Nachmittag da, Marie noch nicht ganz gesund, und dein Eingriff ist nicht zu verschieben? Das ist ja Mist, ich kann dir nicht mal helfen, da ich morgen Termine habe, die sich überhaupt nicht schieben lassen ...«

Ben machte sich bemerkbar.

»Warte mal, Ben will mich gerade was fragen ...«

»Braucht Carmen Hilfe?«, fragte er Rieke, die ihre Hand über das Telefon hielt.

»Kann man wohl sagen. Sie hat morgen eine OP beim Kieferorthopäden, die dringend gemacht werden muss. Horst hätte ja morgen frei, fährt aber heute noch zu seinen Eltern, weil es seinem Vater so schlecht geht. Und Oma Elli kommt erst nachmittags wieder, sie ist mit ihrer Pokertruppe über das Wochenende verreist. Und ich bin schon total verplant.«

Ben brauchte nicht lange nachzudenken. »Frag sie, ob ich kommen soll. Ich bin doch noch krankgeschrieben und froh, wenn ich was um die Ohren hab.«

Rieke nahm die Hand vom Hörer. »Ben bietet an, zu euch zu kommen; würde er gerne machen, er ist doch zu Hause momentan. Ich geb ihn dir mal eben.« Sie reichte Ben den Hörer.

Es dauerte nur wenige Minuten, und die Sache war unter Dach und Fach. Rieke würde Ben am frühen Morgen am Bahnhof absetzen, von wo aus er mit dem Metronom nach Rotenburg fahren würde. Abends könnte sie ihn dann bei den Schüttes mit dem Auto abholen. Ist schon ein toller Kerl, den ich da habe, dachte Rieke, beeindruckt von seiner spontanen Hilfsbereitschaft. Doch nicht nur in dieser Hinsicht gefiel er ihr, da war noch was. Und dafür brauchte sie ihn jetzt nochmal im Schlafzimmer.

Montag, 22.03. | **Autobahn A30 / Büro der Mieterparadies**
Die Holländer haben einen echt beschissenen Fahrstil, dachte Winfried Wessel, als er mit knapp 150 Kilometern in der Stunde einen älteren Nissan mit niederländischem Kennzeichen in einem Abstand von weniger als einem halben Meter überholte.

»Ihr mit euren lächerlichen Kleinwagen behindert den natürlichen Verkehrsfluss und nervt echt ohne Ende. Habt ihr eigentlich einen Schimmer, wie gefährlich das ist?«, schnauzte er seine Partnerin Hendrikje auf dem Beifahrersitz an.

Hendrikje schaute nur nach rechts aus dem Fenster und schwieg. Sie war seine ewige Stänkerei leid, und sie wusste, dass jedes Wort von ihr nur noch mehr Zorn in ihm wecken würde.

Erst gestern Abend hatte er einen Streit vom Zaun gebrochen und ihr einen blauen Fleck am Arm beigebracht, weil sie mit ihrer gemeinsamen Tochter Lieke und ihren Eltern Holländisch gesprochen hatte. Winfried konnte kein Holländisch und war auch nicht bereit, überhaupt eine andere Fremdsprache als Englisch zu lernen. Dieses unverständliche Gesabbel verwirre die Kleine nur, hatte er ihr vorgeworfen; immerhin lebe sie in Deutschland und nicht in den Niederlanden. »Sprich Deutsch oder halt den Mund«, hatte er ihre Einwände abgewürgt und sie einfach stehen lassen.

Nicht, dass Wessel es an diesem Montag besonders eilig gehabt hätte, als sie auf der niederländischen A1 Richtung Osten fuhren. Im Gegenteil, er wäre lieber noch ein paar Tage Bremen und seiner Arbeitsstelle bei der *Mieterparadies* fern geblieben. Selbst dann, wenn seine »beinahe« Schwiegereltern und der erfahrungsgemäß ständig mit anwesende Familienclan ihm unendlich auf den Geist gingen.

Dabei machte er seinen Job eigentlich gerne und das schon eine ganze Weile. Als die Petersson-Holding ihn 2011 nach mehreren Fehlschlägen bei der Arbeitssuche als Sachbearbeiter bei der *Mieterglück* in Hamburg eingestellt hatte, wurde er noch als aufgehender Stern gehandelt. Er war davon überzeugt, dass die Petersson-Holding froh sein konnte, ihn vom Markt gefischt und der Konkurrenz weggeschnappt zu haben. In seinen Augen war es schon ein Glück für sie, dass er sich in der kurzen beschäftigungsfreien Phase nach seiner durch Pechsträhnen beendeten Selbstständigkeit als Makler bei ihnen beworben hatte.

Er passte in dieses junge Unternehmen, und das Unternehmen passte zu ihm. Er hatte sich eingebracht, war jeden Tag nach Hamburg gependelt, hatte sich regelrecht aufgerieben für die Firma, auch, wenn sein Chef seine frischen und innovativen Ideen nur selten zu würdigen wusste. Dieses Problem hatte er schon mit seinen vorherigen Arbeitgebern, die ebenfalls für seinen jungen Stil kein Verständnis gezeigt hatten, so dass er sie nach kurzer Zeit verlassen musste.

Als die Petersson-Holding dann 2013 die *Mieterparadies* in Bremen gründete, war er fest davon überzeugt gewesen, die Leitung der Niederlassung übertragen zu bekommen.

Stattdessen kam eine Seiteneinsteigerin, Irene Möller-Seidenbach. Ständig prahlte diese arrogante Zicke mit ihrem Vater und seinem ›florierenden Immobilienhandel mit exklusiven Ferienwohnungen an den schönsten Stränden Europas‹. Und, wenn man den Gerüchten unter den Kollegen Glauben schenken durfte, hatte sie sich in der Vorstandsetage bereits bei der Bewerbung mit ihren ›geschlechtsspezifischen Attributen‹ Vorteile verschafft. Gegen die hatte selbst er als Profi mit seinem weit überdurchschnittlichen Fachwissen und Geschäftssinn einfach keine Chance gehabt. So mies übergangen zu werden, machte Winfried Wessel auch heute noch richtig sauer.

Zu seiner Überraschung überließ seine neue Chefin ihn sich selbst, was er angemessen und völlig in Ordnung fand. Bis sie ihn am letzten Dienstag unerwartet aus heiterem Himmel, völlig unberechtigt für Sachen verantwortlich machen wollte, für die er ja nun wirklich nichts konnte.

Er hätte ihr sofort klipp und klar sagen sollen: Was kann ich denn dafür, dass sich keine solventen Mieter für die Launstein 41 bewerben? Es war doch Ihre Vorgabe, dass wir uns mittelfristig von dieser überalterten und ärmlichen Klientel trennen sollen! Er hätte ihr sofort Kontra geben müssen, und es ärgerte ihn, dass sie ihn in einem kurzen Moment der Schwäche überrumpelt und diese Situation auf ihre überhebliche Art ausgenutzt hatte.

Und was, Frau Möller-Seidenbach, kann *i c h* denn dafür, dass irgend so ein hirnloser Gewalttäter eine Leiche in den Tankschacht gequetscht hat? Hallo? Denken Sie doch mal nach. Das kann doch schließlich jedem mal passieren, oder?, versuchte er das letzte Gespräch mit seiner Chefin gedanklich neu zu führen. Oder, Frau! Möller! Seidenbach? Wessel kochte vor Wut und stemmte seine geballte Faust auf die Hupe des BMW. Hendrikje starrte ihn erschrocken an.

Was denkt sich dieses eingebildete Weib eigentlich, schimpfte er in Gedanken weiter. Sollte er etwa selber Tag und Nacht in diesen beschissenen Armuts-Anlagen herumlungern und aufpassen? Denkt die denn, er wäre ein bescheuerter Parkwächter oder sowas in der Art? Ich bin ein hochqualifizierter Objektbetreuer, dachte er. Ich delegiere, und andere machen. Basta. Und wenn die da in der Baustelle etwas verbocken, dann ist das doch nicht meine Schuld. Warte nur, bis ich wieder im Büro bin, Möller! Das kannst du mit mir nicht machen. Du wirst schon sehen.

Trotzdem hatte sie es geschafft, ihn einzuschüchtern, musste er sich widerwillig eingestehen. Denn auch dann, wenn sie einfach nur bluffte, hatte sie durchaus die Macht, ihm das Leben schwer zu machen. Nicht auszudenken, was es bedeuten würde, wenn die Möller-Seidenbach ihm berufliche Probleme bereiten und dadurch der Geldhahn zugedreht würde.

Er rechnete, wie schon öfter, seine Einkünfte nochmals zusammen: Das Übereinkommen mit dem Gärtner Sawatzki brachte ihm rund 3.000 im Monat.

Von Lehnhorst bekam er regelmäßig 2.000 monatlich für das Überlassen einer freistehenden Wohnung, in der dieser seine Ware zum Verticken zwischenlagern konnte.

Weiterhin wurde jede Wohnung vor Neubezug renoviert, woran er nochmals rund zwei bis drei Riesen verdienen konnte. Das waren im Jahr etwa zehn Wohnungen bei einem Bestand von 385 Wohn- und 56 Gewerbeimmobilien. Oder, in Euro ausgedrückt, 20 bis 30 Tausender.

Werner Mahnke zahlte für jeden Liter Heizöl, den Wessel ihm vermittelte, 4 Cent Provision, die aber auf den Gesamtpreis aufgeschlagen und über die Nebenkostenabrechnung von den Mietern bezahlt wurden. Das ergab pro Lieferung zwischen 800 und 1.200 Euro. 241 Objekte wurden mit Öl beheizt. Wenn er geschickt plante, konnte er für diese Objekte rund 220.000 Liter Heizöl in Rechnung stellen; das machte um die 8.800 Euro Provision für ihn im Jahr.

Aber auch eine komplette Lieferung, die nur auf dem Papier existierte, konnte man irgendwie einmal im Jahr einschieben. Den Gewinn der letzten »Fakestoff-Lieferung«, (so nannte es Mahnke), hatte er sich mit ihm 40 : 60 geteilt. Aus so einem Deal erhielt er rund zehn Riesen, aber ganz ungefährlich war das nicht und sollte die Ausnahme bleiben.

Dazu kamen dann die 47.500 Jahresgehalt, also etwa 3.000 Netto plus eineinhalb Gehälter Bonus am Jahresende, die in Anbetracht seiner überdurchschnittlichen Leistungen und einer Möller-Seidenbach als Vorgesetzten eher ein Schmerzensgeld darstellten.

Zwischen ihn und diese roundabout 140.000 Euro im Jahr wollte sich nun eine viel zu neugierige Möller-Seidenbach zwängen. Niemals würde er das zulassen. Niemals. Aber, wenn er das Problem einmal aus neutraler und professioneller Sicht betrachtete und seine clevere Vorgehensweise dagegenhielt, bestand eigentlich keine reale Gefahr. Nicht für ihn, den Objektbetreuer. Nicht von ihr, dieser Tussi Möller-Seidenbach. Und auch nicht von diesem alten Sack, diesem neugierigen Versager Bumbke.

»Pass doch auf, du Idiot!«, kreischte Wessel, als 150 Meter vor ihm ein niederländischer Kleintransporter zum Überholen eines Lkws auf die linke Spur wechselte. Wessel näherte sich mit etwa 160, zog seinen Dienstwagen ganz nach rechts und überholte die Fahrzeuge auf der Standspur.

»Hier ist hundert«, bemerkte Hendrikje verhalten vom Beifahrersitz.

»Ja und? Fährst du oder fahre ich? Misch dich nicht ein, wenn du keine Ahnung hast!«, fuhr er seine Partnerin an. Ihre Tochter Lieke, die bis dahin in ihrem Kindersitz auf der Rückbank geschlafen hatte, fing an zu weinen.

»Sei ruhig, da hinten«, schrie Wessel. Er trat noch etwas mehr auf das Gaspedal und erhöhte die Geschwindigkeit auf 180 km/h. Auf der Linken fuhr er dabei dicht auf die vorausfahrenden Fahrzeuge auf und zeigte mit der Lichthupe seinen Überholwunsch an.

»Können wir mal eine Pause machen?«, versuchte Hendrikje ihn wieder etwas runterzuholen.

»Nicht, bevor ich hier aus dieser verdammten Kleinwagen- und Schleicherprovinz raus bin«, herrschte Wessel sie an. Hendrikje schwieg und schaute wieder rechts aus dem Fenster, Lieke wimmerte leise auf dem Rücksitz. Wieder kreisten seine Gedanken um die *Mieterparadies*, während er auf Autopilot der Grenze entgegenraste.

Am letzten Dienstag, als er frustriert und wütend, und aus späterer Sicht auch irgendwie unbegründet besorgt, nach Hause gekommen war, hatte er Hendrikje gesagt, er hätte Kurzurlaub übers Wochenende genommen. Er musste weg. Weg von der *Mieterparadies*, weg von der Möller-Seidenbach.

Möller-Seidenbach hatte ihn an dem Tag aufgefordert, Berichte über die Vermietung seiner – jawohl: seiner! – Wohnung in der Launstein und eine Leiche zu schreiben. Die Wohnung ging sie nichts an, und über die Leiche wusste er doch nichts. Woher sollte er denn? Berichte? Unsinn. Kann sie ja machen, aber ich werde doch nicht gleich springen, wenn die pupst, dachte er. Die kann sich ihre Berichte sonstwohin schieben. War nicht er der Objektmanager? Stand in seinem Vertrag nicht irgendwo ›allein zuständig, allein verantwortlich‹?

Ach, egal. Die kann mir gar nichts. Gar nichts, überlegte er. An der Grenze würde er kurz bei Rita anrufen und sich für ein Uhr im Büro zurückmelden. Dann würde er wie üblich in der Niederlassung erscheinen und in sein Büro gehen.

Er zeigte sein Wolfslächeln. Er wusste jetzt genau, wie es nachher ablaufen würde. Soll diese Tussi doch kommen und versuchen, ihn von der Seite anzumachen. Die hatte absolut nichts in der Hand. Er war völlig safe. Und sollte sie aufmucken – er würde ihr dann mal was erzählen. Berichte schreiben ... Wofür denn? Schwachsinn!

»Mama ik moet plassen«, meldete sich Lieke von der Rückbank.

»Liefling, het gaat nu niet om dat papa snel naar huis will«, antwortete Hendrikje.

»Maar ik moet echt plassen«, quengelte die Kleine.

»Hallo? Was gibt es da schon wieder hinter meinem Rücken zu quasseln, verdammt! Ich hab euch tausendmal gesagt, ihr sollt Deutsch reden!«, ereiferte sich Wessel und schaute seine Tochter erzürnt im Rückspiegel am.

»Lieke muss mal aufs Klo«, sagte Hendrikje entschuldigend und starrte auf die Fahrbahn.

»Hat das nicht Zeit, bis wir drüben sind?«, zeterte Wessel. »In Rheine-Nord ist ein Burger King. Bis da sind es noch knapp 40 Kilometer.«

Hendrikje antwortete nicht. Als Wessel die Landesgrenze überfuhr, trat er das Gaspedal noch mehr durch und überholte fluchend die Vorausfahrenden mal auf der linken, mal auf der rechten Fahrspur. Er schaffte die Strecke in 22 Minuten.

Wessel hatte sich durchgesetzt, als Hendrikje und Lieke ihn zu McDonald's lotsen wollten. Er war für Burger King. Basta. Lieke bekam eine kleine Fanta und ihre Pommes, Hendrikje hatte keinen Hunger und begnügte sich mit einem Wasser. Er selbst nahm das übliche Menü mit dem großen Burger mit Jalapeño und Cheese, dem XXL mit Bacon, der großen Cola und den Pommes rot-weiß. Während seine Tochter mit Hendrikje auf dem Klo war, rief er Rita an. Als sie seine Gesundmeldung entgegennahm, schien sie irgendwie reserviert.

»Wann etwa kommen Sie heute rein?«, fragte sie.

»Das wird wohl gegen eins sein. Ich muss vorher noch zum Doc«, antwortete er und ließ dabei durchblicken, dass er noch immer etwas leidend war.

»Heute habe ich für Sie keine weiteren Termine notiert. In den letzten Tagen gab es auch keine Anfragen oder Memos.« Rita raschelte dabei mit Papieren.

»Prima. Dann bis nachher, Rita.« Nach einer kurzen Pause fügte er an: »Ach, eins noch. Ist die Chefin heute im Haus?«

»Sie hat heute nur wenige Termine und erwartet gegen Mittag Besuch«, sagte Rita etwas verhalten.

»Na, dann ist sie ja gut beschäftigt«, meinte Wessel mit gekünsteltem Lachen. »Also Tschüss …«

»Tschüss, Herr Wessel«, sagte Rita und legte auf.

Sein Handy klopfte Tock-Tock-Tock und vibrierte. Wessel kannte die Nummer nicht, nahm das Gespräch aber trotzdem an. »Ja?«, fragte er unverbindlich.

»Hallo Winfried«, grüßte Michael Lehnhorst.

»Fuck, Micha! Wo steckst du. Ich versuche schon die ganze Zeit, dich zu erreichen!«, zischte Wessel.

»Ich musste mal eine Weile untertauchen. Letzte Woche laufe ich in Osterholz doch so einer Tante von der Kripo in die Arme, als ich gerade nach dem Rechten schauen wollte. Seitdem war ich nicht mehr da. Ich wollte da erst einmal Ruhe einkehren lassen, verstehst du? Außerdem war ich viel unterwegs und hab Daniel gesucht. Der hat sich schon wieder abgesetzt. Ich muss mir den Kerl mal zur Brust nehmen. Der hat wohl wieder von dem Zeug geraucht und sich offensichtlich an meiner Ware bedient.« Lehnhorst erzählte das so, als erkläre er einem Kind die Bedienung einer Fahrradluftpumpe.

»Ach. Und warum bekomme ich dich dann nicht ans Rohr, Micha?«, fragte Wessel.

»Ich hab in der Eile wohl auch mein Handy da liegen lassen, hab's zumindest nicht mehr«, antwortete Lehnhorst. »Shit happens.«

»Hör mal, Micha, du musst sofort zusehen, dass du deine Sachen da rausholst. Ich habe schon eine neue Location in Gröpelingen für dich. Aber du musst da sofort raus, hörst du?«

»Warum denn auf einmal die Eile, Winfried? Es läuft doch bestens da. Und hast du überhaupt eine Ahnung, was das an Logistik mit sich bringt? Ich kann den Daniel nicht finden, also hängt das alles bei mir. Oder willst du selber mit anfassen?«

»Micha, red' keinen Scheiß. Ich überlasse dir eine sichere Location, und du gibst mir dafür ein paar Euro Provision. So war der Deal. Aber ich hab mit deinen Geschäften nichts zu tun.« Wessel sprach jetzt immer eindringlicher und wollte das Thema schnell abhandeln, denn Hendrikje und Lieke kamen zurück an den Tisch.

»Okay, Winfried. Ich seh zu, dass ich das klar bekomme.«

»Micha, da ist noch etwas.«

»Was denn noch?« Lehnhorst schien leicht genervt.

»Die haben in der Anlage eine Leiche gefunden.«

»Weiß ich. Deswegen waren die doch im Haus und haben alle befragt. Irgend so ein Streit unter den Arbeitern, oder?«

»Keine Ahnung. Aber die machen da ganz dicken Wind. Die Kripo war deswegen auch bei meiner Chefin. Die pisst mich jetzt wegen der Wohnung an. Also sollten wir schnell wechseln, bevor die auf dumme Ideen kommt.«

»Ich bin noch bei meiner Bekannten in Neuenkirchen. Erst einmal muss ich Daniel finden, denn der hat ja noch die Schlüssel für den

Transporter. Ich kann also frühestens am Mittwoch da hin und sichten, was zuerst weg muss.«

»Aber spätestens.« Wessel drängte, das Gespräch zu beenden, weil Hendrikje wohl die letzten Worte mitgehört hatte und ihn fragend anschaute. »Ich verlasse mich auf dich, Micha. Hör mal, ich muss jetzt Schluss machen. Bist du unter dieser Nummer erst mal erreichbar?«

»Bin ich. Ich denke, mein Handy liegt in Osterholz auf dem Tisch in der Küche. Wenn ich es wiederhabe, rufe ich dich an, ok?«

»Ist ok. Bis denn.« Wessel trennte die Verbindung und wickelte seinen Jalapeño-Burger aus.

»Ist was mit Micha?«, fragte Hendrikje.

»Nichts, was dich was angehen würde«, nuschelte Wessel mit vollem Mund.

Wessel hatte Hendrikje und Lieke mit ihren Koffern am Appartement abgesetzt. Er wollte gar nicht erst mit nach oben. Ein Blick auf die Uhr sagte ihm, dass er noch mehr als eine Stunde Zeit hatte, bis er im Büro sein wollte. Also fuhr er erst einmal zur Waschanlage, um den ganzen holländischen Dreck vom Auto zu spülen. Nach der Innenreinigung hatte er immer noch Zeit, um im Speicher XI einen Kaffee zu trinken und vielleicht einen Bekannten zu treffen. Kurz vor eins machte er sich auf den Weg ins Büro.

»Hallo Rita«, begrüßte er gut gelaunt seine Kollegin am Empfang. Er lächelte sie an und zwinkerte schelmisch mit dem linken Auge. »Here I am!«

»Mahlzeit, Herr Wessel«, antwortete sie, aber ihr Lächeln war nicht überzeugend.

Wessel überging die kühle Begrüßung und marschierte gleich in sein Büro. Nachdem er die Tür geschlossen hatte, sah er sich zunächst einmal um, ob jemand Post oder Akten auf seine Ablage gelegt hatte. Richtig, dort lagen ein paar Briefe, und die drei Ordner, die er für diesen Bumbke zur Belegeinsicht vorbereitet hatte, standen aufgereiht auf dem kleinen Aktenschrank. Bumbke war anscheinend dagewesen. Er hob den Hörer der Telefonanlage und wählte »Zentrale«.

»Empfang«, meldete sich Rita völlig untypisch. Es war wohl jemand am Tresen, der zuhörte.

»Rita, eine Frage, ist dieser Bumbke letzte Woche da gewesen und hat Belegeinsicht genommen?«, fragte Wessel beiläufig und tat so, als wäre er mit wichtigen anderen Dingen beschäftigt.

»Ja, der Mieter war da und hat sich die Unterlagen angesehen.«

»Danke, Rita. Können Sie mir bei Gelegenheit noch einen Kaffee bringen?«

»Gern, Herr Wessel. Ich mache eben nur noch die Mail fertig.«

Wessel legte auf. Alles war in bester Ordnung. Das würde ein guter Arbeitstag werden.

Er schaltete den Computer an, lockerte die Krawatte und sortierte grob die Post nach ›Lästig‹, ›Unnütz‹, ›Die schon wieder‹ und ›Muss ich ablehnen‹. Den Rest entsorgte er im Papierkorb.

Einer spontanen Eingebung folgend ging er zum Aktenschränkchen und nahm einen der Belegordner in die Hand. Er überlegte nochmals kurz, dann trug er alle drei Ordner zum Aktenvernichter. Er öffnete den ersten, klippte den Riegel hoch und entnahm einen Stapel Dokumente. Mit seinem legendären Wolfslächeln, das er eigentlich nur den Lahmärschen mit ihren Familienkutschen und Kleinwagen auf der Autobahn zuwarf, schob er die Bögen in den Schlitz des Schredders. Den Vorgang wiederholte er ein paar Mal, bis hinter ihm die Tür des Büros geöffnet wurde.

»Danke, Rita. Stellen Sie den Kaffee bitte auf den Schreibtisch«, übertönte Wessel das Kreischen des Geräts ohne sich umzudrehen. Als der Aktenvernichter einen Moment arbeitslos war und schwieg, hörte er hinter sich die seidenweiche Stimme seiner Chefin:

»Guten Tag, Herr Wessel. Wir freuen uns, dass Sie sich von Ihrer plötzlichen Erkrankung so schnell wieder erholt haben.«

Wessel schnürte es den Hals zu. Er war paralysiert, unfähig sich zu bewegen, geschweige denn sich umzudrehen. Er starrte nur den Aktenvernichter an und wartete.

»Herr Wessel, ich möchte Ihnen Frau Kommissarin Senger und Kommissar Neuhoff vorstellen. Sie sind gekommen, um Ihnen ein paar

Fragen zu stellen«, fuhr sie im Plauderton fort. »Wenn Sie bitte in mein Büro kommen würden?«

Wessel schluckte Galle. Er war unfähig zu antworten.

»Herr Wessel?«, legte Frau Möller-Seidenbach nach.

Wessel drehte sich langsam mit gesenktem Kopf um, schielte seine Chefin unverkennbar schuldbewusst von unten schief an und nickte. Möller-Seidenbach lächelte süffisant und trat einen halben Schritt zur Seite, so dass Wessel sich bemühen musste, sie beim Verlassen des Raums nicht zu berühren.

»Wollen Sie Ihren Kaffee gleich selbst aus der Pantry mitnehmen? Es kann dauern.«

Wessel schüttelte kaum merklich den Kopf. Möller-Seidenbach genoss das Schauspiel und hob die rechte Hand, als wolle sie Wessel den Weg zu ihrem Büro weisen.

»Dann bitte, Herr Wessel.«

Montag, 22.03., mittags | Büro der Mieterparadies Überseestadt

Rieke betrachtete Wessel neugierig, der vor seiner Chefin das Büro betrat. So sah er also aus, Helmut Bumbkes Lieblingsfeind, dachte sie. Wie hatte er ihn noch genannt? Ach ja, aufgeblasener Wichtigtuer! Sie musste sich ein leichtes Grinsen verkneifen. Wo der Bumbke recht hatte, hatte er recht. Nur dass diesem Wessel hier gerade die Luft auszugehen schien, von Minute zu Minute wurde er sichtlich kleiner.

»Herr Wessel war gerade damit beschäftigt, Unterlagen zu schreddern«, berichtete Möller- Seidenbach vielsagend.

»Ach, worum handelte es sich denn dabei?« Rieke nahm den Ball an.

Wessels Gesicht erinnerte an einen prallen roten Luftballon vom Freimarkt. »Alte Belege, die keiner mehr braucht, nix Besonderes.« Er machte eine wegwerfende Handbewegung.

»Na, ob das wirklich keiner braucht, werde ich entscheiden, Herr Wessel«, ging Möller-Seidenbach dazwischen. »Aber Frau Senger ist ja nicht hier, um mit Ihnen über Betriebsinterna zu reden.«

Hätte mich schon interessiert, dachte Rieke, dennoch, der Mord ging vor.

»Sie wissen, dass wir einen Toten im Schacht der Tankanlage in der Wohnanlage Curt-Launstein gefunden haben?«

Wessel nickte.

Rieke fuhr fort: »Es handelt sich bei dem Opfer um einen Daniel Hertel, sagt Ihnen das was?«

Wessel schüttelte verneinend den Kopf, und Rieke hätte schwören können, dass er bei der Erwähnung des Namens kurz zusammengezuckt war.

»Gut, fangen wir mal ganz von vorne an. Sie verwalten die Wohnungsschlüssel, richtig?«

Wessel nickte.

»Können Sie auch sprechen, Herr Wessel?«

Er räusperte sich. »Entschuldigung. Ja, ich verwalte die Schlüssel.«

»Und wie viele Schlüssel existieren für die Wohnung in der Curt-Launstein-Str. 41?«

»Drei.«

»Kann ich die mal sehen?«

Wessel nuschelte etwas Unverständliches.

»Herr Wessel, bitte lauter!« Rieke wurde langsam ärgerlich.

»Ich hab nur einen.«

»Das ist erstaunlich. Wer hat denn die anderen beiden? Herr Bisewski hat keinen, also wer?«

Wessel schwieg.

Nun war Neuhoff dran. »Kennen Sie Michael Lehnhorst?«

Zu aller Überraschung nickte Wessel.

»Wir hören.« Dem Tonfall nach war das mehr als nur eine Aufforderung.

Wessel holte tief Luft, sein Gesicht glühte nach wie vor.

»Ich kenne Michael Lehnhorst schon lange. Wir wohnten als Kinder nebeneinander und waren zusammen in der Schule. Wir waren dicke Freunde. Als ich eine berufliche Pechsträhne hatte, konnte ich eine Zeit lang bei ihm unterkommen.« Er dachte kurz nach. »Das war so um 2006 rum«, fuhr er fort. »2008 habe ich dann meine Freundin kennengelernt und bin bei ihm aus- und bei ihr eingezogen.«

Dass Micha ihm damals beim Auszug einen Schlüssel der Wohnung überlassen hatte (»Behalt den Schlüssel. Wer weiß, wann du den mal wieder brauchst«), erwähnte er besser nicht; das war schließlich allein seine Sache.

»Was hatte Lehnhorst in der Curt-Launstein-Straße zu suchen? Hatte er einen Schlüssel zu der Wohnung?« Rieke suchte nach einer Verbindung zu den aktuellen Ereignissen. Es war unübersehbar, dass Wessel sich wandte wie ein Aal.

»Na ja, wie soll ich sagen«, druckste er, »als Micha gehört hat, was ich jetzt mache, hat er mich gefragt, ob ich nicht irgendwo eine freie Wohnung hätte, die er vorübergehend als Lager nutzen könnte. Internethandel, verstehen Sie?«

»Und Sie haben ihm dann die Wohnung in der Curt-Launstein angeboten?«

Wessel nickte. »Die Wohnung war eh schlecht vermietbar, weil nicht die richtigen Bewerber kamen. Da habe ich ihm die Räume halt für die Zeit überlassen.« Er nickte nochmals und schaute Rieke kurz entschuldigend an. »Aber immer mit der Auflage, sofort alles zu räumen, wenn wir einen Mieter gefunden hätten.« Er hatte längst entschieden, nicht die Wohnungen zu erwähnen, die er Lehnhorst außerdem noch zur Verfügung gestellt hatte.

»Und er brauchte zwei Schlüssel?«

»Ja«, bestätigte Wessel, »er sagte, er hätte einen Helfer, der die Ware transportierte. War wohl manchmal etwas sperrig, das Ganze.«

»Was hat er Ihnen denn dafür gegeben?«, interessierte sich Neuhoff für die wirtschaftlichen Aspekte dieses merkwürdigen Abkommens.

Wessel sah aus wie die Unschuld vom Lande. »War mehr ein Freundschaftsdienst, Herr Kommissar. Also ich hab nur meine Unkosten ersetzt bekommen. Micha hatte mir ja auch mal geholfen, also hab ich das auch gemacht, als Revanche sozusagen ...« Wessel war ungemein stolz darauf, wie es ihm gelang, hier den reumütigen Sünder zu geben. Wenn das nicht überzeugend war!

»Ist das alles, was Sie uns zu sagen haben? Oder wollten Sie uns noch ein wenig über die Herkunft der geklauten Sachen in der Wohnung berichten?« Neuhoff startete noch einen Anlauf.

»Geklaute Sachen? Verdammt, das habe ich nicht gewusst! Ehrlich, Herr Kommissar, das hätte ich nie unterstützt! Das müssen Sie mir glauben, Herr Kommissar!« Wessel breitete die Arme aus und schüttelte entrüstet den Kopf.

»Ich meine, ich bedaure das auch so schon sehr, was ich gemacht habe. Ich wollte doch nur helfen …« Jetzt machte Wessel ein Gesicht, als wenn er jeden Moment in Tränen ausbrechen würde, und Rieke dachte, dass Typen wie er zum Kotzen waren.

»Sagen Sie mal«, fragte Neuhoff, »wenn Sie mit der ganzen Sache nichts zu tun haben, dann stehen in Ihrer eigenen Wohnung doch sicher auch keine Kartons oder Gegenstände Ihres Freundes herum, oder?«

»Nein, natürlich nicht, Herr Kommissar! Ganz gewiss nicht, ich gebe Ihnen mein Ehrenwort …«, stammelte Wessel.

»Na, dann schauen wir doch mal nach, Herr Wessel. Sie haben doch sicher nichts dagegen?«

»Nein, aber … Ich bitte Sie …« Wessel verstummte und sackte noch mehr in sich zusammen.

Neuhoff und Senger erhoben sich fast gleichzeitig von ihren Stühlen. Sie sagte:

»Herr Wessel, Sie kommen jetzt mit uns, damit wir Ihre Aussage zu Protokoll nehmen können.«

Wessel wurde blass. »Geht das nicht später? Ich hab noch einiges zu tun …«

Weiter kam er nicht, da Rieke ihm ins Wort fiel. »Nee, später geht nicht. Nachher bekommen Sie wieder spontan Lust auf einen kleinen Trip nach Holland, wer weiß!«

»Holland?«, entfuhr es Möller-Seidenbach. »Ist da irgendwas an mir vorbeigegangen?«

»Das kann Herr Wessel Ihnen ja irgendwann mal erklären, wenn er wieder da ist«, schlug Rieke vor.

»Apropos wieder da«, kam es von Möller-Seidenbach, »könnte ich bitte noch kurz mit Herrn Wessel sprechen? Sie können hier gerne warten, ich gehe mit ihm in sein Büro. Möchten Sie einen Kaffee?«

Die beiden Kommissare verneinten und setzten sich wieder.

Was soll der Scheiß denn nun, dachte Wessel, und ihn beschlich ein ungutes Gefühl.

In seinem Büro angekommen, schloss seine Chefin die Tür hinter sich.

»Ich fass' mich mal kurz, Herr Wessel. Ihnen ist ja wohl klar, dass wir so ein Verhalten nicht dulden können. Ihr Handeln ist nicht nur ein Vertrauensbruch, sondern in diesem speziell gelagerten Fall schon einer kriminellen Handlung gleichzusetzen, die das Unternehmen erheblich schädigen und in Verruf bringen kann. Wir werden uns also von Ihnen trennen müssen. Das verstehen Sie doch, Herr Wessel? Oder? Sie können sich noch überlegen, wie das geschieht. Ich persönlich würde Sie gerne anzeigen und achtkantig rausschmeißen. Man kann das Ganze aber auch verkürzen, indem Sie selbst kündigen. Sie haben ja gleich Zeit darüber nachzudenken. Teilen Sie mir Ihre Entscheidung anschließend mit. Hier möchte ich Sie jedenfalls nicht mehr sehen.«

Sie schaute ihn auffordernd an, als erwarte sie seine sofortige Zusage. Als er nicht antwortete, zog sie eine Augenbraue hoch und setzte nach: »Ach ja, eh ich es vergesse: Wenn Sie jetzt noch auf eine Abfindung spekulieren … Denken Sie nicht einmal daran.«

Sie hielt ihm ihre geöffnete Hand hin: »Bitte Büroschlüssel, Dienstwagenpapiere und Autoschlüssel, Diensthandy … ach ja, und den Schreibtischschlüssel natürlich. Wenn Sie noch persönliche Dinge hier haben, nehmen Sie die jetzt bitte mit.« Sie lächelte falsch. »Ich bleibe allerdings hier, bis Sie fertig sind. Sollte es mehr sein, als Sie tragen können, hat Rita sicher einen kleinen Karton für Sie übrig …«

Wessel war fassungslos. Er wollte irgendwas sagen, aber ihm fiel beim besten Willen nichts ein. Wie betäubt nahm er das Foto von seiner Freundin und der Kleinen vom Schreibtisch, ansonsten hatte er nichts Persönliches im Büro. Besser gesagt, das, was er unbedingt mitnehmen musste, konnte er nicht einstecken, weil die blöde Tussi hier nicht von seiner Seite wich.

Plötzlich hatte er eine Idee, die ihn augenblicklich entspannte. Rita, die Kleine vom Empfang, stand doch auf ihn. Die würde er anrufen und instruieren. Er verkniff sich ein überlegenes Grinsen. Am Ende würde sich schon zeigen, wer hier der Loser war!

Irene Möller-Seidenbach wartete, bis die Kommissare mit Wessel das Haus verlassen hatten, dann ging sie wieder in dessen Büro. Sie öffnete die verschlossene Schublade, fand jedoch nur die Kopiervorlage, die er offensichtlich für die gefälschten Belege angefertigt hatte. Sie nahm sie heraus und schloss die Schublade. Suchend sah sie sich im Büro um. Sie musste systematisch vorgehen. Nach einer Stunde gründlichen Suchens ließ sie sich entnervt in Wessels Schreibtischstuhl fallen. Das konnte nicht alles sein, sie war sich ganz sicher. Sie bückte sich, um einen Kugelschreiber aufzuheben, der unter dem Schreibtisch, zur Hälfte unter dem Rollcontainer, auf dem Boden lag. Als sie nach ihm griff, berührte ihr Handrücken die untere Seite des Rollcontainers. Da war etwas, eindeutig! Ihre Finger ertasteten einen kleinen Gegenstand. Sie kniete sich auf den Boden, um ein Klebeband zu lösen, mit dem er offenbar befestigt war. In kürzester Zeit hatte sie es geschafft und blickte nun auf einen flachen USB-Stick in ihrer Hand. Bingo, dachte sie. Sie richtete sich wieder auf und strich ihren engen Rock glatt. Da durfte man ja gespannt sein, was dieser Zwerg Wessel da so alles zu verbergen hatte, dachte sie und kehrte eilig in ihr Büro zurück.

Montag, 22.03., nachmittags | Rotenburg

»Ich hab schon wieder gewonnen!« Triumphierend hielt Marie ihre gesammelten Memory Karten in die Höhe. Ben und sie saßen am Esstisch in der Wohnung der Schüttes.

»Marie, du bist echt klasse; ich kann mir das längst nicht so gut merken wie du«, sagte Ben, und das war nicht einmal gelogen. »Hast du Lust, noch ein bisschen rauszugehen? Wir könnten ja für jeden noch ein Eis holen …«

»Vor dem Essen?« Marie machte große Augen. Ben hatte gar nicht darüber nachgedacht, ob das möglicherweise der falsche Zeitpunkt war.

»Wir schauen mal«, lenkte er ein.

Kurz darauf schlenderten sie beide durch die Große Straße in Rotenburg.

»Wollen wir uns zu der Suppe, die deine Mama für uns vorbereitet hat, noch ein Brötchen holen?«

Die Kleine nickte und zeigte mit dem Finger in die Richtung, die sie einschlagen mussten. Auf dem Weg dorthin machte sie Hüpfer, während Ben sie an der Hand hielt. Bei Tamke kaufte er dann drei einfache Brötchen, zwei für sie beide und eins für Carmen. Als sie das Geschäft wieder verließen, entdeckte er einen Zeitungsladen. Er ging mit Marie hinein, warf einen Blick auf die vorhandenen Zeitschriften für Kinder und ließ Marie ein Heft für sich aussuchen.

»Danke!«, freute sich die Kleine und drückte die Zeitschrift, in der es natürlich um Pferde ging, an sich.

»Können wir ja nach dem Essen mal zusammen ansehen«, sagte Ben, dem das Schenken genauso viel Freude gemacht hatte wie Marie das Geschenk. Da das Restaurant *Lampenputzer* nicht weit von der Fußgängerzone entfernt war, trafen sie nach kurzer Zeit wieder zu Hause ein.

»Mama ist wieder da!« Marie hatte auf Anhieb Carmens Jacke an der Garderobe entdeckt. Sie flitzte ins Wohnzimmer. »Mama, guck mal, was Ben mir …« Weiter kam sie nicht.

Ihre Mutter saß gerade im Sessel und hielt sich ein Kühlkissen an die rechte Wange.

Marie ging langsam zu ihr hin und betrachtete sie genauer.

»Ich kann nicht gut sprechen, mein Schatz. Das wird aber wieder, keine Sorge.«

Ben war inzwischen ins Wohnzimmer gekommen und sah sie mitfühlend an. »Wie geht es dir? Brauchst du etwas?«

Carmen schüttelte vorsichtig den Kopf. Als sie sah, dass Marie in Richtung Badezimmer ging, sagte sie leise: »Es gab Probleme bei der OP. Hat zu doll geblutet, so dass ich noch länger in der Praxis bleiben musste als geplant. Und nun soll ich noch eine Weile sitzen und auf keinen Fall liegen, obwohl ich hundemüde bin und genau das am liebsten täte.«

Ben sah sich suchend um. Er nahm einen Sessel und schob ihn so in Carmens Richtung, dass sie ihre Beine hochlegen konnte. Dann nahm er eine Wolldecke, deckte sie damit zu und schob ihr noch ein Kissen unter die Knie und ein weiteres hinter den Kopf. »Gut so?«

Carmen nickte und lächelte so gut es eben ging.

»Versuch mal, ein bisschen zu dösen, ich kümmere mich um Marie.«
Carmen nickte erneut und schloss dankbar die Augen.

»Mama, ich ...« Marie hörte auf zu sprechen, als sie sah, dass Ben seinen Zeigefinger auf den Mund gelegt hatte.

»Pst«, flüsterte er, »Mama braucht ein bisschen Ruhe, und wir gehen jetzt in die Küche, Essen machen, okay?«

»Okay«, wisperte die Kleine. »Und dann gucken wir mein neues Heft an, ja?«

»Genauso machen wir das, Marie!«

Als Elli Brandt im Laufe des Nachmittags eintraf, hatte sich alles eingespielt. Carmen wirkte nicht mehr ganz so blass und hatte sogar etwas Suppe essen können. Nun sah sie Marie und Ben zu, die am Esstisch ›Mensch ärgere dich nicht!‹ spielten.

»Unfassbar!«, rief Ben, der auch die zweite Runde zu verlieren schien.

»Soll ich Sie mal ablösen, Ben?«, bot Elli an.

»Das wäre gut, Rieke ist nämlich schon unterwegs, sie müsste bald hier sein.«

In diesem Moment klingelte es. Sofort rutschte Marie von ihrem Stuhl und flitzte zur Treppe. Ben folgte ihr nach unten und öffnete die Haustür. Rieke ging in die Hocke und umarmte zunächst Marie, anschließend gab sie Ben einen Kuss.

»Alles gut bei euch?«

»Ben hat mir ein Pferdeheft gekauft und alle Spiele verloren!« Marie lächelte triumphierend.

Rieke musste lachen: »Nanu Ben, wie kommt das denn?«

Ben lachte ebenfalls. »Sie ist einfach zu schlau für mich.« Er strich Marie anerkennend übers Haar, und sie gingen nach oben. Rieke war ein wenig erschrocken, als sie ihre Freundin sah, in deren Gesicht sich ein großer blauer Fleck entwickelte. Behutsam nahm sie sie in den Arm.

»Keine Sorge, wird schon wieder«, beruhigte Carmen sie.

Elli reichte Rieke die Hand. »Wie schön, Sie mal wieder zu sehen«, Rieke.

»Ebenfalls, Elli. Hatten Sie eine schöne Reise?«

»Oh ja, ich war mit meiner Clique unterwegs, wir haben eine Fluss-fahrt gemacht. Aber nun reicht es auch, fünf alte Frauen auf einem Haufen! Sie können sich vorstellen, was da los war!«

Dabei beließ sie es und erkundigte sich stattdessen nach Riekes laufenden Ermittlungen.

»Wir haben natürlich auch über Ihren neuen Fall gesprochen, steht ja viel in der Zeitung darüber. Weiß man denn jetzt schon mehr?«

»Leider nicht, Elli, ist eine verworrene Geschichte.«

»Wissen Sie, was ich glaube, Rieke? Schuld an allem sind die Gerüste in dieser Wohnanlage, da, wo saniert wird!«

»Die Gerüste?«

»Ja, die Gerüste! Die laden doch förmlich Kriminelle ein, irgendwo einzusteigen. Also, wenn die hier vor meiner Wohnung mal eins aufbauen …« Elli schüttelte den Kopf und ließ offen, was sie in diesem Fall tun würde. »Übrigens sehen meine Freundinnen das auch so. Stellen Sie sich mal vor, zwei von denen haben auch schon ganz schlechte Erfahrungen mit solchen Bauarbeiten gemacht. Paulas Enkel in Hamburg, da ist was passiert, als saniert wurde, und bei Ediths Schwester in Oldenburg genauso. Und immer standen die Gerüste am Haus!«

»Was ist denn genau passiert?«

»Na geklaut wurde da, aus den Wohnungen! Aber die Polizei konnte nicht herausfinden, wer das war. Und kaum waren die Gerüste weg, war der Spuk vorbei.« Für Elli war die Lage damit klar.

»Tja, so habe ich das noch gar nicht gesehen, ich werde mal darü-ber nachdenken, Elli. Vielen Dank für den Tipp! Nun müssen wir aber langsam mal los. Ben, kommst du?«

Elli freute sich, der sympathischen Kommissarin helfen zu können. »Nix für ungut, Rieke. Vielleicht hilft es Ihnen ja weiter.« Sie sah zu Marie, die das Spiel neu aufbaute. »Marie, wir bringen die beiden noch zur Tür, ja?«

Rieke hingen Ellis Worte auf dem Weg nach unten noch nach. An der Haustür wandte sie sich ihr noch einmal zu: »Sagen Sie mal Elli, haben Ihre Freundinnen was über die Baufirmen oder über die Vermieter ihrer Verwandten erzählt? Ich meine in Hamburg und Oldenburg, da, wo saniert wurde?«

Überraschenderweise wurde Elli etwas verlegen. »Wissen Sie, Rieke, Paula, meine Freundin, ist, wie soll ich sagen, auf Ausländer nicht so gut zu sprechen. Ansonsten ist sie eine Seele von Mensch! Also Paula hat gesagt«, Elli fiel es sichtlich schwer, ihre Freundin zu zitieren, »Paula hat gesagt, das wären Polen gewesen und von denen wüsste man ja, dass sie stehlen … Also ich mag solche Äußerungen nicht, und das weiß sie auch!«

»Elli, würden Sie mir einen Gefallen tun?«

»Gerne!«

»Erkundigen Sie sich doch bitte mal bei ihren Freundinnen, wie die Baufirma hieß und wer der Vermieter ist, sofern es überhaupt Mietwohnungen sind. Rufen Sie mich danach bitte an.« Sie zog ihre Karte aus der Jackentasche. »Hier ist zur Sicherheit noch einmal meine Nummer mit der Durchwahl im Präsidium.«

Elli liebte solche Aufträge und hatte in der Vergangenheit schon häufiger ein gutes Gespür für polizeiliche Arbeit bewiesen. »Wird gemacht, Rieke!« Ihr Gesicht strahlte. »Ich werde mich noch heute darum kümmern! Versprochen!« Und eher würde die Wümme in Rotenburg austrocknen, als dass Elli ein Versprechen brach.

Montag, 22.03., abends | Wohnung von Michael Lehnhorst in Hastedt

Wessel starrte auf die Flasche mit dem Angebots-Wodka, die Lehnhorst noch im Kühlschrank gehabt hatte. Seine Hände waren gefaltet wie zum Gebet, seine Arme lagen auf dem Tisch. Das Glas vor ihm war leer, und die kleine Teedose aus der Geheimschublade unter dem Tisch war offen. Sie enthielt 1.250 Euro, gerollt und mit einem Gummiband umwickelt. Lehnhorsts Reserve. Kohle, die Wessel jetzt dringend brauchte.

Alles war aufgeflogen. Sie beide steckten in ernsten Schwierigkeiten. In der Wohnung in der Curt-Launstein-Straße war Lehnhorsts Helfer Daniel Hertel von einem Unbekannten ermordet und vor dem Haus in einem Tankschacht entsorgt worden. Bei der Gelegenheit entdeckte die Kripo Lehnhorsts Lager und begann, unangenehme Fragen zu stellen.

Schnell erkannte er, dass es einfach nicht funktionierte, sich selbst an den Haaren aus diesem Sumpf zu ziehen. Er brauchte Hilfe, die er nur bei seinem Freund Lehnhorst finden konnte.

Aber der wurde offensichtlich verdächtigt, Hertel umgebracht zu haben, was Wessel auf keinen Fall glauben wollte. Und schlussendlich bekam er selbst richtig Probleme, weil er Lehnhorst die Schlüssel zur Wohnung überlassen hatte und der Mittäterschaft bei Diebstahl, Betrug und Hehlerei beschuldigt wurde. Das ist doch absoluter Unsinn, dachte Wessel.

Als sei das noch nicht genug, hatte er diesen verdammten Bumbke mit seinem penetranten Nachhaken wegen der Nebenkostenabrechnungen am Hals. Wessel hatte alles Mögliche versucht, um Bumbke fernzuhalten, aber der erwies sich als hartnäckig, unberechenbar und gefährlich. Möller-Seidenbach war neugierig geworden und mischte sich in seine Belange ein.

Und diesem Querulanten Bumbke hatte er es auch zu verdanken, dass sie ihn, ihren besten Mann und fähigsten Objektbetreuer, offenbar opfern und um jeden Preis loswerden wollte. Sollte sie doch besser Bumbke wegen seiner unangebrachten Unterstellungen in seine Schranken weisen, oder, besser noch, ihm die Wohnung kündigen.

Und dann die Kripo. Die hatte es so eilig, ihm etwas anzuhängen, dass er nicht einmal Zeit hatte, seine Sachen zu ordnen, respektive sich von Unterlagen und Beweisen zu trennen, die unter Umständen einen Schatten auf seine weiße Weste werfen konnten.

Die Kommissarin und ihr Kollege hatten ihn eine ganze Weile mit unsinnigen Fragen und Unterstellungen gelöchert, mit dem Mord hätte er nichts zu tun, so seine Antwort.

Am Ende hatte er aber zugeben müssen, dass er Lehnhorst vorrübergehend eine Wohnung überlassen hatte, um dort ein paar Sachen unterzustellen. Nein, er hätte nicht gewusst, dass es gestohlene Gegenstände waren. Nein, er hätte mit dem Verkauf der Ware nichts zu tun. Nein, zuhause bei ihm wäre auch nichts untergestellt. Nein und nochmals nein!

Wessel fand es völlig überzogen und anmaßend, als der Kommissar sagte: »Na, dann schauen wir doch mal nach, Herr Wessel. Sie haben doch sicher nichts dagegen?« Arschloch.

Bevor die Kripobeamten ihn wegen einer lächerlichen Unterschrift mit ins Präsidium nahmen, hatte ihm Möller-Seidenbach ohne jeden vernünftigen Grund alle Schlüssel und das Diensthandy abgenommen. Und was hatte sie da gefaselt? Kündigen? Nicht zu duldender Vertrauensbruch? Er imitierte ein Näseln: Kriminelle Handlung? Bullshit, Ma'am! Und überhaupt: Eine Abfindung gäbe es nicht? Du blöde Zicke, das sehen wir dann schon, wenn es soweit ist.

Wessel war sich absolut sicher, dass zumindest die Sache mit der Abfindung noch nicht ausdiskutiert war. Diskutieren und Verhandeln war ja genau sein Ding. Da würde er ihr noch die Hosen ausziehen und absahnen. Diese blöde Tussi.

Leider hatte er es nicht geschafft, alle Unterlagen der Belegeinsicht für den Mieter Bumbke im Schredder zu versenken. Und die Kopiervorlagen einiger ›Belege‹ waren auch noch in der Schublade. Vermutlich hatte sich die Möller-Seidenbach direkt nach seinem unberechtigten Rauswurf darauf gestürzt. Egal, die musste ja auch erst einmal durchblicken, was da lief. Fraglich, ob die das überhaupt raffte …

Allerdings hoffte er inständig, dass niemand den kleinen USB-Stick entdeckte, den er mit Klebeband an die Unterseite des Rollcontainers geklebt hatte. Er dürfte zum Büro wohl zeitlebens keinen Zugang mehr bekommen, aber die kleine Rita sicher schon. Er nahm sich vor, sie demnächst unverbindlich anzurufen, denn sie war sicher neugierig, was hier gerade ablief. Bei der Gelegenheit könnte er sie konspirativ bitten, den Stick an sich zu nehmen und ihm zu übergeben. Er war auch bereit, dafür jedes Opfer zu bringen. Wirklich jedes. Obwohl, Rita sah ja so schlecht gar nicht aus.

Wessel verfluchte seine Gründlichkeit, seinen peniblen Drang zu korrekter Buchführung und dem zwanghaften Archivieren aller Vorgänge und Belege, die mit seinen Einkünften zu tun hatten.

Auf dem Stick befanden sich nicht nur Kopien aller Belege und Verträge, die auf die Geschäfte mit Sawatzki und Mahnke hinwiesen. Auch hatte er Kopien aller E-Mails mit den Absprachen und den Konditionen für seine Provisionen gespeichert. Die Tabellen mit seinen Einkünften verrieten, wann und für was er wieviel Kohle bekommen hatte. Seine Kontoverbindungen. Zugangsdaten für das Onlinebanking.

Rechnungen von Dingen, die er von dem Geld gekauft hatte, wie zum Beispiel seine Uhren für je knapp 20.000 Euro. Material, das einen Fremden durchaus zu falschen Schlussfolgerungen verleiten könnte, wie er zugeben musste.

Sie hatten ihn auf das Polizeipräsidium mitgenommen, um seine Aussage aufzunehmen. Das hatte ihn fast zwei Stunden seiner kostbaren Zeit gekostet. Fuck!

Statt aber gleich nach Hause zu gehen, hatte er sich trotz des schlechten Wetters auf eine Bank am Hafenbecken gesetzt, um nachzudenken.

Noch am Morgen hatte er viele Ideen gehabt, wie sein weiteres Leben aussehen könnte. Pläne, die sowohl genial wie auch lukrativ sein würden. Und dann, mit einem Fingerschnippen, gab es weder ein gesichertes Jetzt, und schon gar keine gesicherte Zukunft mehr. Er fühlte sich in dem Moment nicht einmal dazu in der Lage, Hendrikje sein Versagen zu beichten.

»Moment! Versagen?«, fragte er sich. Nein! Im Grunde war es doch keinesfalls ein Versagen oder sein Verschulden, dass er wie bei einer Hexenjagd verfolgt und ungerechtfertigt beschuldigt wurde. Es war die Schuld dieses Bumbke und des Einbrechers, der den Hertel ermordet hatte.

Genau. Das war es. Er war nur das Opfer einer unglücklichen Verstrickung misslicher Umstände. Wenn er Hendrikje das nur richtig erklärte, würde sie das bestimmt sofort einsehen. Und die Polizei auch! Er sollte seine Aussage auf dem Präsidium noch einmal richtigstellen. Unglückliche Umstände. Genau. Er war das Opfer.

Als er wenig später seine Wohnung betrat, sah er sofort, dass sie tatsächlich durchsucht worden war. Schränke standen offen, Schubladen waren herausgezogen, und Möbel befanden sich nicht an ihrem Platz.

Hendrikje hätte eigentlich gerade ihrer gemeinsamen Tochter für einen Kindergeburtstag ein Prinzessinnenkostüm anziehen müssen. Deswegen waren sie ja heute schon zurückgekommen.

Aber sie waren nicht da. Hatte sie die Polizei hier reingelassen? Er suchte das Festnetztelefon und wählte ihr Handy an. Der Teilnehmer ist im Moment nicht erreichbar, hörte er die Ansage. Kein Problem, dachte er. Die wird schon nachher wiederkommen. Immerhin muss hier doch aufgeräumt werden, oder?

Dass Hendrikje vielleicht doch nicht in absehbarer Zeit die Wohnung auf Vordermann bringen würde, ahnte er bereits kurze Zeit später auf seinem Rundgang durch die Zimmer.

Das Geld aus seinem Tresor, fast 13.000 Euro ohne Herkunftsnachweis, war ebenso weg wie Hendrikjes Schmuck und seine zwei Uhren. Der Schlüssel des R8, der wohl noch unten in der Tiefgarage stand, hing nicht mehr am Schlüsselbrett. Der Reserveschlüssel, den er in seinem Schreibtisch in einer kleinen Holzbox deponiert hatte, war und blieb verschwunden. Ebenso sein Laptop mit den gleichen Dateien, die auch der Stick im Büro enthielt. Zum Glück hatte er ihn mit dem Passwort »Winfried78« geschützt. Darauf würde nie jemand kommen, womit der Rechner für alle außer ihn nutzlos wäre.

Gewissheit über ein längeres Fortbleiben Hendrikjes erlangte er, als er das Fehlen ihres Koffers und der großen Reisetasche bemerkte. Auch Liekes kleiner Trolley war nicht an seinem Platz. Sie hatte für sich und Lieke offensichtlich in aller Eile frische Wäsche und Waschzeug eingepackt und war abgereist.

Erst jetzt begann Wessel zu begreifen, welche Ausmaße die über ihn hereingebrochene Katastrophe annehmen könnte.

Wessel machte Kassensturz. Er besaß 52 Euro und 71 Cent, seine Kreditkarte, seinen Ausweis und seinen Führerschein. Einen Schlüsselbund. Und das, was er am Leib hatte.

Bleiben wollte er nicht. Mit Hendrikjes Rückkehr durfte er so schnell nicht rechnen. Auch den Nachbarn wollte er nicht unter die Augen kommen. Zu viele peinliche Fragen.

Er schaute noch einmal das Schlüsselbund an. Der kleine Schlüssel aus Messing gab ihm die Antwort. Er würde für ein paar Tage in Michael Lehnhorsts Wohnung ziehen. Der war ja nicht da, und dort würde ihn wohl kaum jemand suchen.

Er griff automatisch nach seinem Handy, um sich ein Taxi zu bestellen, erinnerte sich aber daran, dass er im Moment gar kein Handy besaß. Auch die Sache mit dem Taxi schien unklug, da seine Barschaft nicht gerade üppig war.

In der Unordnung suchte er sich ein paar Unterhosen und Socken, eine saubere Jeans und zwei Polohemden zusammen, packte alles in eine Sporttasche und verließ die Wohnung. Er ging die zehn Minuten zum nächsten Bankautomaten, steckte seine Kreditkarte in den Schlitz und gab die Geheimnummer ein. Er wartete. Als nichts passierte, drückte er auf die Abbruchtaste. Der Apparat reagierte noch immer nicht und gab auch die Karte nicht mehr her. Dann las er die Nachricht: »Auszahlung nicht möglich. Bitte wenden Sie sich an Ihre Bank oder Sparkasse.«

»Shit!«, schrie Wessel den Apparat an und hämmerte wütend mit der Faust auf die Tasten. »Shit! Fuck!«

»Hallo? Können Sie das bitte mal lassen?«, rief ein Mann hinter ihm.

»Halt die Fresse, Arschloch!«, brüllte ihn Wessel an, ließ aber vom Geldautomaten ab und verdrückte sich rückwärts, als der Mann die eh schon breiten Schultern spannte und auf ihn zukam.

Wessel wusste gar nicht mehr, wie man mit der Straßenbahn fuhr. Der Fahrer ignorierte ihn trotz mehrmaligen Klopfens an der Scheibe und schaute in der abgeschlossenen Kabine stur nach vorn auf die Schienen. Wie sollte er nun an einen Fahrschein kommen? Hilflos schaute er sich um, aber einen Schaffner gab es auch nicht.

Er fuhr ohne Ticket bis zur Domsheide, kaufte sich einen Burger und eine Cola und fragte einen Mitarbeiter der BSAG, der gerade mit einem Dienstwagen vor dem Verkehrsturm hielt, wo man einen Fahrschein bekommen könne. Auf dem Wagen, erklärte der Mitarbeiter des Verkehrsunternehmens freundlich, und er möge einfach mal einen Fahrgast fragen. Wessel stieg in die nächste Straßenbahn nach Sebaldsbrück. Im Fahrzeug ließ er sich von einer jungen Frau den Fahrscheinautomaten erklären. Dann grübelte er den Rest der Fahrt vor sich hin.

An der Föhrenstraße stieg er aus und ging auf das Haus zu, in dem Lehnhorst wohnte und, zu dem Wessel noch immer einen Schlüssel besaß.

Nun saß er seit Stunden am Küchentisch, trank Michas billigen Wodka und fragte sich: Womit habe ich das verdient? Warum haben sich alle gegen mich verschworen?

Dienstag, 23.03., vormittags | Kiosk von Erwin Novotny

Erwin Novotnys gutturales Lachen war ebenso legendär wie sein Kiosk in der Einkaufszeile am kleinen Markt, vorne am Anfang der Curt-Launstein-Straße. Solange sich die Anwohner des Viertels erinnern konnten, gab es hier alles, was der Nachbar von nebenan an Zeitschriften, Rauchwaren und Raucherbedarf, kleinen Schnäpschen, Süßwaren und Spielzeug, Schreibwaren und sonstigen Artikeln für den täglichen Bedarf brauchte.

Dieser eher unscheinbare Laden, nicht mehr als vielleicht 50 Quadratmeter groß, war angefüllt mit hunderten, wenn nicht tausenden Artikeln. Was Nowotny nicht in einem der vielen Regale, Schubladen und Kisten vorrätig hatte, das lag am nächsten Tag zur Abholung bereit. Und wenn es zum Weihnachtsfest knapp wurde mit dem Geschenk: Nowotny besorgte die teure Havanna und legte sie seinen geschätzten Kunden notfalls persönlich am Nachmittag des Heiligen Abend unter den Baum. »Bezahlen Sie, wenn Sie nach Weihnachten reinkommen. Frohes Fest!«, sagte er dann.

›Man sieht sich bei Erwin‹, hieß es im Viertel; wochentags zwischen 7 und 18 Uhr, samstags bis 13 Uhr und sonntags zum Frühschoppen von 8 bis 11. Hier wurden in mal größerer, mal kleinerer Runde Neuigkeiten aus aller Welt ausführlich diskutiert und Strategien zur Lösung globaler Konflikte entwickelt. In erster Linie tauschte man sich über die neuesten Gerüchte und aktuellen Ereignisse in der Nachbarschaft und umzu aus.

Seit Wochen war die Baustelle an der Curt-Launstein-Straße in aller Munde. Zuletzt hatte sich Anna Mertens dort bei einem spektakulären Sturz über ein Stromkabel einen Bruch zugezogen. Das brachte die Nachbarschaft noch mehr auf, als sie es ohnehin schon war. Aber in den letzten Tagen hatte es nur ein Thema gegeben: Die Leiche im Schacht der Tankanlage unter Hannelore Walthers Balkon.

Zu seinem legendären Lachen sah sich Erwin Novotny veranlasst, als Helmut Bumbke mit ernstem Gesicht ankündigte, dass er auch in diesem Jahr nicht an der idiotischen und völlig sinnlosen Zeitumstellung teilnehmen wolle.

»Das kannst du als Rentner ja halten wie du willst, Helmut, aber die meisten meiner Kunden sind noch in Lohn und Brot. Und die wollen vor der Arbeit eben ihren Smök und die Tageszeitung mitnehmen, wenn sie in den Bus steigen«, sagte er. »Und die müssen die Uhr stellen. Ob sie nun wollen oder nicht. Also muss ich auch eine Stunde früher hoch und den Laden aufmachen.«

»Ich komme gerne eine Stunde früher!«, kommentierte Robert Ackermann und trat einen Schritt zurück, um einen kleinen Jungen an den Tresen zu lassen. Der hatte sich vorher aus den zahlreichen Süßwarenkästchen mit der Greifzange eine Tüte mit Schlickerkram zusammengestellt.

»Na, Kevin, was hast du denn heute als Proviant zur Schule eingepackt?«, fragte Novotny freundlich.

»Eine große Ratte, zwei Glupschaugen, eine Schlange und drei Seesterne. Die esse ich aber erst, wenn ich heute Nachmittag mit den Hausaufgaben fertig bin.« Der Junge hielt eine transparente Tüte hoch und zeigte sie Novotny.

»Und was musst du nun bezahlen? Hast du das schon ausgerechnet?«

»Einen Euro«, antwortete der Zweitklässler und hielt mit der anderen Hand eine Münze hoch, dass man sie gut erkennen konnte.

»Sehr gut, dann gib mal den Euro.« Novotny nahm das Geldstück entgegen und langte unter den Tisch. »Für den Weg«, sagte er und gab dem Jungen einen Bonbon in rotem Papier. »Nu aber los, die dritte Stunde fängt in zehn Minuten an.«

»Danke, Herr Novotny«, rief der Junge, als er schon halb aus der Tür war.

»Das ist auch einer von den armen Menschen, die diesen Unsinn mit der Zeitumstellung mitmachen müssen«, meckerte Bumbke. »Die Lütten sind doch noch gar nicht richtig wach für den Unterricht, wenn sie eine Stunde früher aufstehen sollen.«

»Wo wir gerade dabei sind«, warf Ackermann ein, »was sagt denn die Uhr?«

Novotny schaute auf die nostalgisch aufgemachte Reklameuhr über der Tür. »Dreiviertel zehn«, las er ab.

»9 Uhr 45«, übersetzte Bumbke, als Ackermann genervt den linken Mundwinkel hochzog. »Das solltest du doch nun wirklich mit den Jahren gelernt haben, Robert. Erwin ist von Auswärts. Dafür kann er nichts.«

»Also bitte«, warf Novotny mit gespielter Entrüstung ein, »ich lebe hier seit über 50 Jahren!«

»Ja, ja, ja …«, leierte Ackermann gedehnt. »Erwin …« Er zog das »…in« wie ein Gummiband in die Länge und hob dabei die Stimme an. Gleichzeitig deutete er auf eine Reihe Flachmänner hinter dem Tresen.

Novotny griff nach einem kleinen Fläschchen Doornkaat und reichte es Ackermann über den Tresen. Dann zog er eine Karteikarte, auf der in dicken blauen Buchstaben Robert stand, aus einem kleinen Kästchen neben der Kasse und machte darauf mit einem Bleistift einen Strich.

Ackermann nickte dankend, schraubte die Kappe ab und trank die 4 cl in einem Zug. »Ahhh«, seufzte er. »Doornkaat ist die einzige Kornspezialität, die in einem aufwendigen Verfahren dreifach gebrannt wird – durch diesen Dreifachbrand erhält Doornkaat seine einzigartige Produktqualität und ist besonders rein, klar und mild im Geschmack.«

»Oha! Hast du das auswendig gelernt?«, fragte Bumbke seinen Freund mit einem Blick, der alles zwischen Skepsis und freundschaftlichem Verständnis ausdrücken konnte.

»Ja!«, antwortete Ackermann ernst, »Hab ich.« Er hob das leere Fläschchen prüfend in Augenhöhe und hielt es Novotny auffordernd entgegen.

Der nahm das Leergut und griff nochmals nach hinten ins Regal. »Und den guten Doornkaat gibt es nur hier bei mir. Exklusiv für meine treuen Kunden«, sagte er, überreichte Ackermann das kleine grüne Fläschchen mit einem freundlichen Nicken und machte einen weiteren Strich auf der Karteikarte.

Ackermann nahm das offensichtlich kostbare Gut entgegen und strahlte glücklich wie ein kleiner Junge unter dem Weihnachtsbaum beim Auspacken seiner ersten Eisenbahn. In diesem Moment wurde die Ladentür mit Schwung aufgedrückt.

»Moin, die Herren! Versammlung?«

»Moin, Peter«, sagten alle drei zur gleichen Zeit.

»Bei euch war ja ganz schön was los, Jungs«, sagte Peter zu Bumbke und Ackermann. »Ihr seid ja jetzt richtige Stars, wo ihr in eurem Vorgarten eine Leiche ausgegraben habt. Ist die Kripo da schon weiter gekommen?«

»Keine Ahnung. Die suchen wohl noch immer nach dem Täter«, antwortete Bumbke.

»Ist denn überhaupt schon raus, wer der Tote ist?«, fragte Peter Kolbe, der als Fahrer für einen großen Paketzusteller arbeitete, weiter.

»Nö«, kam es von Ackermann. »Wir hatten nur einen ganz kurzen Blick auf ihn werfen können, und das Gesicht war ja auch vollkommen unkenntlich und zermatscht. Das war so ein junger Kerl mit Mütze. Aber Hannelore hat ihn auf dem Bild wiedererkannt, das die Kommissarin ihr gezeigt hatte. Das war einer von den beiden, die sich da immer in der Wohnung unter ihr aufgehalten haben …«

»So ne Strickmütze mit Streifen, bleiches Gesicht, stierer und glasiger Blick?«, fragte Novotny, fügte aber gleich an: »Der ist hier manchmal reingekommen und hat Tabak und Blättchen gekauft. Ist immer mit so einem weißen Sprinter vorgefahren und hat entgegen der Fahrtrichtung geparkt.«

»Das wird er wohl gewesen sein. So ein Sprinter steht seit dem vorletzten Wochenende auf dem Wendeplatz. Ich denke, das sollte ich der Kommissarin mal sagen, wenn sie wieder anruft«, meinte Bumbke nachdenklich.

»Wer weiß, vielleicht gehört er zur Baufirma. Oder vielleicht ist der Wagen auch geklaut?«, fragte Kolbe, ohne wirklich eine Antwort zu erwarten, und gab Novotny ein Handzeichen in Richtung Zigarettenregal.

Der nahm zwei Schachteln Marlboro aus der Reihe und legte sie auf den Tresen.

»In dem Müll ist es schon ein Wunder, dass ihr den Toten überhaupt entdeckt habt.« Mit einem freundlichen »Danke, Frau Stevens«, nahm er einer Kundin, die zwischenzeitlich hereingekommen war, das Geld für eine Zeitschrift ab.

»Naja, so ganz zufällig war es ja nicht.« Ackermann trank aus dem Fläschchen und wischte sich mit dem Handrücken über den Mund.

»Ja, ist schon klar. Helmut hatte da nachts etwas gesehen …«, erinnerte sich Novotny.

»Und mit kriminalistischem Spürsinn, Institution und persönlichem Einsatz unter Gefahr haben wir die Leiche gefunden und der Polizei zugeführt«, unterbrach Ackermann.

»Intuition«, verbesserte Bumbke, »und eine Gefahr sahen wir zu der Zeit ja wohl eher nicht, wenn man von der Baustelle mal absieht …«

»… auf der sich schon die Mertens den Oberschenkelhals gebrochen hat«, warf Ackermann ein.

»… und wenn Reinhold nicht aufgefallen wäre, dass nur der eine Stapel Platten über den Tanks so ordentlich aufgeschichtet gewesen war. Wir wären da sonst vermutlich gar nicht so längs gegangen«, brachte Bumbke den Satz zu Ende.

»Und dann eben dieser seltsame Typ, der hinter Helmut hinterher ist«, erinnerte Ackermann.

»Was für'n Typ?«, fragte Kolbe neugierig, der gerade einen Zwanziger zum Bezahlen aus der Tasche fischte.

»Na dieser breite Kerl mit der grünen Weste. Der hat bei Helmut schon ein paar Mal durchs Fenster gelinst und ihm aufgelauert.«

»Naja, Robert, so ganz …«, warf Bumbke ein.

Aber Ackermann fuhr unbeirrt fort: »Der tut immer so unauffällig, hat aber wohl doch irgendwie das Sagen da. Auf jeden Fall kuschen die Arbeiter immer, wenn er auftaucht. Und er ist auch der erste von denen, die plötzlich verschwunden sind, wenn die vom Zoll kontrollieren kommen.« Ackermann hatte den Satz noch nicht beendet, als eine kleine Frau um die 90 ihren Rollator durch die Eingangstür schob.

»Guten Morgen, meine Lieben«, zwitscherte sie gutgelaunt und rammte Ackermann ihren AOK-Chopper in die Hacken. »Mach mal einer alten Frau Platz, du Bengel.«

»Entschuldige, Engelchen.« Ackermann stand da, ein ganz offensichtlich schmerzendes Bein leicht angehoben, und lächelte Erika Engel ergeben an.

Novotny hatte schon beim Hereinkommen unter den Tisch gegriffen und zwei Zeitschriften, eine Schachtel Zigaretten und eine Tüte, in der es verdächtig nach Flachmann klimperte, hervorgeholt. »Deine Fachliteratur, Erika. ›Wahre Schicksale‹ und ›Meine Leidenschaft‹. Gestern ist auch ›Intime Geschichten‹ neu gekommen. Mit großem Rätselteil.«

»Die nehme ich auch mit«, sagte Erika Engel und setzte sich auf ihren Rollator. »Was war das da mit euren Arbeitern, Helmut?«

»Auf der Baustelle herrscht weiterhin heilloses Durcheinander, und die Arbeiter spielen Verstecken mit dem Zoll und den Kontrolleuren der Berufsgenossenschaft.« Bumbke zuckte mit den Schultern.

»Ja, das haben wir schon gehört. Der Zoll kommt vorne mit dem Transporter an, und hinten flitzen die Kerls vom Hof – wie die Ratten vor dem Feuer.« Novotny lachte. Dabei verschluckte er sich und hustete kurz.

Ackermann hob das mittlerweile leere Doornkaatfläschchen hoch und sah ihn fragend an.

»Wann hat Margot dich eigentlich zum Essen einbestellt, Robert?«, fragte Novotny betont beiläufig, als er Ackermann das Fläschchen abnahm.

Ackermann guckte leicht säuerlich und unterdrückte ganz offensichtlich, die Bestellung eines weiteren Fläschchens auszusprechen. »Halb eins«, knurrte er und stopfte seine Hände demonstrativ in die Jackentaschen. Dann fügte er an, als ob nichts gewesen wäre: »Ja, die haben ein gut funktionierendes Alarmsystem. Weiß der Himmel, woher die die Tipps bekommen, und wohin die immer so schnell verschwinden.«

»Kann ich dir sagen«, warf Kolbe ein. »Die campieren in den alten Schuppen im Überseehafen. Zumindest habe ich welche von denen gesehen, als ich neulich da ausgeliefert habe. So, ich muss weiter. Tschüss beisammen.« Er nahm seine Zigaretten vom Tresen und fädelte sich durch die eng beieinander stehenden Kunden zum Ausgang.

»Tschüss, Peter«, sagten alle.

»Soso, in der Überseestadt in den alten Schuppen also«, überlegte Bumbke.

»Das kann ja nur der sein, den diese Hamburger Firma gekauft hat und abreißen will. Die will da ein großes Wohn- und Bürogebäude bauen«, meinte Erika Engel.

»Ach. Noch so ein Ding? Woher weißt du das?«, staunte Ackermann.

»Hör mal, Jungchen, ich bin gebildet und lese Zeitung. Das stand doch erst letzte Woche im Lokalteil der kostenlosen Wochenzeitschrift. Von wegen ›Hamburger Investor erweitert sein Bremer Immobilien-Portfolio‹ oder so.«

»Moment«, warf Novotny ein, verschwand kurz hinter dem Tresen und tauchte mit einer alten Zeitung wieder auf. »Die Petersson-Holding aus Hamburg will 30 Millionen in der Bremer Überseestadt in ein Wohn- und Bürogebäude investieren … bla-bla … 32 exklusive Eigentumswohnungen … 45 repräsentative Büros … Abriss des Schuppens im Frühjahr … bla-bla … großes Bild vom Schuppen mit Lkw der Baufirma Kaczmarek … Investor hat bereits mehrere Immobilien in Bremen … *Mieterparadies* …«

»*Mieterparadies*?«, riefen Bumbke und Ackermann wie aus einem Mund.

»Ja, steht hier«, antwortete Novotny und sah die beiden an. »Das ist doch euer Vermieter, oder?«

»Jo. Ist das. Na, denn is doch alles klar, oder nicht?« Ackermann schaute fragend in die Runde.

»Allerdings«, sagte Bumbke. »Das wäre ja mal einen Tipp beim Zoll wert. Ich ruf gleich mal von zuhause die Kommissarin an.«

»Seht ihr, Kinder«, sagte Erika Engel beim Aufstehen, »wenn ihr mich nicht hättet. Erwin, was bekommst du?«

Er nannte ihr eine Summe und nahm das Geld entgegen, das Erika Engel genau abgezählt aus ihrem Portemonnaie herausangelte.

»Wir ziehen dann auch mal los. Heute kommt der Hausmeister und schaut sich meinen Keller an. Endlich«, sagte Bumbke.

»Ich nehme noch zwei Doornkaat mit, Erwin.« Ackermann nahm die beiden Flaschen und zahlte ebenfalls. »Danke, Erwin. Der Rest ist ja auf dem Deckel, das mache ich dann Ende der Woche.«

»Wenn Margot dir wieder Taschengeld gibt«, flachste Erika Engel dazwischen, was Ackermann nur mit einem schiefen Grinsen quittierte.

Er steckte die eine Flasche in eine Plastiktüte und reichte Bumbke die andere. »Hier. Für unsere Skatrunde nachher.«

»Wohl eher, damit du von Margot keinen auf den Deckel bekommst«, lachte Bumbke und steckte die Flasche in einen Einkaufsbeutel. »Tschüss, Erwin. Mach's gut, Engelchen«, sagte er, als er Erika Engel, die Tür aufhielt.

»Jo. Kiek mol wedder in«, antwortete Novotny und wandte sich seinen Regalen zu.

»Macht's gut, meine Süßen«, flötete Erika Engel, als sich hinter ihnen langsam die Ladentür schloss.

Dienstag, 23.03., vormittags | Polizeipräsidium

Rieke berichtete gerade Neuhoff von ihrem Gespräch mit Elli Brandt am Vorabend, als das Telefon klingelte.

»Hallo Elli, schön, dass Sie anrufen!«, hörte Neuhoff seine Kollegin sagen. Aufmerksam hörte sie zu und machte sich ein paar Notizen. Elli schien sich kurz zu fassen, denn das Gespräch dauerte nicht lange.

»Vielen Dank, das hilft uns ein gutes Stück weiter. Falls Sie noch irgendetwas in dieser Richtung erfahren, ruhig nochmal anrufen! Machen Sie's gut, auf Wiederhören.« Rieke legte den Hörer zurück und lächelte triumphierend. »Rate mal, wem die Wohnanlagen gehören, von denen Elli Brandt mir gestern erzählt hat. Die in Oldenburg und Hamburg, wo eingestiegen worden ist.«

»Wenn ich dein Gesicht so sehe, kann es nur die Petersson-Holding sein, die hier das *Mieterparadies* hat ...«

»Richtig! Und wer hat in Oldenburg und Hamburg die Sanierung durchgeführt?«

»Kaczmarek Bautenschutz?«

»Wieder richtig!«

Neuhoff überlegte kurz, dann sagte er: »Ich hol uns jetzt einen Kaffee, und dann werden wir mal ein Weilchen telefonieren ...«

Riekes Handy gab einen Signalton von sich. »Mist, ich habe mein Ladekabel vergessen«, sagte sie mit einem Blick auf das Display. »Ich frag nachher mal Kurt nach einem Kabel, der hat auch so ein Gerät wie ich. Aber jetzt lass uns erstmal telefonieren.« Sie schaltete ihr Handy aus und legte es beiseite.

Die Telefonate nahmen mehr Zeit in Anspruch als sie im Vorfeld vermutet hatten, das Ergebnis konnte sich aber sehen lassen. Die Kollegen in Hamburg und Oldenburg hatten die Einbrüche in den Wohnanlagen *Mieterglück* und *Mieterheimat*, die beide der Petersson-Holding gehörten, während der Sanierungsarbeiten bestätigt. Es gab Vermutungen der Ermittler, dass möglicherweise Mitarbeiter der Baufirma darin verwickelt waren, nachweisen ließ sich jedoch nichts.

Auf gut Glück hatte Neuhoff die Polizei weiterer Städte kontaktiert, in denen die Petersson-Holding ebenfalls Wohnanlagen betrieb. In Rostock bestätigte man tatsächlich ähnliche Vorfälle, in den anderen Städten nicht. Dort war aber auch nicht bekannt, ob überhaupt so umfangreiche Sanierungsarbeiten durchgeführt worden waren.

Neuhoff sah auf seine Armbanduhr. »Mensch, ich muss los. Heute krieg ich beim Zahnarzt endlich mein Provisorium raus und die Krone rein. Kann einen Moment dauern, ich komm aber heute Nachmittag sicher nochmal rein.«

»Mach das. Ich ruf gleich nochmal bei der Holding an, vielleicht ist der Petersson ja wieder von seiner Reise zurück.«

Neuhoff nickte und zog sich im Gehen seine Jacke an. Während Rieke die Nummer raussuchte, hörte sie die Bürotür klappen.

Herr Petersson würde erst am kommenden Tag wieder zurück sein, sagte seine Sekretärin und versprach, ihn sofort über den Anruf zu informieren. Rieke hatte es äußerst dringend gemacht und ihre Handynummer weitergegeben. »Er wird sich umgehend bei Ihnen melden«, versprach seine Sekretärin.

Apropos Handy. Rieke rief Kurt Michaelis an und fragte ihn nach dem Ladekabel. Der war nicht in der Dienststelle, erklärte ihr aber bereitwillig, wo sie das Kabel in seiner Schreibtischschublade finden konnte. Da er sein Büro mit einem Kollegen teilte, kam sie dort auch ohne Schlüssel hinein.

Es dauerte keine zehn Minuten, und sie konnte ihr Handy an das Kabel anschließen. Sie beschloss, sich in den Geschäften gegenüber der

Dienststelle was zu essen zu besorgen, denn nun hatte sie Hunger. In dieser Hinsicht war sie wie Neuhoff: Wenn der Magen leer war, konnte sie nicht denken, und genau das galt es zu vermeiden.

Satt und zufrieden stöpselte sie anschließend ihr geladenes Smartphone aus und brachte das Kabel zurück in Michaelis Büro. Nach einem kleinen Plausch mit dessen Kollegen kehrte sie an ihren Schreibtisch zurück.

Während des Ladens war eine Nachricht auf ihrer Mailbox eingegangen. Helmut Bumbke hatte versucht, sie im Büro zu erreichen, es war aber immer besetzt gewesen. Deswegen sprach er jetzt auf ihr Handy; er hätte eine Information, die vielleicht wichtig für sie war. Also falls sie wieder in der Launstein wäre, sollte sie doch mal eben reinkommen, oder anrufen, wie es ihr passte. Man konnte ihm anhören, dass er auf dieser Quasselbox nach den richtigen Worten suchte. Er war eben eher einer, der den direkten Kontakt brauchte, ein Gegenüber, mit dem er reden konnte.

Rieke überlegte nicht lange. Sie schickte Neuhoff eine Nachricht, dass sie zu Bumbke fahren würde und machte sich auf den Weg. Der Fall schien an Fahrt aufzunehmen. Endlich, dachte sie.

Dienstag, 23.03., nachmittags | Curt-Launstein-Straße 35

Ackermann hatte gerade Karo-Spitze angesagt, als ihn die Klingel an Bumbkes Wohnungstür unterbrach.

»Das muss Bisewski sein«, sagte Bumbke nach einem kurzen Blick auf seine Taschenuhr, die neben ihm auf dem Tisch lag. Er stand auf und hob im Flur den Hörer ab. »Ja, das ist richtig … Ich komme eben runter.«

»Wir kommen mit«, meinte Hennings und legte seine Karten hin.

Unten im Kellergang stand Hausmeister Leo Bisewski und notierte fleißig etwas auf einem Klemmbrett. Dabei warf er immer wieder skeptische Blicke auf zwei Kartons, eine Arbeitsplatte und einen kleinen Unterschrank, die Bumbke und Hennings am letzten Sonntag aus dem überschwemmten Keller geräumt hatten. Diese Teile standen nun in einer kleinen Nische am Ende des Ganges neben Bumbkes Kellertür.

Ohne die drei zu grüßen oder den Blick vom Klemmbrett zu heben, fragte Bisewski:»Ist das Ihrs?«

»Ja, das gehört mir. Ich sollte doch die Schadenstelle frei räumen«, antwortete Bumbke. Ackermann und Hennings standen hinter ihm und unterließen es, wie Bumbke selbst, dem Hausmeister Guten Tag zu sagen.

»Das kann da nicht stehen bleiben. Die Hausordnung schreibt ganz unmissverständlich vor, dass in Hausfluren und Kellergängen kein Gerümpel gelagert werden darf, und die Fluchtwege frei bleiben müssen.«

»Wer durch diese Nische fliehen will, muss wohl erst ein Loch in die Wand brechen«, meinte Hennings trocken. Das nicht ausgesprochene ›du Blödmann‹ war dabei nicht zu überhören, sodass Bisewski kurz im Notieren innehielt und ihm einen irritierten Blick zuwarf. Dann schaute er Bumbke an und knurrte:»Na, dann lassen Sie mal sehen … Herr Bumbke.« Die kurze Pause vor dem Herr Bumbke war gerade eben an der Grenze zur Unhöflichkeit. Bumbke schloss den Keller auf und ließ Bisewski den Vortritt.

»Licht«, sagte Bisewski nur. Es war irgendwie nicht klar, ob dies eine Frage oder eine Aufforderung war.

»Moment.« Bumbke legte drei Schalter um, und die Werkstatt, beziehungsweise das Durcheinander, das mal eine aufgeräumte Werkstatt gewesen war, wurde von mehreren Lampen erhellt.

Bisewski stellte sich vor das defekte Rohr, schaute kurz in den halb gefüllten Wassereimer unter dem nassen und bereits grün angelaufenen T-Stück und stellte fest:»Das tropft doch gar nicht.« Wieder schrieb er etwas auf seinen Zettel.

Hennings stupste Bumbke leicht in den Rücken und verdrehte die Augen. Ackermann reckte den Hals, um über Hennings' Schulter zu sehen.

»Es regnet ja auch nicht«, meinte Bumbke nur und schwieg dann wieder.

»Nein, tut es nicht«, bestätigte Bisewski nach einer kurzen Denkpause. Dann notierte er weiter auf dem Klemmbrett, nun aber auf einem neuen Blatt.

»Guuut …«, er zog das Wort in die Länge, während er mit einem höchst konzentrierten Gesichtsausdruck die Spitze seines Kugelschreibers an die offensichtlich defekte Stelle des T-Stücks hielt.

Aus dem Hintergrund kam von Ackermann ein geflüstertes: »Was soll denn daran gut sein?« Hennings boxte ihn rückwärts leicht mit dem Ellbogen in die Rippen.

»War da was drum?«, fragte Bisewski mit einem Stirnrunzeln. Er notierte.

»Wir hatten das notdürftig mit Knete und Klebeband abgedichtet«, bestätigte Bumbke.

Bisewski drehte sich ruckartig um. »Also haben Sie eigenmächtig eine Reparatur durchgeführt?« Er schwieg abwartend. Seine Lippen wurden zu zwei schmalen Strichen. Als Bumbke nicht antwortete fuhr er fort: »Damit hätten Sie als Laie den Schaden deutlich verschlimmern können! Das ist Ihnen doch klar … Herr Bumbke?«

Bumbke schluckte trocken. Als er noch immer nicht antwortete, drehte sich Bisewski wieder dem beschädigten Rohr zu und machte hektisch weitere Notizen.

»Das ist ein Abflussrohr«, stellte er nach einiger Zeit des Nachdenkens fachkundig fest und tippte es mit dem Kugelschreiber an. »Das hier ist das T-Stück … Und da geht das Rohr durch die Wand …« Dabei klopfte er mit dem Kugelschreiber drei Mal an die von ihm benannten Teile.

»Ach, sach' an. Und wenn er es nochmal mit seinem Zauberstab berührt, erscheint ein Regenbogen, oder was?«, konnte sich Ackermann nicht zurückhalten. Nichts deutete darauf hin, dass der hochkonzentrierte Hausmeister die Bemerkung gehört hatte.

Bisewski neigte den Kopf leicht nach links und betastete nun vorsichtig mit dem Zeigefinger seiner rechten Hand die nasse und bröckelige Stelle, an der das Wasser aus dem Rohr getropft war. Dann machte er ein undeutliches Geräusch, und Bumbke meinte, ein ›oh, oh, oh …‹ verstanden zu haben. Nach einem tiefen und gut hörbaren Ein- und Ausatmen drehte Bisewski sich zu Bumbke um und sagte mit ernster Trauermiene: »Die Muffe ist kaputt. Das muss gemacht werden.« Nochmals atmete er tief ein und aus. Dann schrieb er eine weitere Notiz auf seinem Klemmbrett.

»Da es sicher bald wieder regnen wird, und ich schon alles freigeräumt habe, wäre das sicher eine gute Idee«, knurrte Bumbke bissig, mit in den Taschen geballten Fäusten. Hinter ihm zischte Hennings: »Na, dann machen Sie doch …« hinterher.

»Das reicht nicht. Wir werden da wohl die Wand aufmachen müssen«, sagte Bisewski und grinste Bumbke mit unverhohlener Schadenfreude an. Nochmals folgte eine Notiz auf dem Klemmbrett, nun aber auf Blatt drei. »Und außerdem sollten Sie ja sowieso den Keller ganz ausräumen, damit wir die Dämmplatten an der Decke anbringen können. Nicht wahr …, Herr Bumbke?« Da war sie wieder, diese kleine Pause vor dem Namen.

»Mann oh Mann«, stöhnte Hennings leise, und auch Ackermann gab einen undefinierbaren Laut von sich. Bumbke schaute nur wütend und schweigend auf den Boden und versuchte, Bisewski nicht wie ein hungriges Tier anzuspringen.

Der schaute sich noch einmal interessiert um und machte dabei eine Trippelbewegung mit den Füßen, gerade so, als wolle er auf dem feuchten Kellerboden einen am Schuh klebenden Kaugummi loswerden. Mit einer leichten Drehung der Schulter drängte er sich an Bumbke, Hennings und Ackermann durch die enge Kellertür vorbei in den Flur. Dort machte er zwei schnelle Schritte und blieb dann unvermittelt stehen. Er vollzog eine beinahe militärisch perfekte Kehrtwende, schaute vorbei an Hennings' breiter Schulter erst die Kellernische mit Bumbkes Sachen an, dann Bumbke selbst, dann nochmals die Kartons, die Platte und den Schrank.

»Is noch was … Herr Bisewski?«, imitierte ihn Bumbke mit der gleichen Pause und der gleichen Betonung.

»Sagen Sie mal, Herr Bumbke, ist die Wohnung eigentlich nicht zu groß und zu teuer für Sie als alleinstehenden Rentner? Jetzt, wo Sie der Gesellschaft schon drei Jahre die Nebenkostennachzahlung schuldig sind?« Er wippte beim Sprechen auf den Fußspitzen, wie ein zu klein geratener Feldwebel vor den Rekruten. »Und wenn Ihnen die

Modernisierungsmaßnahmen zu viel Unruhe bringen, und wenn Ihnen die moderne und energiesparende Fassade nicht gefällt, warum ziehen Sie nicht einfach in eine kleine, privat vermietete Wohnung? Irgendwo am Stadtrand, wo die Häuser noch alte, dünne Wände haben, Sie für Ihre Heizkohle selbst sorgen müssen und die Mieten für Sie bezahlbar sind?« Mit einem leisen gekünstelten Räuspern notierte er ein paar letzte Worte auf dem schon fast vollgeschriebenen vierten Zettel und sagte im Hinausgehen: »Sie hören von mir ... Herr Bumbke.« Wieder diese kleine, aber bedeutungsvolle Pause vor dem Namen, wieder die besondere Betonung.

»Ja, und wann ›machen‹ Sie nun ...?«, fragte Bumbke gepresst. Bisewski reagierte nicht auf die Frage.

Als Bumbke dem Hausmeister hinterherlaufen wollte, bremste Hennings ihn, indem er ihn leicht am Oberarm festhielt. Erst als oben die Haustür ins Schloss gefallen war, ließ er ihn wieder los. »Lass uns mal hochgehen, Helmut.«

Ackermann hatte bis dahin nur leise unverständliches Zeug in sich hinein gebrummelt. Nun sagte er: »Ja, Helmut. Lass uns mal nach oben gehen. Mein Hals ist schon ganz dick, sag ich euch.« Und nach einem kurzen Moment fügte er an: »Und ganz trocken ist er auch. Echt jetzt mal.«

Bumbke schloss die Wohnungstür auf und setzte sich schweigend zurück an den runden Tisch im Alpenstübchen. Hennings folgte ihm, machte aber Ackermann ein Zeichen mit dem Kinn in Richtung Küche.

Ackermann brauchte keine besondere Aufforderung, sondern ging direkt ans Eisfach, entnahm eine ungeöffnete Flasche Doornkaat, sah sie prüfend mit Kennerblick an und drehte den Verschluss auf. Hennings hatte inzwischen drei kleine Gläser auf den Tisch gestellt, die Ackermann bis über den Strich füllte.

»Männer ...«, sagte Ackermann auf seine urtypische fragende Art, hob das Glas zum Anstoßen und kippte den eiskalten Doornkaat in einem Zug. Hennings und Bumbke tranken ebenfalls aus, aber langsamer, und stellten die Gläser ab.

»Dem mach ich noch mal die Nahles«, wütete Bumbke, ohne jemanden gezielt dabei anzusprechen.

»Wie, ›die Nahles‹?«, fragte Ackermann und goss nochmals aus der grünen Flasche bis zum Eichstrich ein.

»Ab Morgen gibt es was auf die Fresse«, antwortete Bumbke, die frisch gebackene SPD-Parteichefin zitierend. Nun war ausnahmsweise er es, der als erster seinen Doornkaat in einem Zug kippte und sich nachschenken ließ.

Hennings hatte drei Flens aus der Küche geholt und verteilt. Er öffnete seine Flasche und trank einen großen Schluck.

»Sagt mal, was habt ihr denn nun am Sonntag bei den Belegen gefunden?«, fragte Ackermann in die entstandene Stille, um das Thema zu wechseln. Keiner der beiden hatte Bumbke bislang so schweigsam erlebt.

»Frag mal lieber, was wir *nicht* gefunden haben«, antwortete Hennings und fuhr fort: »Wir haben zum Beispiel praktisch keine Rechnungen und Lieferscheine für Heizöl gefunden. Wir haben *nicht* gefunden, was uns die Gärtner nun genau und wofür in Rechnung gestellt haben. Es wurden uns etwa 150 unsortierte Kopien sogenannter Wöchentlicher Arbeitskontrollbögen der drei Jahre vorgelegt. Alles nur Kopien eines einzigen Originals, bei dem die Unterschriften gleich mit kopiert wurden. Eine der Unterschriften stammt von unserem Freund Bisewski, der für die *Mieterparadies* abgezeichnet hat, dass alle Arbeiten ordnungsgemäß ausgeführt wurden.«

»Hat der denn vor drei Jahren hier überhaupt schon gearbeitet?«, fragte Ackermann verdutzt.

»Gute Frage. Ich hab keine Ahnung«, meinte Hennings nachdenklich.

»Wie auch immer. Jedenfalls waren die mit so einem Ankreuzsystem, was in der Woche angeblich gemacht wurde.«, übernahm Bumbke. »Das war schon recht beeindruckend. Reinholds Nachforschung im Internet hatte ergeben, dass diese Ein-Mann-Briefkastenfirma, die alle drei Jahre die Steuernummer und den Steuerbezirk wechselte, hier in Bremen für alle Liegenschaften der *Mieterparadies* tätig war, und angeblich alle Gartenarbeiten, den Winterdienst und die Gehwegreinigung durchgeführt hat. Dafür hat sie in den letzten drei Jahren fast 700.000 Euro bekommen.« Er nahm einen Schluck Flens und lehnte Ackermanns Frage nach einem weiteren Doornkaat mit einem Kopfschütteln ab.

»Diese ›Arbeitskontrollbögen‹ lesen sich wie Grimms Märchen: Schaurig, und wohl nicht wirklich wahr«, sagte nun wieder Hennings. »Oder ist dir aufgefallen, dass hier in der Anlage jede Woche jemand die Gehwege gefegt hat? Oder im November letzten Jahres zweimal der Rasen gemäht wurde?«

»Nö«, meinte Ackermann. »Wenn da mal *einer* von diesen Figuren im Vierteljahr hier aufgetaucht wäre, das wäre schon viel. Aber seht doch mal raus! Seit mehr als drei Wochen sammelt sich der Dreck, dass man kaum gehen kann. Wo sind denn die fleißigen Gärtner? Dauerurlaub, oder was?« Still prostete er Bumbke und Hennings mit dem Flens zu.

»Der Sawatzki Haus- und Grundstücksservice hat weder das Personal noch die Gerätschaften und schon gar nicht die Logistik, an mehreren Stellen gleichzeitig acht Stunden mit zahlreichen Arbeitern Gartenarbeiten und Gehwegreinigungen durchzuführen. Aber, wie gesagt, alle Bögen tragen Bisewskis Unterschrift, die bestätigt, dass alle Arbeiten korrekt ausgeführt wurden.« Bumbke breitete dabei bestätigend die Arme aus, was bedeuten sollte: Wenn es da steht, dann war es wohl auch so.

»Blödsinn. Haben die denn nie daran gedacht, dass hier aus 120 Küchenfenstern Mieter zusehen und das Gegenteil bezeugen könnten?«, war Ackermanns Kommentar, während er kopfschüttelnd die kleinen Gläser auffüllte.

»Tja, und dann jetzt die Sache mit der energetischen Sanierung«, sagte Hennings, als sie ausgetrunken hatten.

»Wohl wahr. Jede Menge Müll fabrizieren die hier«, meinte Ackermann.

Hennings schüttelte den Kopf und fuhr fort: »Ich habe mir mal auf Youtube die alten Sendungen vom NDR und WDR zu dem Thema angesehen.«

»Welche Sendungen denn?« Ackermann war neugierig geworden.

»Da haben wir erst einmal die vom NDR. ›45 Minuten: Wahnsinn Wärmedämmung‹ hieß die Reihe und ›Wärmedämmung – Der Wahnsinn geht weiter‹. Und dann noch ›Könnes kämpft vom WDR: Fassadendämmung – Das Märchen vom Energiesparen‹.«

»Aha. Und was sagen die nun?«, fragte Ackermann.

»Das kann ich im Einzelnen so gar nicht wiedergeben. Aber in der Hauptsache geht es darum, dass diese ganze Geschichte gar nicht so genial und großartig ist, wie sie uns weißmachen wollen. Sie sagen, dass das Fraunhofer Institut schon in den achtziger Jahren nachgewiesen hat, dass die errechnete Energieeinsparung gar nicht erreicht wird. Auch der Fachverband Wärmedämmverbundsysteme gibt zu, dass die in der Werbung veröffentlichten Werte für die Einsparungen durch eine energetische Sanierung nicht richtig sind. Zudem dauert es bis zu 50 Jahre, bis sich die Kosten überhaupt rechnen, und die Polystyrol-Fassade bei Abriss teuer als Sondermüll entsorgt werden muss.«

»Is nich wahr«, entfuhr es Ackermann. Er stand auf und ging in die Küche, um neues Bier zu holen.

»Doch. Sicher ist das so«, sagte Bumbke. »Und nicht nur das. Das Polystyrol fackelt wie trockener Zunder. Das ist der reinste Brandbeschleuniger. Ruck-zuck stehen da ganze Häuser in Flammen, die ohne die Dämmung gar nicht so brennen würden.«

»Ach was …«, sagte Ackermann ungläubig, als er die Flaschen auf dem Tisch verteilte. »Ich denke, das Zeug brennt nicht?«

»Polystyrol ist schwer entflammbar«, erklärte Hennings. »Das ist ein großer Unterschied. Und den machen nur die deutschen Hersteller und Gesetzgeber. Nach EU-Maßstab ist Polystyrol, oder einfach auch nur Styropor, als brennbar eingestuft und wird nicht so einfach an die Wand geklebt. Bei uns ja im Grunde auch nicht, wenn es ein öffentliches Gebäude ist. Aber bei Privat- und Wohnhäusern bis 20 Metern Fassadenhöhe kann Polystyrol problemlos als Dämmstoff eingesetzt werden. Die Hauseigentümer und Wohnungsgesellschaften werden sogar mit staatlichen Zuschüssen dabei unterstützt.«

»Und wenn das Zeug erst einmal brennt und giftigen, schwarzen Rauch ablässt, kann die Feuerwehr nichts mehr dagegen machen. Denk mal an die Berichte aus Delmenhorst, aus Frankfurt im Mai 2012, Berlin Pankow, Hamburg … War alles im Fernsehen.« Bumbke hob zornig die Hand und zeigte vage in Richtung des Fensters. »Habt ihr das nicht in den Nachrichten gesehen? Im Juni 2017 starben 71 Menschen in England, als der Grenfell Tower wie ein ölgetränktes Streichholz abgefackelt ist. Die armen Seelen hatten gar keine Chance!«

»Und in Wuppertal haben sie kurz darauf ein elfstöckiges Hochhaus geräumt, weil ihnen aufgefallen ist, dass da auch die Fassade brennen kann, und die Fluchtwege nicht sicher sind«, ergänzte Hennings.

»Aber das wird doch genauestens kontrolliert, sagen die«, warf Ackermann ein. »Oder etwa nicht?«

»Doch. Sicher wird das kontrolliert und getestet. Da gibt es zum Beispiel das zuständige Fraunhofer Institut mit dem alleinigen Leiter für Bauphysik, Professor Doktor Klaus Sedlbauer. Der aber ist zufällig auch im Aufsichtsrat der Firma Sto SE & Co. KGaA. Und Sto ist, man achte auf die Feinheiten, Weltmarktführer im Bereich Wärmedämm-Verbundsysteme. Da kontrolliert jemand also irgendwie sich selbst. Kein Einzelfall, wie es in den Dokumentationen hieß.« Hennings lachte sarkastisch und spülte mit einem Schluck aus der Flasche nach.

»Auch ist nicht immer das drin, was auf den Dämmplatten draufsteht. Da werden angeblich Zertifikate gefälscht, Prüfstempel, es gibt Sperrlager, aus denen den Prüfern 1A Ware vorgelegt wird, während der Kunde gestrecktes Zeug bekommt. Ich meine jetzt, in Bezug auf den Wärmedämmwert 0,32«, sagte Bumbke. »Die vom WDR haben unabhängige Prüfungen durchführen lassen. 90 Prozent der Proben sind durchgefallen und enthielten nicht das, was aufgedruckt war. Du solltest dir bei Reinhold wirklich mal die Filme auf dem Computer ansehen, Robert.«

»Die können wir uns mal zusammen ansehen«, schlug Hennings vor. Die drei prosteten sich bestätigend zu.

Hennings dachte nach, leerte seine Flasche Flens und meinte dann mit sarkastischem Lächeln: »Tja. Da haben wir das flüssige Gold in Form von Heizöl, mit dem die Vermieter uns abzocken, und den Gärtner mit den goldenen Händen beim Ausdenken von nicht ausgeführter Arbeit, die der Vermieter wohl nicht ganz uneigennützig mit Unterschrift absegnet. Dann haben wir weiter die Mieter als Goldesel und die goldenen Zeiten für Vermieter, die mit staatlicher Förderung alte Häuser mit unsinnigen Fassaden aufhübschen, um mehr Miete kassieren zu können. Pures Gold, wohin du nur siehst.«

»Allerdings. Und die *Mieterparadies* freut sich einen goldenen Ast«, sagte Bumbke. »Aber wir. Wir Mieter! Was haben dann wir?«

»Wir, mein lieber Helmut, wir haben das leckere goldene Flensburger«, lachte Ackermann und tippte seine Flasche an die von Hennings und Bumbke. »So, Männer. Nun lasst uns aber mal endlich mein Karo Spitze spielen.« Er nahm die Karten auf, die noch immer unberührt vor ihm lagen und zog das Kreuz Ass.

»Kontra, du Banause!«, schmetterte Bumbke, froh über den Themenwechsel. Er legte sanft und mit einem Lächeln das Karo Ass auf Ackermanns Karte.

»Ja, denn …« Hennings steuerte die Kreuz Zehn bei und grinste: »Halbe Miete, Robert.«

Ackermann war bleich geworden. »Na wartet, Männer. Wir sehen uns wieder«, murmelte er verstört. Als er den Kreuzbuben auf den Tisch legte, klingelte wieder die Hausanlage.

»Wenn das noch mal dieser Bisewski ist …«, knurrte Bumbke. Seine Augen waren plötzlich nur noch schmale Schlitze, als er sich vom Stuhl erheben wollte.

Hennings drückte ihn an der Schulter zurück: »Bliev sitten, Helmut. Ich seh' mal nach …«

Sie hörten, wie Hennings den Hörer abnahm, sich mit ›bei Bumbke‹ meldete und den Summer der Hausanlage betätigte.

»Kommissarin Senger. Sie hätte da noch ein paar Fragen«, flüsterte Hennings, als er um die Ecke ins Stübchen blickte. Dann öffnete er die Wohnungstür.

Dienstag, 23.03., nachmittags | Curt-Launstein-Straße 35

Als Rieke gefolgt von Hennings das Alpenzimmer betrat, fiel ihr einmal mehr Michaelis' Bemerkung ein, als er Bumbke mit seinen beiden Freunden zum ersten Mal gesehen hatte: Trio Infernal, lautete sein Kommentar, und irgendwie passte das, fand sie.

Aber sie mochte die drei, es waren einfach urige Typen, die sich immerhin noch um vieles kümmerten, was das Leben hier in der Anlage betraf.

Bumbke und sein Freund Ackermann saßen vor ihren Skatkarten. In den kleinen Gläsern vermutete Rieke Hochprozentiges, und eine Flasche Flens für jeden durfte natürlich auch nicht fehlen.

»Moin, die Herren!«, begrüßte sie die beiden.

»Moin, Frau Senger!«, kam es unisono zurück.

Bumbke besann sich auf seine Pflichten als Gastgeber. »Kann ich Ihnen was anbieten?«

Rieke nickte. »Ein Glas Wasser wär schön.«

Bumbke ging in die Küche und kam mit einer Flasche und einem Glas zurück. Anschließend holte er aus einem der Zimmer einen Stuhl, den er an den Esstisch stellte.

»Bitte sehr.« Er deutete auf den Platz, und Rieke setzte sich. Dann öffnete er die Flasche Wasser und schenkte ihr ein.

»Danke«, sagte Rieke und nahm einen Schluck. »Herr Bumbke, Sie haben mich angerufen und wollten mich sprechen. Wollen wir das im Beisein Ihrer Freunde machen?«

»Ist kein Problem, Frau Senger, die wissen das ja sowieso alles.«

»Na, denn legen Sie mal los.«

Bumbke ließ sich nicht zweimal bitten. Er berichtete von dem Gespräch im Kiosk diesen Morgen. Dass dort gesagt wurde, wo die Arbeiter dieser dubiosen Baufirma untergebracht waren, nämlich in einem Schuppen in der Überseestadt. Ob ihr eigentlich auch schon aufgefallen wäre, dass sich die Baustelle augenblicklich leeren würde, wenn hier jemand von der Behörde auftauchen würde.

Die Petersson-Holding habe genau da, wo der Schuppen steht, ein großes Bauvorhaben geplant. Stand so in der Zeitung. Und noch etwas: Ein weißer Sprinter stand schon länger auf dem Wendeplatz hier, der hatte wohl dem Toten gehört. Jedenfalls war der immer mit so einer Kiste rumgefahren.

Einer seiner Freunde, der aufgewecktere von den beiden, wie Rieke sich erinnerte, meldete sich plötzlich zu Wort: »Einer dieser Arbeiter hier ist ziemlich unheimlich. Helmut, das solltest du der Kommissarin ruhig mal erzählen. Er ist öfter auf dem Gerüst hier und guckt in die Wohnung, überhaupt ist er irgendwie überall und beobachtet. Und jetzt ist Helmuts Keller übergelaufen, hat viel kaputtgemacht, das Wasser.«

Er machte eine kurze Pause. Dann sagte er: »Ich finde das sehr merkwürdig. Helmut hat sich ja schon öfter beschwert über die Zustände hier, aber auch über unsere Abrechnungen. Wir waren sogar da und haben die Belege eingesehen. Und ausgerechnet sein Keller, als einziger in der ganzen Anlage, wird geflutet! Das stinkt doch, sag ich Ihnen!«

Bumbke hatte die ganze Zeit geschwiegen. Er wirkte bedrückt.

Rieke wandte sich an ihn: »Können Sie mir diesen Mann mal näher beschreiben?«

Bumbke stand auf und holte sein Handy von der Anrichte. »Ich hab den auf einem der Fotos, die ich immer hier mache.« Er wischte mit dem Finger über das Display, bis das Bild erschien, das er zeigen wollte.

Er reichte ihr sein Handy. »Der mit der grünen Weste.«

Auf dem Bild befanden sich drei Arbeiter, offensichtlich im Gespräch. Den mit der grünen Weste hatte sie auch schon gesehen; er schien tatsächlich überall zu sein. Die anderen beiden dagegen … Halt, dachte sie, den einen kenn ich doch! »Herr Bumbke, können Sie mir dies Bild per Mail schicken? Ach, und packen Sie doch auch noch ein paar Fotos von dem Chaos auf der Baustelle hier dazu.«

Bumbke nickte. »Wird gemacht. Die Adresse ist ja auf Ihrer Karte.«

Rieke erhob sich und reichte den dreien zum Abschied die Hand. »Viele Dank für Ihre Unterstützung. Ich fahre jetzt zurück ins Büro und werde mit meinem Kollegen besprechen, wie wir weiter vorgehen.«

Bumbke brachte sie zur Tür. Im Hinausgehen drehte sie sich nochmal zu ihm um. »Herr Bumbke, seien Sie vorsichtig. Es hört sich nicht so gut an, was Ihr Freund da eben berichtet hat.«

Er lächelte, es war lange her, dass sich jemand um ihn sorgte. »Ich pass schon auf mich auf, Frau Senger. Auf Wiedersehen.«

»Auf Wiedersehen.« Sie nickte ihm nochmal zu und ging die Treppe hinunter. Das waren ja jede Menge Infos, dachte sie zufrieden. Und dann noch Marek Burdinski auf dem Foto, zusammen mit diesem Typ in der grünen Weste. Den Burdinski sollten sie sich vielleicht nochmal unabhängig von dem Mord an der Litschko vornehmen.

Auf einmal hatte sie es sehr eilig, ins Büro zu kommen.

Mittwoch, 24.03., vormittags | Polizeipräsidium

Rieke hatte am Mittwochmorgen gleich zu Dienstbeginn mit der Spusi gesprochen; sie sicherten zu, irgendwann im Laufe des Nachmittags den weißen Sprinter in der Curt-Launstein-Straße zu untersuchen, von dem sie am Vortag erfahren hatte.

Nun informierte sie Neuhoff, der gerade zur Tür hereingekommen war, über ihren Besuch bei Bumbke.

»Eigentlich sollten wir jetzt die Kollegen vom Zoll auf die Unterkunft der Bauarbeiter in der Überseestadt ansetzen, ich würde aber gerne noch einen Moment damit warten. Es sieht ja so aus, als wenn irgendwie alle Stränge dieses Falles zusammenlaufen, und die Baufirma ist ein Teil davon. Wenn wir die jetzt hochschrecken, gehen uns wahrscheinlich Informationen durch die Lappen«, schloss sie ihren Bericht.

»Vielleicht ja sogar der Täter!«, spekulierte Neuhoff.

»Möglich ist alles, aber wie das zusammenhängen sollte, kann ich mir beim besten Willen nicht vorstellen!«, entgegnete Rieke.

Sie fuhr ihren PC hoch und startete das Mail-Programm. Sofort sah sie die Nachricht und das angehängte Foto, das Bumbke ihr gesendet hatte.

»Hier, Andreas, sieh mal.« Sie winkte ihn zu sich. »Das hat Bumbke mir geschickt. Schau dir mal den mit der grünen Weste an. Das scheint ein ziemlich dubioser Typ zu sein, den wir uns einmal näher ansehen sollten. Den zweiten auf dem Bild kenne ich nicht. Und der dritte ist Marek Burdinski, unser Täter im Mordfall Litschko. Die wirken sehr vertraut miteinander, oder? Den Burdinski holen wir uns nochmal hierher.«

In diesem Moment klingelte das Telefon. Rieke ging ran. Gleichzeitig klopfte es kurz, die Bürotür ging auf, und ein Kollege aus der Abteilung Eigentumsdelikte steckte den Kopf durch die Tür. Nach einem kurzen Blick auf Rieke machte er Neuhoff ein Zeichen, mal eben zu ihm auf den Flur zu kommen. Als Neuhoff das Büro verließ, hörte er gerade noch, dass Rieke sagte: »Gut, dass Sie anrufen, Herr Petersson.«

Nach einer guten halben Stunde kam Neuhoff zurück. Rieke war längst fertig mit ihrem Telefonat.

»Und, was sagt Petersson?«

»Ich habe ihn nach seinen Verbindungen zu der Baufirma Kaczmarek gefragt. Er hat erzählt, dass seiner Frau ein Wellnesshotel und Ferienwohnungen in Mecklenburg-Vorpommern gehören, die im Wesentlichen von dieser Firma noch unter dem Seniorchef gebaut worden sind. Die waren günstig, zuverlässig und gut. Inzwischen haben der Sohn und der Enkel«, sie sah auf ihren Notizblock, »Lukasz heißt er, den Betrieb übernommen. Die Firma hat sich um die Sanierungsaufträge der Holding beworben und das beste Angebot abgegeben. Mittlerweile hätte er aber schon von seinen Geschäftsführern gehört, dass die Sache nicht gut läuft. Er würde sich nach Abschluss der Sanierung in Bremen von der Firma trennen.«

»Wusste er was von den Diebstählen?«

»Angeblich nicht.«

»Und davon, dass du ihn in der Sauna in Rotenburg mit seiner Süßen belauscht hast?«

Rieke grinste. »Das heb ich mir für einen besonderen Moment auf … Nee, ich glaub, mit dem Petersson kommen wir nicht viel weiter. Der sichert sich rechtzeitig ab, wenn es eng für ihn wird. Was wollte der Kollege denn eben von dir?«

Neuhoff kratzte sich nachdenklich am Kopf. »Die hatten heute früh eine Festnahme in Gröpelingen, da hat einer einen Lieferwagen geklaut.«

»Nicht unsere Baustelle.«

»Doch unsere Baustelle, und zwar im wahrsten Sinne des Wortes. Die Kollegen haben mich gefragt, ob ich mal mit ihm sprechen will, der arbeitet nämlich in dem Trupp von Kaczmarek in Osterholz. Ich bin daraufhin kurz mitgegangen. Ein Blick auf den Kerl hat genügt, er ist der dritte Mann auf dem Foto, das du mir vorhin gezeigt hast! Er heißt Kacper Frankowiak, 46 Jahre alt.« Die Kollegen vom Diebstahl hatten diese Angaben auf einen Zettel geschrieben und Neuhoff in die Hand gedrückt, der jetzt ablas.

»Nicht zu fassen!« Rieke war beeindruckt. Ihre Freundin Carmen hatte sich eine Weile mit dem Zustandekommen von Zufällen befasst; an diesem hier hätte sie ihre helle Freude!

»Wir müssen ihn vernehmen, mal hören, was er mit den anderen beiden am Hut hat.«

Rieke spielte mit einer Büronadel, während ihr etwas durch den Kopf zu gehen schien. »Ich hab da so eine Idee«, sagte sie schließlich. »Ist verrückt, aber hör sie dir mal an …«

Neuhoff hatte Marek Burdinski zur Vernehmung einbestellt; es war ihm dabei wichtig, dass ein Beamter ihn herbrachte und die ganze Zeit bei ihm war. Die beiden befanden sich nun in einem Warteraum gegenüber des Büros. Gleichzeitig wurde Kacper Frankowiak von einer Beamtin geholt, die Neuhoff noch von der Wache kannte, und ebenfalls in den Raum gebracht. Die beiden Männer sprachen sofort miteinander; leise und auf Polnisch. Keiner der beiden Beamten unterbrach sie, das war nicht ihr Auftrag.

Schließlich wurden sie zusammen in den Vernehmungsraum geführt, der Polizeibeamte und die Kollegin postierten sich neben dem Eingang.

»Hallo, Herr Kollege, hallo Patrycja. Sind wir soweit?«, fragte Neuhoff. Die Uniformierten nickten.

Rieke fragt zunächst die persönlichen Daten ab. Beide nickten bestätigend. Die Frage nach ihrem gemeinsamen Arbeitgeber wurde schon schwieriger: Sie verstanden offenbar nur wenig Deutsch, und sprechen konnten sie es schon gar nicht. Rieke erinnerte sich, dass Burdinski bei seiner Vernehmung wegen Diana Litschko zwar nur gebrochen Deutsch gesprochen, aber gut verstanden hatte. Das war ja auf einmal wie weggeblasen! Rieke nahm noch einen Anlauf und fragte nach ihren Aufgaben auf der Baustelle, erntete jedoch erneut nur Schulterzucken. Es war unübersehbar, dass die beiden sich in ihrer Rolle der ahnungslosen Bauarbeiter einrichteten.

»Es hilft nix, Rieke«, sagte Neuhoff, »wir brauchen einen Dolmetscher.«

In diesem Moment verließ die Beamtin, die Marek Burdinski zur Vernehmung gebracht hatte, ihren Platz neben der Tür, trat einen Schritt vor und sagte laut und deutlich:

»Zrozumiałam wszystko co powiedzieliście w poczekalni. Jeśli wy sami się nie przyznacie, ja was wydam. Na pewno byłoby lepiej, jeśli byście się sami przyznali. Macie już i tak wystarczająco problemów.«

Überrascht drehten die beiden sich um und sahen die Polizistin an. Auch Rieke schaute fragend. Die erläuterte: »Ich sagte ihnen nur, dass ich vorhin ihre Unterhaltung verstanden habe, und sie auspacken sollen.«

Frankowiak nickte. Er begann zu reden, und die Polizistin übersetzte. Ihren Angaben zufolge waren sie schon ein paar Jahre bei Kaczmarek als Bauarbeiter, am Anfang noch unter dem Senior. Seit der Junior und der Enkel die Firma leiteten, waren sie auf vielen Baustellen in Deutschland unterwegs. Irgendwann kam der Ingenieur dazu.

»Der Ingenieur?«

Beide nickten und redeten weiter, ohne auf die Zwischenbemerkung einzugehen. Der Ingenieur hatte damals auch auf der Werft gearbeitet, von da kannten sie ihn und dachten, sie könnten ihm vertrauen. Er hatte ihnen gesagt, sie wären dumm, dass sie so viel arbeiteten, während andere das Geld einsackten. Und der Ingenieur war schlau, schlauer als sie alle zusammen und auch schlauer als Kaczmarek. Er hatte ihnen gesagt, wie sie zu Geld kommen könnten, wenn sie sich nicht dumm anstellten und auf ihn hörten. Er hatte einen Plan, logisch, er war ja der Ingenieur.

Wieder nickten beide.

Was das für ein Plan war?

Nun berichtete Burdinski: Immer, wenn die Gerüste aufgebaut waren und der Lärm von der Sanierung den Mietern in den Wohnanlagen zuviel wurde, fuhren einige von ihnen in Urlaub oder wohnten eine Weile bei ihren Kindern. Hauptsache weg von dem Dreck und dem Krach, hieß es dann. Die Wohnungen waren also vorübergehend unbewohnt, aber ja komplett eingerichtet. Der Ingenieur ging regelmäßig die Gerüste ab und beobachtete, ob irgendwo Mieter länger abwesend waren. Wenn er eine geeignete Wohnung gefunden hatte, fuhren sie nachts zur Baustelle und brachen über den Balkon dort ein. Mit einem Glasschneider schnitten sie ein Loch in die Scheibe der Balkontür und mussten dann nur noch den Riegel von innen öffnen.

»Und das hat immer funktioniert? Keiner hat Sie verdächtigt?«, ließ Rieke übersetzen.

Wieder ein gemeinsames Kopfnicken als Antwort auf die erste Frage, dann ein Kopfschütteln auf die zweite.

Nein, sie waren nie aufgeflogen. Der Ingenieur war dafür zu schlau. Er wusste immer, wann es genug war, oder sie mal eine Pause machen sollten. Außerdem waren sie ja irgendwann auch wieder weg; dann war alles schnell vergessen, keiner dachte mehr an sie.

Was ihre Aufgaben gewesen waren, wollte Neuhoff wissen.

Er wäre für die Autos zuständig gewesen, antwortete Frankowiak. Also Lieferwagen besorgen und den vollen Wagen in den Osten bringen. Dort wurde er mitsamt der Ware abgenommen. Burdinski ging mit dem Ingenieur in die Wohnungen. Aber der Ingenieur wollte nicht so viele dabei haben, alles Zeugen, sagte er immer.

Wusste Ihr Chef von dem Ganzen?

Heilige Maria, natürlich nicht!

»Was war mit der Wohnung in der Launstein, wo die vielen Kartons standen, was ist da passiert?«, fragte Rieke.

Die beiden sahen sich an und schwiegen.

»Sollen wir Sie jetzt mal getrennt befragen, Andreas? Ist vielleicht besser!«

Neuhoff machte Patrycja ein Zeichen, Riekes Frage zu übersetzen. Das half. Die beiden rutschten unruhig auf ihren Stühlen hin und her, und Frankowiak räusperte sich, bevor er anfing zu reden. Offenbar wollten sie lieber zusammen auspacken als alleine.

Der Ingenieur hatte die Wohnung mit den Kartons entdeckt. Da war nur selten jemand. Aber man konnte vom Gerüst aus gut sehen, dass da keine Umzugskartons drin standen, sondern massenhaft Lieferkartons mit elektronischen Geräten. Also beobachteten sie die Wohnung, bis sie sicher waren, dass keiner zuhause war, und stiegen nachts ein. Alles wie immer.

Der Ingenieur hatte hinterher erzählt, dass plötzlich jemand ins Zimmer gekommen sei. Er war ja allein darin, während er, Kacper, unten am Einladen war.

»Und was passierte dann?«

Wieder sahen sich die beiden Verdächtigen an. Dann schienen sie sich einen Ruck zu geben.

Was in der Wohnung passiert war, wussten sie nicht, aber Frankowiak hatte die Wagentür geöffnet und die Taschenlampe kurz angemacht. Das hatte den Ingenieur geärgert.

Auf einmal fiel etwas vom Balkon, das war der Typ aus der Wohnung. Kurz darauf kam der Ingenieur heruntergeklettert. Er befahl Frankowiak ihm zu helfen, den Mann fortzuschaffen. Er hatte ein paar Schritte entfernt einen Zugang zum Heizöltank entdeckt. Zu zweit packten sie ihn und trugen ihn zum Schacht. Der Ingenieur öffnete den Deckel, der hatte auch für sowas immer Schlüssel bei sich. Dann stopften sie den Toten einfach da rein. Der Ingenieur hatte noch mit den Füßen hinterher getreten, damit die Klappe wieder zuging. Dabei sagte er, wenn die den mal finden, sind wir längst weg.

»Wussten Sie, dass der Mann zu dem Zeitpunkt noch lebte?«

Das kann nicht sein, antwortete Frankowiak. Der Ingenieur hatte gesagt, der ist tot, und der kannte sich damit aus. Zudem sah der auch schon ziemlich tot aus.

Du meine Güte, dachte Rieke, was geht denn hier gerade ab! Sie stellte die Frage, die sie jetzt am meisten interessierte:

»Wer ist der Ingenieur? Wie heißt er?«

Die Kollegin übersetzte, aber es kam keine Antwort. Rieke schob das Foto der drei Männer über den Tisch und deutete auf den mit der grünen Weste. »Ist es der da?« Wieder nichts.

»Co się z wami dzieje, czy naprawdę chcecie się dla niego poświęcić?«, fragte die Polizistin.

»Ty go nie znasz …«, antwortete Burdinski leise und fing sich dafür von Frankowiak einen Stoß mit dem Ellenbogen in seine Seite ein.

»Wir nicht mehr reden!«, erklärte Frankowiak jetzt und verschränkte demonstrativ die Arme vor der Brust.

Rieke sah die Übersetzerin an. Die erklärte: »Ich habe die beiden gefragt, warum sie ihren Kopf für den Ingenieur hinhalten wollen. Die Antwort war, du kennst ihn nicht. Wenn ich was dazu sagen darf: Ich glaube, denen ist eben erst richtig klar geworden, dass sie diesen Ingenieur schon ans Messer geliefert haben. Und jetzt machen sie zu, weil sie Angst vor ihm haben.«

Neuhoff nickte. »Ich denke, das reicht auch erstmal. Wir sind ja schon ein ganzes Stück weiter.« Er gab den Beamten ein Zeichen, dass sie die beiden abführen sollten. Zu der Kollegin, die übersetzt hatte, sagte er: »Danke nochmal, Patrycja. Das war gute Arbeit! Wir werden dich sicher noch mal brauchen. Du hast was gut bei uns.«

Als er mit Rieke wieder allein war, nahm er das Foto und tippte mit dem Zeigefinger auf den Arbeiter mit der grünen Weste: »Jetzt wird es höchste Zeit, dass wir uns mit dem hier mal ausführlich unterhalten.«

»Wenn der man nicht weiß, wer dieser Ingenieur ist, und wo wir ihn zu fassen kriegen«, warf Rieke ein.

»Da der für Kaczmarek arbeitet, sollte das ja eigentlich kein Problem darstellen, oder?« Neuhoff betrachtete das Bild nochmals eingehend und überlegte. »Soll ich mal rüberfahren zur Baustelle und schauen, ob ich da was werde?«

Rieke nickte. »Das passt ganz gut. Ich muss eh eben noch den Papierkram machen. Du kannst von da anrufen, wenn du fündig geworden bist.«

»Geht klar. Ich beeile mich. Mit ein wenig Glück haben wir bis Anfang der nächsten Woche den Deckel dicht.«

»Schön wär's«, lachte Rieke, als Neuhoff die Tür hinter sich zumachte.

Neuhoff brauchte keine 30 Minuten für den Rückruf.

»Ich bin hier mal ein wenig herumgeschlendert und habe mit Bumbke geplaudert, der wieder seine Runde gedreht hat. Dabei lief mir dieser Lucasz Kaczmarek direkt in die Arme. Ich habe ihm das Foto gezeigt. Erst wollte er wohl irgendwie auf ahnungslos machen, aber unser Herr Bumbke hatte da so eine Art mit dem zu reden, dass er schnell zugab, dass der Typ für ihn arbeitet. Und nun pass auf: Ich habe einfach nur mal ins Blaue rein gefragt, ob er auch Ingenieur genannt wird. Kaczmarek hat nur gelacht und gesagt, davon habe er auch schon gehört. Das mache der gerne, obwohl er schon lange nicht mehr als Ingenieur arbeite. Und dann ist er mit dem Namen rausgerückt ... Kannst du notieren?«

Rieke nahm sich einen Kuli und einen Zettel. »Kann losgehen.«

»Karol Michalski heißt der. Geboren 1966 in Reda in Polen.«

»Und? Bringst du ihn gleich mit?«, fragte Rieke, während sie alles notierte.

»Der Kollege Michalski ist heute leider nicht zur Arbeit erschienen, hat uns Kaczmarek gesagt. Bumbke bestätigt, dass er ihn heute auch noch nicht gesehen hat. Also nein, ich bringe ihn nicht mit ... Aber ich habe eine Handynummer.«

Rieke notierte die Nummer, die Neuhoff ihr durchgab. »Schade. Aber gut, wir kriegen den schon. Es sei denn, er ist schon in Polen.«

»Das glaube ich eigentlich nicht ... Der fühlt sich hier so sicher. Die Sache mit dem Hertel ist immerhin schon ein paar Tage her. Warum sollte er gerade heute abhauen? Der ist bestimmt noch in der Gegend. Vielleicht in der Unterkunft in der Überseestadt, oder so.«

»Wenn ihm nicht einer einen Wink gegeben hat. Die stecken doch alle unter einer Decke, meinst du nicht?«

»Sicher tun sie das. Gibst du gleich die Suchmeldung raus? Wir haben Namen, Alter und Bild. Das ist ja schon mal was ...«, sagte Neuhoff zuversichtlich.

»Bin schon dabei. Bis gleich«, sagte Rieke beim Auflegen. Sie nahm noch einmal das Bild mit Burdinski, Frankowiak und Michalski von der Ablage.

»Das ist er also«, sinnierte sie. »Ich würde mich wirklich gerne mit Ihnen unterhalten, Herr Karol Michalski.« Sie nahm den Hörer ab und wählte aus dem Gedächtnis eine Nummer. Es gab noch viel zu tun ...

Mittwoch, 24.03., nachmittags | Curt-Launstein-Straße

Lehnhorst parkte den klapprigen Mazda seiner Bekannten direkt neben dem Lieferwagen, den Daniel Hertel auf dem Wendeplatz der Curt-Launstein-Straße abgestellt hatte. Er war wütend auf Hertel, der sich offensichtlich nicht nur an seiner Ware vergangen, sondern auch im Rausch irgendeiner Droge eine dumme Schweinerei in der Wohnung verursacht hatte. Der dicke Blutfleck, den er letzten Dienstag in der Wohnung entdeckt hatte, sprach eindeutig für sich.

Genau am Dienstag letzter Woche hatte er bei der Inspektion seines Lagers den Transporter auf dem Wendeplatz stehen sehen und war davon ausgegangen, dass sich Hertel in der Wohnung aufhielt. Das wäre günstig gewesen, denn er wollte ein paar Sachen für einen seiner Abnehmer mitnehmen.

Schnell stellte er jedoch fest, dass Ware fehlte, Hertel nicht da und das Laminat im Wohnzimmer ruiniert war. Lehnhorst hatte seitdem mehrmals erfolglos versucht, ihn über sein Handy zu erreichen. Er hatte ihm ein paar Nachrichten auf der Mailbox hinterlassen, aber Hertel hatte bis heute nicht reagiert.

Lehnhorst hatte letzten Dienstag noch überlegt, ob Hertel nicht vielleicht gerade hinten im Transporter lag und seinen Rausch ausschlief. Das hatte er schon öfter gemacht.

Als er gerade nach unten gehen und nachsehen wollte, war er im Treppenhaus von zwei Beamten der Kripo aufgehalten worden. Man hatte offensichtlich auf dem Gelände einen Toten gefunden, und jetzt liefen sie durch die Blocks, um nach Zeugen zu suchen. Das betraf ihn aber nicht. Er war an diesen Tagen nicht einmal in der Nähe der Wohnung gewesen.

Zu dumm nur, dass er in seiner Überraschung über das plötzliche Zusammentreffen mit der Kripo seinen richtigen Namen angegeben hatte. Sollten die Bullen, aus welchem Grund auch immer, was von den Sachen in der Wohnung mitbekommen, könnte das unangenehme Folgen für ihn haben. Er war ja schließlich kein Unbekannter für die. Deshalb war es besser für ihn gewesen, ein paar Tage abzutauchen und Gras über die Sache wachsen zu lassen.

Er stieg aus dem Mazda und schloss die Fahrertür ab.

Ausgerechnet jetzt, wo alles so gut lief, hatte sein Freund Winfried Wessel überraschend Druck gemacht, dass er die Wohnung räumen müsse. Wie sollte er das denn hinkriegen, fragte er sich. Das ist nicht so mal eben. Dazu brauchte er Hertel, aber der war ja mitsamt dem Transporterschlüssel unauffindbar. Und wenn der Lieferwagen hier stand, überlegte er, wie ist Hertel dann von hier weggekommen? Der muss ja völlig dicht gewesen sein. Und wo ist die fehlende Ware abgeblieben?

Das alles ging Lehnhorst durch den Kopf, als er heute vor dem eingerüsteten Block in der Curt-Launstein-Straße stand und sich einen Plan zurechtlegte, wie er möglichst schnell und unbemerkt die Ware abtransportieren könnte.

Er schaute sich um. Am Block zur linken waren auf der oberen Ebene drei Arbeiter mit Putzarbeiten beschäftigt. Ganz hinten, am Ende der Wiese, stand ein Arbeiter am Mischer. An dem Block, in dem sich sein Lager befand, wurde im Moment nicht gearbeitet. Er beschloss, schnell einmal in die Wohnung zu gehen und sich einen Überblick zu verschaffen. Außerdem, und das war überhaupt der wichtigste Grund, warum er heute in die Wohnung wollte, er brauchte seine 4.800 Euro aus dem Versteck unter der Badewanne. Bei der Gelegenheit würde er auch nach dem Handy suchen, das er seit ein paar Tagen vermisste.

Die Eingangstür war wie üblich offen, und der dicke Wasserschlauch lag quer im Treppenhaus und über den Gehweg. Das Haus schien ruhig, alle Mieter hielten wohl Mittagsschlaf oder waren unterwegs. Im ersten Stock blieb er einen Moment an der Wohnungstür stehen und lauschte. Nichts war zu hören, außer dem leisen gleichmäßigen Brummen der Baumaschinen.

Er holte den Schlüssel aus der Tasche und versuchte ihn ins Schloss zu stecken. Er passte irgendwie nicht. Er wühlte in seiner Hosentasche, fand aber nur seinen Bund mit den Schlüsseln der eigenen Wohnung und der seiner Bekannten. Er versuchte nochmals, den Schlüssel in das Schloss zu bekommen, aber es funktionierte einfach nicht.

Lehnhorst fluchte verhalten und ging die Treppe wieder nach unten. Warum passte der Schlüssel nicht mehr? Hatte Wessel ihn etwa gelascht? Wollte er ihn jetzt ausbooten und das Zeug selber absetzen? Nein, das konnte er sich nicht vorstellen. Das würde sein Freund Winfried nicht mit ihm machen.

Vor dem Haus holte er das geborgte Handy aus der Tasche und wählte Wessels Nummer. Er bekam keine Verbindung, Wessels Handy schien ausgeschaltet zu sein. Untypisch für ihn, dachte er. Er versuchte es bei ihm zuhause über das Festnetz. Auch da ging nach 15 Sekunden der Anrufbeantworter an. Blieb nur noch seine Büronummer, obwohl Wessel ihm einen Kontakt über diese Nummer strengstens untersagt hatte.

»*Mieterparadies* Bremen, Guten Tag. Was kann ich für Sie tun?«, hörte er eine weibliche Stimme.

»Ich hätte gerne Herrn Wessel gesprochen«, sagte Lehnhorst in einem möglichst geschäftsmäßigen Ton.

»Herr Wessel ist nicht im Haus. Mit wem spreche ich bitte?«

Die ist mir zu neugierig, dachte Lehnhorst und trennte das Gespräch. Merkwürdig. Wessel, der sich ohne Handy nackt fühlte und eigentlich immer das Ding am Ohr hatte, war nicht erreichbar. Das gab es einfach nicht. Das hatte es eigentlich noch nie gegeben.

Lehnhorst schaute noch einmal in den Transporter, konnte aber nichts Auffälliges entdecken.

Er ging zurück zur Wiese vor dem Block und schaute am Gerüst nach oben. Die Lukendeckel der Durchstiege waren zum großen Teil geöffnet, die Leitern angelegt. Er könnte einfach mal einen Blick über den Balkon in die Wohnung werfen, überlegte er. Seine Klamotten unterschieden sich nicht von denen, die die Arbeiter hier trugen. Die hatten ja nicht einmal Helme auf. Er würde auf dem Gerüst also gar nicht auffallen.

Auf der ersten Ebene schaute er sich kurz um, ob seine Anwesenheit bemerkt worden war. Die drei Arbeiter auf der anderen Seite machten gerade eine Rauchpause, beachteten ihn aber nicht. Der Typ hinten am Mischer hantierte mit einem Werkzeug und schien auch abgelenkt.

Der Aufstieg zur dritten Ebene verlief problemlos. Er kletterte über die Brüstung des Balkons, der zu seinem Lager gehörte. Es gab nicht viel Platz, denn noch immer waren hier mehrere Styroporplatten aufgestapelt. Er bemerkte das Loch in der Scheibe sofort. Es war nahezu kreisrund und von innen provisorisch mit einer dünnen Holzplatte verschlossen worden. Die Platte schien einfach mit Silikon aufgeklebt.

Nachdem er sich nochmals umgesehen hatte, drückte er vorsichtig gegen die Holzplatte, um sie von der Scheibe zu lösen. Zunächst passierte gar nichts, doch dann brach mit einem hässlichen Knacken ein großes Stück der Scheibe heraus und zerbarst mit einem Klirren auf dem Boden.

Lehnhorst fluchte und duckte sich noch tiefer. Er war sich sicher, dass man ihn auf dem Balkon nicht sehen konnte. Trotzdem wollte er einen Moment warten und dann die Tür entriegeln. Langsam zählte er bis 120 und lauschte auf jedes Geräusch.

Niemand schien etwas bemerkt zu haben. Er griff durch das Loch in der Scheibe, entriegelte die Balkontür und betrat das Wohnzimmer.

Überall im Bereich der Balkontür lagen Scherben, und jeder seiner Schritte erzeugte ein viel zu lautes Knirschen. Er schob vorsichtig die größten Scherben mit dem Fuß an die Seite.

Hannelore Walther war bei ›Bares für Rares‹ eingenickt. Das war nichts Besonderes, da die Zeit nach dem Mittagessen zwischen zwei und vier Uhr für ihren Mittagsschlaf reserviert war. Der Fernseher lief, aber ihre Augen fielen regelmäßig zu, egal, welche Sendung gerade zu sehen war.

Alles war ruhig, und sie träumte von ihrem letzten Ausflug mit dem Rentnerclub der AWO nach Berlin. Höchst bedauerlich, dachte sie gerade, dass sie es bisher nicht geschafft hatte, ihren Nachbarn Helmut oder zumindest Reinhold zu überreden, sich ihr bei so einer Unternehmung anzuschließen.

Höchst unsanft wurde sie von einem Scheppern geweckt, gerade so, als würde eine Glasscheibe zerspringen. Sie schlug die Augen auf, legte die Decke zur Seite und erhob sich noch etwas schlaftrunken aus ihrem gemütlichen Ohrensessel. Leise öffnete sie die Balkontür, trat ins Freie und schaute vorsichtig nach rechts und links am Gerüst entlang. Es war nichts zu sehen. Nur gegenüber waren drei einsame Arbeiter am Verputzen, und am anderen Ende der Wiese hantierte einer an dem leise ratternden Mischer. Sie trat noch etwas weiter vor und lauschte. Das leise Knirschen war unverkennbar; jemand trat auf zerbrochenes Glas. Und das auf dem Balkon direkt unter ihr.

Ob das noch einmal die Kripo ist, fragte sich Hannelore Walther? Sicher nicht, denn die würde doch nicht so heimlich tun. Wenn das mal nicht dieser andere fettige Kerl ist, überlegte sie und versuchte so gut es eben ging, vorsichtig einen Blick über das Geländer nach unten zu werfen.

Sie beschloss, einfach mal bei Helmut anzurufen. Der konnte vom Küchenfenster direkt auf den unteren Balkon sehen. Sie ging zurück ins Wohnzimmer und hob den Hörer ihres alten Tastentelefons ab. Sie wählte aus dem Kopf die Nummer von Bumbke aus der Nummer 35.

»Bumbke, guten Tag«, meldete sich ihr Nachbar nach dem dritten Klingeln.

»Hallo Helmut, Hannelore hier«, flüsterte sie in den Hörer. »Helmut, schau doch mal schnell aus dem Fenster in der Küche. Was ist da auf dem Balkon unter mir los? Vorhin hat es geknirscht, als würde jemand einbrechen.«

»Was? Moment, wart mal, ich geh schnell rüber …«, antwortete Bumbke.

Hannelore hörte ihn durch die Wohnung laufen.

»Das gibt's doch nicht«, flüsterte er jetzt ebenfalls. »Der schmierige Typ mit dem Fettfeudel auf dem Kopf steht da in der Balkontür und schaut in die Wohnung. Halt, wart mal … Jetzt geht er rein …« Bumbke holte tief Luft. »Hannelore, ich leg mal auf. Ich muss die Kripo anrufen. Ich ruf dann wieder zurück …«

»Ist gut, Helmut. Ich pass inzwischen hier auf, dass der nicht durchs Treppenhaus verschwindet. Bis gleich«, flüsterte Walther und legte auf.

Bumbke ging in sein Alpenstübchen und nahm die Visitenkarte von Kommissarin Senger von der Anrichte. Er hatte sich die Handynummer angestrichen. Er las die Zahlen ab und tippte sie in sein Telefon. Nach dem Freizeichen meldete sich die Kommissarin am anderen Ende.

»Senger, guten Tag.«

»Guten Tag, Frau Senger. Hier Helmut Bumbke aus der Curt-Launstein-Straße 35 in Bremen Osterholz.«

»Hallo, Herr Bumbke. Was kann ich für Sie tun?«, fragte sie freundlich.

»Frau Senger, Sie waren doch neulich hier und haben sich in der Nummer 41 umgesehen. Ich meine die Wohnung im ersten Stock.«

»Ja … Was ist damit?«

»Gerade eben steigt da der Typ über den Balkon ein, der die Wochen dort immer ein- und ausgegangen ist. Dieser schmale Kerl mit den fettigen Haaren, wissen Sie?«

»Jetzt gerade?«, kam die erstaunte Rückfrage.

»Jetzt gerade. Ich sehe ihn vom Küchenfenster aus.«

»Können Sie ihn noch ein wenig im Auge behalten? Wir kommen gleich zu Ihnen raus.«

»Ja klar. Und Frau Walther passt im Treppenhaus auf, dass er nicht ungesehen zur anderen Seite verschwinden kann.«

»Wunderbar. Vielen Dank, Sie sind eine echte Hilfe. Bis gleich.«
Bumbke hörte es Klicken, als die Verbindung getrennt wurde. Er
stellte sich so an das Küchenfenster, dass er nicht sofort von gegenüber
gesehen werden konnte und beobachtete, wie der verdächtige Mann im
Wohnzimmer herumging.

Aufmerksam schaute Lehnhorst sich um. Es fehlte eine ganze Menge,
die Kartons waren zum großen Teil geöffnet worden und standen an
anderen Stellen, als er sie vor zwei Wochen platziert hatte. Der Blutfleck war riesig, an der Wand war ein blutiger Handabdruck. Das
schwarze Pulver für die Suche nach Fingerabdrücken haftete an allen
Wänden, Türen und Kartons, und am Durchgang zum Flur stand ein
kleiner Eimer mit gebrauchten Einweghandschuhen und Verpackungs-
material. Lehnhorst erkannte, dass jemand die Wohnung systematisch
durchsucht hatte. Und, so wie es aussah, war das wohl die Polizei gewesen. Kein Wunder, dass der Schlüssel nicht mehr passte: Man hatte das
Schloss ausgewechselt.

Schnell weg, dachte er. Das ist mir zu heiß. Er machte sich keine
Gedanken mehr um seine Fingerabdrücke, dafür war es jetzt zu spät.
Er wollte nur noch schnell seine Kohle aus dem Bunker holen und
verschwinden.

Mit seinem Schweizermesser drehte er unter dem Waschbecken
die Schraube am Sockel der Badewanne heraus, nahm die nun gelös-
ten Kacheln ab und griff in das Loch. Der Beutel, den er mit Packband
wasserdicht verklebt hatte, war noch da. 4.800 Euro in Fünfzigern und
Hundertern. Er steckte das Päckchen unter seine Jacke und ließ die
Kacheln einfach liegen. In der Küche schaute er nur kurz auf den Herd
und die Anrichte, konnte das verlorene Handy aber nicht finden. Mist.

Rieke war mit Ben im Auto zum Einkaufen nach Findorff unterwegs.
Sie erzählte ihm gerade, dass sie seit heute nach einem verdächtigen
Bauarbeiter suchten, der plötzlich verschwunden war.

»Er ist heute gar nicht auf der Baustelle erschienen, und keiner weiß,
wo er steckt ...«, berichtete sie. »Glücklicherweise haben wir seinen
Chef erreicht. Andreas hat diesen Kaczmarek dazu gebracht, den

Verdächtigen für uns zu identifizieren, sodass wir ihn zur Fahndung ausschreiben konnten.«

In diesem Moment klingelte ihr Handy. Sie betätigte ihre Freisprechanlage. Helmut Bumbke war dran und informierte sie darüber, dass der von ihr gesuchte Mann gerade dabei gesehen worden war, wie er über den Balkon in die leere Wohnung einstieg! Rieke hörte verblüfft zu, bat Bumbke dann, das Ganze weiter im Auge zu behalten und kündigte an, sich sofort auf den Weg zu machen. Anschließend forderte sie telefonisch Verstärkung an und fuhr auf dem schnellsten Weg nach Osterholz. Um Ben zuvor noch nach Hause zu bringen, fehlte die Zeit. Er musste mitkommen und würde vor Ort im Auto auf sie warten.

Als sie auf den Mieterparkplatz in der Curt-Launstein-Straße fuhren, waren die Kollegen noch nicht eingetroffen. Rieke beschloss, alleine zu der Wohnung zu gehen, wo sich der Gesuchte befand.

Ihr fiel ein, dass sie keine Waffe dabei hatte, sie war ja gar nicht mehr im Dienst gewesen, als der Anruf kam. Egal. Sie ging nicht davon aus, dass Lehnhorst bewaffnet war, außerdem würden jede Minute die Kollegen eintreffen und von Ben erfahren, wo sie sich befand.

Sie ging so unauffällig wie möglich zum Haus Nr. 41 und stieg leise die Stufen zu der Wohnung hoch. Oben angekommen hörte sie, dass noch jemand das Treppenhaus betreten hatte. Sie beugte sich über das Geländer und sah die Dienstmütze ihres Kollegen, der auf dem Weg zu ihr war. Als er kurz darauf neben ihr stand und ihr zunickte, klingelte sie.

Lehnhorst hatte die Klinke der Wohnungstür schon in der Hand, als jemand die Türklingel betätigte. Stimmen im Treppenhaus. Lehnhorst machte erschrocken einen Schritt zurück und stieß mit lautem Poltern gegen eine Plastikkiste. Noch einmal klingelte es. Unverständliches Gerede vor der Wohnungstür, dann energisches Klopfen.

»Hallo? Hier ist die Polizei, machen Sie bitte auf!« Die laute Stimme einer Frau, nochmals Klingeln und Klopfen.

Aufmachen? Kommt ja gar nicht in Frage, dachte Lehnhorst.

Schnell durchquerte er die Wohnung und betrat den Balkon. Die Arbeiter gegenüber waren konzentriert bei der Arbeit. Unten am

Gerüst stand ein Uniformierter und schaute zu ihm nach oben. Auf dem Parkplatz stand ein Mann in Jeans und mit verbundener Hand an ein Auto gelehnt. Lehnhorst kletterte über die Balkonbrüstung aufs Gerüst.

»Hallo? Kommen Sie bitte vom Gerüst runter«, rief der Polizist, der sich breitbeinig auf der Wiese positioniert hatte. Er schirmte seine Augen mit der Hand gegen den hellen Himmel ab.

Lehnhorst schaute kurz nach unten und dachte: Genau das hatte ich vor und lief auf dem Gerüst schnell ans Ende des Gebäudes Richtung Parkplatz, wo er seinen Wagen abgestellt hatte.

Der Polizist sprach etwas in sein Funkgerät, machte ein paar Schritte mit ihm in die gleiche Richtung und versuchte dann, mit einem gewagten Sprung auf die untere Ebene des Gerüsts zu gelangen.

Lehnhorst hörte ein schmerzverzerrtes Jaulen. Ganz offensichtlich hatte der Polizist sich bei seiner Aktion verschätzt und war an einer Verschraubung des Gerüsts hängengeblieben. Wieder schob er seinen Kopf über den Geländerholm und sah, dass der Beamte sich nicht so schnell allein aus der misslichen Lage befreien konnte. Das gab ihm einen enormen Vorsprung und erzeugte kurzzeitig das glückliche Gefühl der Schadenfreude.

Ein paar Ebenen über ihm hörte er heftiges Poltern und zügige Schritte auf den Brettern. Tap-Tap …, schnelle Füße auf der Metallleiter des Durchstiegs. Wieder schnelles Trippeln und Tapsen. Das klang gar nicht gut, der Verfolger war verdammt schnell! Ob das diese Frau war? Bestimmt. Wer sonst sollte das sein … Aber, wie, zum Henker, war die so schnell auf das Gerüst gekommen?

Er legte einen Zahn zu und eilte zur nächsten Leiter, die noch gute drei Meter entfernt war. Die Luke nach unten war geschlossen. Er riss an dem Sicherungsriegel, bis sich die Klappe öffnete. Seine Hand blutete.

Sie hatten mehrmals geklingelt und gerufen, er solle aufmachen. Der Lärm hatte einen Teil der anderen Mieter aus den Wohnungen gelockt. Rieke forderte sie auf, zurück in ihre Wohnungen zu gehen und sich ruhig zu verhalten. Plötzlich stand Hannelore Walther im Stockwerk über ihr und rief Rieke zu: »Der ist auf dem Gerüst, kommen Sie hoch, dann können Sie bei mir über den Balkon raus!«

»Sichere den Eingang unten!«, rief sie ihrem Kollegen zu, während sie bereits immer zwei Stufen auf einmal nehmend die Treppe hinauflief.

Das Balkongeländer war kein Problem, aber das Gerüst machte ihr zunächst zu schaffen. Ganz schön wackelig, dachte sie und erinnerte sich an den schlechten Eindruck, den die Baustelle auf sie von Anfang an gemacht hatte. Sie zwang sich, nach unten zu sehen und entdeckte Lehnhorst. Sie rief: »Polizei! Bleiben Sie stehen!«, und spurtete los.

»Polizei! Bleiben Sie stehen!«, hörte er die Frau mit unverkennbarer Anstrengung rufen. Die Verfolgerin hatte schon bis auf zwei Ebenen zu ihm aufgeholt.

So schnell er konnte, stieg er die schmale Leiter nach unten und zog die Klappe hinter sich wieder zu, die sich mit einem lauten metallischen Scheppern verriegelte. Sollte sie sich doch auch die Hand daran aufreißen.

Er war jetzt auf der untersten Gerüstebene. Der Polizist hing noch immer fest, gut zehn Meter entfernt. Die Verfolgerin war knapp zwei Ebenen über ihm, kam aber schnell näher. Die Arbeiter, die mittlerweile vom oberen Gerüst des Nachbarblocks aus zusahen, waren ihm egal. Nur der Typ mit der bandagierten Hand auf dem Parkplatz war ihm noch im Weg.

»Lassen Sie mich in Ruhe. Ich habe nichts gemacht. Hauen Sie einfach ab«, brüllte er wütend nach oben.

Dich krieg ich, dachte sie und rannte weiter. Ihre anfängliche Unsicherheit auf den schwankenden Böden war ihrem Ärger über Lehnhorst gewichen und hatte ihr das erforderliche Adrenalin verpasst. Außerdem war sie gut trainiert, sie kam ihm immer näher.

Inzwischen hatte sie die Luke erreicht, die er hinter sich wieder geschlossen hatte. Sie sah das Blut an dem wiederverschlossenen Sicherungsriegel.

Arschloch, dachte sie. Denkst du, das hält mich auf? Sie mühte sich mit der Verriegelung, als sie Lehnhorst rufen hörte: »Lassen Sie mich in Ruhe, ich habe nichts gemacht. Hauen Sie ab!« Na super, denn war ja alles klar, und ich kann nach Hause gehen, dachte sie. Das war ja ein ganz Aufgeweckter! Die Klappe war nun offen. Geschafft! Sie rief nochmal: »Bleiben Sie stehen! Geben Sie auf! Weglaufen bringt doch nichts!«, während sie die Leiter herunterkletterte. Unten angekommen lief sie die Strecke bis zur nächsten Luke auf dieser Ebene. In diesem Moment entdeckte sie Lehnhorst, der sich nur noch ca. zwei Meter über dem Boden befand. Scheiße. Sie hoffte nur, dass einer ihrer Kollegen ihn dort unten mit offenen Armen empfing.

Lehnhorst musste mehr Abstand gewinnen. Das schnelle Trippeln leichter Füße auf den schweren Holzbohlen des Gerüsts über ihm kam immer näher. Überall klapperte es metallisch, und das Gestänge vibrierte wie die Saiten einer Bassgeige.

Er war fast auf der untersten Ebene, keine zwei Meter über dem Boden. Sein Auto konnte er bereits auf dem Parkplatz sehen. Instinktiv fasste er sich an die Hosentasche und konnte den Schlüssel ertasten. Sofort fühlte er sich ein Stück sicherer.

Der Kerl mit der bandagierten Hand, der da auf dem Parkplatz so lässig gegen ein Auto gelehnt stand, hatte sich noch keinen Schritt bewegt. Von ihm ging wohl keine Gefahr aus. Die war eher von dieser wieselflinken Frau hinter sich zu erwarten.

»Bleiben Sie stehen! Geben Sie auf. Weglaufen bringt doch nichts«, rief sie von oben.

Scheiße, ist die hartnäckig, dachte Lehnhorst. Er schwang sein rechtes Bein über den Geländerholm und kletterte auf die Außenseite des Gerüsts. Ohne weiter zu überlegen, ließ er sich in den Abgrund fallen.

Der stechende Schmerz im linken Fuß war höllisch. Er verfluchte die Arbeiter, die ihren Müll überall hatten herumliegen lassen. Er war mit seinem Fuß auf der Kante einer Platte gelandet und umgeknickt. Schnell rappelte er sich hoch und humpelte in Richtung Parkplatz. Keine zehn Meter mehr, schätzte Lehnhorst mit Zuversicht.

Hinter ihm schepperte das Gerüst, als die Frau auf der untersten Ebene ankam. Soviel konnte er aus dem Augenwinkel erkennen, als er über die Schulter versuchte, seine Verfolgerin auszumachen. Sie war aber noch eine gute Ecke weg. Das klappt, dachte er. Das klappt!

Nur noch zwei Schritte trennten Lehnhorst vom Gehweg. Er humpelte, sein Knöchel meldete sich mit einem kaum auszuhaltenden Stechen. Als er aufschaute, sah er dem Mann mit der bandagierten Hand direkt in die Augen. Der lehnte mit vor der Brust verschränkten Armen, keine fünf Schritte entfernt, noch immer lässig an einem Auto und beobachtete ihn lächelnd.

Ein Nagel bohrte sich durch die dünne Sohle seines Schuhes wie ein heißes Messer in ein Stück Butter. Glatt und schmerzhaft drang er durch den linken Fuß, gleich neben dem kleinen Zeh. Die Latte, aus der der Nagel herausragte, war etwas länger als einen Meter.

Er hob den Fuß und die daran festgetackerte Latte an, kam ins Trudeln und fiel mit weit ausgetreckten Armen lang auf den Bauch. Mit einem knackenden Geräusch berührte sein Kinn den Gehweg, und er schmeckte Blut, das aus der herausgebissenen Ecke seiner Zunge strömte.

Sein Kopf war leer, als er versuchte hochzukommen. Ein heftiger Druck im Nacken presste seinen Kopf erneut auf den harten Beton des Wegs. Hilflos ruderte er mit den Armen, sein linkes Bein war durch die angenagelte Latte verdreht und nicht zu bewegen, und auf seinem Kreuz schienen drei Zentner Zement zu liegen.

Ben hatte den Flüchtigen direkt auf sich zukommen sehen. Der Kerl humpelte mit schmerzverzerrtem Gesicht in gerader Linie über den Rasen, schaute ihm direkt in die Augen und schien in keiner Weise Respekt vor ihm zu haben. Oder Angst.

Gerade wollte Ben ihn ansprechen, als sein Gegenüber die Arme ausbreitete und die Augen verdrehte. Will der mich jetzt auch noch in den Arm nehmen?, dachte Ben. Dann sah er ihn steif wie ein Brett vornüberfallen, immer noch mit ausgebreiteten Armen, und platt vor ihm auf den Boden aufschlagen. Das leise Stöhnen wurde durch das Knacken des Kiefers übertönt, der auf der Gehwegplatte zu Bruch ging.

Ben konnte sich ein Lächeln nicht verkneifen. Wie ein Sünder bei der Buße vor dem Altar, ging es ihm durch den Kopf. Ziemlich skurril, das Ganze. Er machte zwei Schritte und griff Lehnhorst mit der gesunden Hand in den Nacken. Während er ein Knie zwischen seine Schulterblätter stemmte und ihn auf dem Boden fixierte, sagte er: »Ganz schlechter Tag für dich, Kumpel, und eine ganz schlechte Abkürzung!«

Als Rieke kurz darauf atemlos bei den beiden ankam, hatte Ben die Situation voll im Griff.

»Ruf mal besser einen Krankenwagen«, riet er ihr, »… den hier hat es ziemlich erwischt.«

Dann berichtete er, was vorgefallen war.

Der Polizist, der zunächst den Eingang des Hauses bewacht hatte, war den ganzen Block abgegangen, um zu vermeiden, dass Lehnhorst entkommen könnte. Auf dem Rückweg hatte er seinen Kollegen entdeckt, der immer noch am Gerüst festhing. Gut überlegt war das alles nicht gewesen, und nun stand er verlegen vor Rieke.

Ich bringe den Kollegen nachher vorsichtshalber mal zum Arzt, sagte er. »Tut mir leid, war wohl keine große Hilfe.«

Ein bisschen dämlich war das schon, dachte Rieke, sagte aber beruhigend: »Lass man gut sein. Wir haben ihn ja gefasst. Hauptsache, unser Kollege hat sich nicht so schwer verletzt. Könnt ihr den Verdächtigen trotzdem ins Krankenhaus begleiten?«

»Ja sicher, das machen wir.« Trotz der wohlmeinenden Worte war er immer noch unglücklich und schlich davon, um sich um seinen Kollegen zu kümmern.

Während sie auf das Eintreffen der Sanitäter warteten, teilte Rieke dem verletzten Lehnhorst offiziell mit, dass er vorläufig festgenommen war und verdächtigt wurde, Daniel Hertel getötet zu haben.

Kurze Zeit später, als der Rettungswagen nach einer schnellen Erstversorgung mit Lehnhorst und dem ebenfalls verletzten Polizisten als Begleitung abfuhr, rief sie Neuhoff an. Er gratulierte ihr und sagte, er würde sich um die nächsten Schritte kümmern. »Na dann, schönen Feierabend, Rieke«, verabschiedete er sich.

»Den kann ich jetzt gebrauchen, antwortete Rieke und ging zu ihrem Wagen, in dem Ben schon auf sie wartete.

Mittwoch, 24.03. | Lagerschuppen Überseestadt

Er war der Ingenieur. Der Denker und Planer. Er leitete das Team, und sein Team hatte gefälligst das zu machen, was er anordnete. Diese dummen Verräter.

Der Mittwochnachmittag war fast um, und er war wütend. Kacper hätte sich schon längst bei ihm melden sollen. Wo steckte der Kerl? Es ging nicht an, dass seine Befehle so missachtet wurden. Er würde das mit Kacper klären müssen. Ein für alle Mal.

Damals, auf der Werft, war er der Ingenieur, und Marek und Kacper nannten sich Schiffbauer. Bei Kacper wollte er ja nichts sagen, denn der war gelernter Schweißer. Aber Marek, der Idiot, hatte den ganzen Tag nichts weiter gemacht, als russischen Wodka und Zigaretten auf dem Gelände zu verhökern. Niemandem war aufgefallen, dass Marek nirgendwo wirklich gearbeitet hatte. Alle akzeptierten ihn, er bekam sein Gehalt für nichts, und im Gegenzug besorgte Marek jedem das, was er wollte.

Als nach 1990 Tausende von Arbeitern entlassen wurden, trafen sich er, Marek und Kacper zufällig auf einer Baustelle in Deutschland wieder. Sie zogen mit der Montagetruppe von Stadt zu Stadt. Die Arbeit war gut, und jede Woche gab es Bares auf die Hand. Der Chef, dieser junge Lukasz Kaczmarek, war ein verdammt gerissener Hund und passte immer auf, dass man rechtzeitig verschwinden konnte, wenn der Zoll zur Kontrolle im Anmarsch war.

Die beiden anderen merkten schnell, dass er nicht umsonst von allen der Ingenieur genannt wurde. Irgendwann entwickelte er den Plan, von den Gerüsten aus nach Wohnungen zu suchen, deren Bewohner verreist waren. Er beauftragte Marek, ein paar Sachen zu besorgen, und nahm zur Unterstützung Kacper mit ins Team, der sich gut mit Fahrzeugen auskannte. Das hatte etwas mit effizientem Personaleinsatz und Logistik zu tun, doch davon verstand hier außer ihm niemand etwas.

Eines Tages kam Marek mit diesen russischen Nachtsichtgeräten und der Kommunikationsanlage an. Sein Team war somit professionell und technisch bestens ausgerüstet. Mit jedem Job ging ihnen die Arbeit leichter von der Hand; sie arbeiteten lautlos und effektiv, und die Einnahmen waren höchst zufriedenstellend.

Marek saß nun im Bau. Schade. Marek war ein dummer Kerl, aber trotzdem für sein Team eine Bereicherung gewesen. Wenn er in der Nacht mit ihm zusammen in der Wohnung gewesen wäre, hätte er diesem anderen Kerl vielleicht gar nicht die Fresse einschlagen müssen. Vielleicht wäre er einfach wieder abgehauen. So jedoch …

Was geschehen war, war geschehen. Er hätte ganz einfach nur liegen bleiben sollen, dieser Idiot. Aber nein, der musste ja unbedingt noch mal wieder aufstehen und sich mit ihm anlegen. Der war doch selbst Schuld an seinem Tod!

Kacper hatte ihm noch geholfen, diesen Blödmann in den Schacht zu stopfen. Das war ja auch kürzer und unauffälliger, als ihn wieder über das Gerüst noch oben zu schleppen. Zumindest sah er es aus seiner professionellen Sicht so. Aber damit war Kacper Mitwisser geworden. Und der und Marek waren dumm wie Stroh; da wusste man ja nie …

Er hatte Kacper gestern beauftragt, einen Transporter zu besorgen und mit neuen Kennzeichen auszustatten. Eine kleine Sache. Schnell rein, einpacken und wieder raus.

Abschließend wollte er, weniger als Ablenkung von dem Einbruch, sondern mehr aus persönlicher Genugtuung, den Wagen von diesem dummen Bummel, oder wie der hieß, abfackeln.

Dieser Besserwisser mit dem Handy ärgerte ihn. Hatte der denn gar nichts begriffen, dieser Dummkopf? Hatte ihm der Wink mit dem Wasser im Keller nicht gereicht? Musste er ihm tatsächlich doch noch seine beschissene Karre anzünden, damit er zur Vernunft kommt? Man brauchte nur ein paar Grillanzünder auf den Hinterreifen unter den Tankstutzen zu legen und anzuzünden. Das klappte immer, das löschte keine Feuerwehr.

Er hatte sich gemerkt, welches Auto der Dummkopf fuhr, und wo er es immer abstellte. Ihm entging nichts, und nichts überließ er dem Zufall. Immerhin: So wie es sich gehörte, für einen Planer.

Eigentlich hatte er vorgehabt, gestern Nacht in eine Erdgeschosswohnung einzusteigen. Dort hatte er vor Kurzem vom Gerüst aus die Bewohnerin, eine alleinstehende Rentnerin, beobachten können. Sie stand im kleinen Zimmer vor einem Kleiderschrank und versteckte eine braune Holzschatulle voll mit Geldscheinen im oberen Schrankfach.

Und im Schlafzimmer sah er ein Schmuckkästchen, immer geöffnet, auf einem Schminktisch.

Die alte Frau war jetzt schon zwei Tage nicht in der Wohnung gewesen. Also war der Zeitpunkt für seine Aktion günstig.

Wenn die Alte wider Erwarten doch in der Wohnung gewesen wäre, hätte er ihr einfach eine Tüte über den Kopf gezogen und zugebunden. Ein Profi wie er hatte immer einen Plan B. Oder er improvisierte, wenn es nicht anders ging. Wie neulich, als er diesen anderen Idioten zum Schweigen gebracht hatte. Er ließ sich eben nicht gern ins Handwerk pfuschen.

Heute hatte er fast den ganzen Tag in der Unterkunft auf Kacper gewartet. Er gab ihm noch eine Stunde. Vielleicht konnten sie dann diese Nacht doch noch das Zeug aus der Wohnung holen. Aber wo steckte Kacper, dieser Idiot?

Donnerstag, 25.03., vormittags | Polizeipräsidium

Am Donnerstag wurde ein sichtlich mitgenommener Michael Lehnhorst zur Vernehmung gebracht. Er humpelte und ging an einer Krücke. Sein linker Fuß, in dem am Tag zuvor noch ein rostiger Nagel gesteckt hatte, war verbunden. Seine Wunden von dem Fall auf das Gesicht verschorften langsam oder waren verpflastert, die noch sichtbare Haut seines Gesichtes schillerte grünblau von den Hämatomen. Das Sprechen fiel ihm schwer, denn der Kiefer war beschädigt, und ein kleines Stück seiner Zunge fehlte.

»Wenn Sie kooperieren, sind wir hier schnell durch«, kündigte Rieke an, die kein Interesse daran hatte, ihn zu quälen.

Er nickte, und selbst das schien ihm schwer zu fallen. Aber er hatte weder Lust noch Kraft, das hier künstlich in die Länge zu ziehen. Er wollte nur noch ins Bett und seine Ruhe haben.

Die anschließende Vernehmung gestaltete sich aufgrund seiner Verletzungen anstrengend, und das nicht nur für ihn. Aber zum Schluss hatten die beiden Kommissare ein annähernd vollständiges Bild von dem, was passiert war.

Zunächst hatte Lehnhorst von seiner Zeit im Gefängnis erzählt. Dort hatte er Daniel Hertel kennengelernt, der wegen Drogengeschichten und Diebstahl saß. Beide verstanden sich auf Anhieb und erfuhren nach und nach immer mehr voneinander. Was sie insbesondere einte, war die gemeinsame Idee, man müsste nur schlauer als andere sein, dann ließe sich mit wenig Aufwand eine Menge Geld verdienen. Und kurz vor ihrer Entlassung hatten sie dann diese Idee. Das einzige, was sie brauchten und nicht hatten, war die Kenntnis von leerstehenden Wohnungen, der Rest würde ein Kinderspiel werden. Lehnhorst hatte damals seinen neuen Freund verschwörerisch angelächelt und gesagt: »Ich weiß da was, lass mich mal machen.«

Winfried Wessel war Lehnhorsts engster Freund seit Kindertagen. Sie waren fast wie Brüder, erzählte er. Es gab mal eine Zeit, in der sie sich kurz aus den Augen verloren hatten, doch als Lehnhorst im Knast saß, war Wessel für ihn da und hatte ihn ein paarmal besucht. Winfried ging es gut zu der Zeit, berichtete Lehnhorst, super Freundin, Kind und einen absolut geilen Job bei der *Mieterparadies*. Und wenn jemand was über freie Wohnungen wusste, dann Winfried. Also hatte er ihm davon erzählt und gefragt, ob er nicht mitmachen wolle. Wessel hatte zunächst gezögert. Aber als er ihm eine Beteiligung versprochen hatte, war er dabei.

»Und wie lief das im Einzelnen?«, wollte Neuhoff wissen.

Ganz einfach. Wenn eine Wohnung zur Neuvermietung anstand, wurde er von Wessel mit der Renovierung beauftragt. Es gab einen Vorschuss für Material und abschließend einen Arbeitslohn, der sich nach der Größe der Wohnung richtete. Was Wessel daran verdient hatte, wisse er nicht. Wechselweise durfte er dann eine Wohnung vorrübergehend als Lager benutzen.

»Aber das war ja nicht alles«, unterbrach Rieke, »was war denn mit den Kartons und dem ganzen Zeug darin?«

Lehnhorst versuchte ein Lächeln, was ohne seine Verletzungen sicher überlegen ausgesehen hätte, so jedoch nur schief und unbeholfen wirkte.

Nicht ohne Stolz berichtete er von dem gemeinsamen Plan, und der funktionierte so: Wessel nannte Hertel und ihm die Adressen leerstehender Wohnungen und gab ihnen gegebenenfalls einen Schlüssel. Dann bestellten sie unter falschen Namen im Internet neue und gebrauchte Elektroartikel, wie Fernseher, Handys und Kameras und solches Zeug, eben Sachen, die sich schnell und leicht verkaufen ließen. Gut lief auch, wenn man gezielt Artikel bestellte, die ein Anbieter bei Reklamation nicht zurück haben wollte. Man hatte dann die Ware, und der Kaufbetrag wurde erstattet. Verkaufen konnte man das Zeug dann am besten über schwarze Bretter in Supermärkten, in Internetforen oder auf Flohmärkten.

Bei Bestellungen achteten sie darauf, dass der Verkäufer mit einem Zusteller zusammenarbeitete, der einen Trackingservice anbot. Also eine Zustellverfolgung im Internet. Als Lieferadresse nannten sie die leere Wohnung.

In dem genannten Zeitfenster der Zustellung hielten Hertel oder er sich in der Wohnung auf, oder im Bereich davor, wenn sie keinen Schlüssel hatten. Am Klingelschild und am Briefkasten befestigten sie kurz zuvor einen Aufkleber mit dem falschen Namen. Sie nahmen die Waren in Empfang und verschwanden anschließend samt Namensschild.

»Und Sie waren immer rechtzeitig da, wenn die Lieferungen ankamen?« Rieke war skeptisch.

Lehnhorst verneinte. Nicht immer, aber meistens. Und wenn nicht, war das auch kein Problem. Im Briefkasten war dann ein Zettel, wo das Paket ersatzweise abgegeben worden war. Wenn das bei einem der anderen Mieter war, klingelten sie, zeigten die Nachricht und nahmen das Paket dankend mit. Wenn es bei einer Abholstation zur Ausgabe lag, ging keiner hin. Sie hätten sich ja ausweisen müssen.

»Ziemlich ausgetüftelter Plan«, sagte Neuhoff und erntete wider Willen einen zufriedenen Blick von Lehnhorst, der augenblicklich bei Neuhoffs nächster Frage verschwand. »Ich verstehe nur nicht, warum Sie Hertel dann umgebracht haben?«

Der Schreck in seinem Gesicht schimmerte selbst noch durch Lehnhorsts Wunden.

»Ich war das nicht, Herr Kommissar, wirklich nicht!«, widersprach er aufgebracht. »Ich wusste ja bis vor Kurzem nicht mal, dass er tot ist!«

»Und wieso sind Sie dann abgehauen, als wir Sie aus der Wohnung haben kommen sehen?«, hakte Rieke nach.

»Na wegen der Kartons! Ich hatte zwar mitbekommen, dass man einen Toten in der Wohnanlage gefunden hatte, aber nicht, dass das Daniel war! Das müssen Sie mir glauben!«, beschwor er und erinnerte Rieke damit an seine denkwürdigen Worte auf dem Gerüst, als sie ihn verfolgte.

Das sagen sie am Anfang alle, dachte sie ungnädig und fuhr fort: »Und warum sind Sie dann abgetaucht? Das war doch kein Zufall, dass wir Sie nie in Ihrer Wohnung angetroffen haben, und Sie auch sonst wie vom Erdboden verschluckt waren!«, löcherte sie ihn.

»Ich hatte Schiss, hauptsächlich wegen der geklauten Sachen. Irgendwie fand ich es klug, mal für eine Weile zu verschwinden. Besonders, wenn einem ständig einer von Ihnen vor die Füße läuft. Ich war ja schon hin und wieder Gast bei Ihnen. Da wird man schnell für alles Mögliche verdächtigt.«

»Wohl wahr«, seufzte Rieke. »Wo waren Sie denn die Zeit über?«

»Im Haus von einer Bekannten, oben in Bremen-Nord.«

»Und die kann das natürlich auch bezeugen?«

Er sah sie betrübt an. »Nee, kann sie nicht. Die war verreist und hatte gesagt, ich soll mal nach dem Rechten sehen.«

Na, da hat sie ja den Bock zum Gärtner gemacht, dachte Rieke und war ein wenig erstaunt, dass er tatsächlich kein Alibi hatte.

»Frau Kommissarin, warum hätte ich Daniel denn umbringen sollen? Alles lief gut, wir hatten schon die nächste Wohnung in Aussicht, Wessel war zufrieden …«

»Obwohl er Ihnen die Schlüssel nur aus Freundschaft überlassen hat?«, fiel ihm Neuhoff ins Wort.

Lehnhorst schien verblüfft. »Na ja, Freundschaftsdienst kann man das wohl eher nicht nennen …«. Er rechnete den beiden vor, was er alles an Wessel zahlte. Während er sprach, warf Rieke Neuhoff einen Blick zu. Sieh an, schien der zu sagen, wer hätte das gedacht, den müssen wir uns wohl auch nochmal zur Brust nehmen. Neuhoff nickte unmerklich.

»Nee, aber mal im Ernst«, beendete Lehnhorst seine Ausführungen über Wessels finanzielle Beteiligung. »Ich hätte Daniel niemals was getan, wir waren ein Superteam. Wenn wir überhaupt mal Streit hatten, dann deshalb, dass er manchmal in den Wohnungen schlief. Als seine Ex umgebracht wurde, bei der er bis dahin gewohnt hatte, stand er plötzlich ohne Bleibe da. Also von daher verständlich ... Aber Winfried hatte klar zu uns gesagt, wohnen ist nicht, nicht mal übernachten in den leeren Wohnungen, und ich wollte das auch nicht.« Sichtlich erschöpft lehnte er sich in seinem Stuhl zurück.

Das reichte fürs erste. Rieke ließ sich abschließend noch Namen und Adresse seiner Bekannten geben, dann war er entlassen, zumindest für diesen Moment.

Neuhoff nahm die Brille ab, die er seit Kurzem trug, und rieb sich die Augen. »Haben wir ihn nun zu sehr rangenommen?«, fragte er.

»Auf keinen Fall. Wer weiß, ob er so offen mit uns gesprochen hätte, wenn er von dem neuen Verdächtigen gewusst hätte.

So ganz sicher waren wir ja auch nicht, ob Burdinski und Frankowiak gestern nicht auch gefilmt haben. Im Grunde hat Lehnhorst aber alles indirekt bestätigt, was die beiden gestern ausgesagt haben. Hertel übernachtete manchmal in den Wohnungen, so auch diesmal. Und dann wollen die da einsteigen, und der Ingenieur trifft auf Hertel. Den Rest können wir uns ja denken ... Mensch, das ist ja eine Geschichte!«, entfuhr es Rieke. »Ich weiß echt nicht, was ich davon halten soll ...«

Neuhoff hatte eine zweite Version. »Gäbe noch die Möglichkeit, dass Lehnhorst doch der Täter ist, aus welchem Grund auch immer. Hertel und er haben Streit, er verletzt ihn, haut ab. Nachts kommt der Ingenieur über den Balkon, findet ihn und hält ihn für tot. Dann verstecken sie die Leiche, weil ihnen das sicherer vorkommt, und außerdem können Sie noch die Wohnung ausräumen. Aber in einem hat Lehnhorst recht«, wandte Neuhoff gegen seine eigene Idee ein und setzte seine Brille wieder auf. »Er hat absolut kein Motiv, zumindest nicht nach seinen Ausführungen.«

Rieke wechselte auf einmal das Thema. »Gibt es schon was Neues von der Fahndung nach diesem Ingenieur? Hat ihn jemand gesehen?«

»Verschwunden, wie irgendwie alle in diesem Fall. Sowas habe ich auch noch nicht erlebt. Dass man sich so mal eben unsichtbar machen kann.« Neuhoff wirkte ratlos.

»Die Version, in der der Ingenieur (sie machte dabei Anführungs-zeichen in der Luft) der Täter ist …«

»Du meinst diesen Karol Michalski …«, warf Neuhoff ein.

»Ja, genau, dass dieser Karol Michalski der Täter ist, gefällt mir besser«, fasste Rieke ihre Überlegungen zusammen. »Wird Zeit, dass wir den finden und uns mit ihm unterhalten.«

»Den kriegen wir schon. Irgendwo läuft der uns ins Netz.« Neuhoff gab sich jetzt zuversichtlich. »Und außerdem versuche ich immer wieder, ihn über Handy zu erreichen. Das Telefon ist an, aber er nimmt das Gespräch nicht entgegen.«

»Mailbox?« Rieke sah Neuhoff fragend an.

»Und was soll ich sagen?«

»Frag ihn doch einfach mal, ob er den Hertel umgebracht hat. Wenn ja, soll er sich kurz bei uns melden … Oder besser: Eben vor-beikommen.«

»Ja, klar.« Neuhoff schmunzelte.

»Na, dann los. Aber erst brauche ich mal frische Luft. Was hältst du von einer kurzen Pause und einem Tässchen Kaffee?«

Neuhoff nickte lächelnd. »Gern. Ich bin dran, das geht auf mich«, sagte er und hielt Rieke die Bürotür auf.

Donnerstag, 25.03. | **Büro der Mieterparadies**

Irene Möller-Seidenbach saß übernächtigt an ihrem Schreibtisch in der Geschäftsstelle der *Mieterparadies* und versuchte, sich mit einem doppelten Espresso auf Trab zu bringen.

Normalerweise hatte sie einen guten Schlaf, da sie über die ausge-zeichnete Gabe verfügte, unangenehme Dinge mental von sich fernhalten zu können. Doch diesmal hatte das nicht funktioniert, und Schuld daran war, wie konnte es anders sein, Winfried Wessel. Besser gesagt war es der USB-Stick und die darauf enthaltenen Infor-mationen.

Der Bursche hatte sich mit Hilfe seines Jobs hier kontinuierlich bereichert, und das auf eine so abgewichste Weise, dass sie zwischen Wut und Verärgerung bis hin zu leiser Bewunderung für seinen kriminellen Erfindungsgeist schwankte. Im Morgengrauen war sie endlich zur Ruhe gekommen, nachdem ihr klargeworden war, dass sie ihn definitiv anzeigen würde, besser gesagt anzeigen musste!

Nach nur zwei Stunden Schlaf hatte sie sich heute früh aus ihrem Bett gequält, ausgiebig geduscht und anschließend ihren obligatorischen morgendlichen Smoothie zubereitet. Sie stürzte das Zeug runter und schüttelte sich. Dieser Mix aus Obst und Gemüse war widerlich, dachte sie und sehnte sich nach einem üppigen Frühstück mit vielen unnützen Kohlenhydraten. Immerhin fühlte sie sich anschließend arbeitsfähig, nahm Hand- und Sporttasche und machte sich auf den Weg zur Arbeit.

Kurz darauf im Büro war jedoch der erste Schwung wieder verpufft, da half auch der doppelte Espresso nicht.

Sie hatte den USB-Stick erneut an ihren Laptop angeschlossen und geöffnet. Als sie sich die darauf gespeicherten akribischen Aufzeichnungen und Tabellen, den gesamten Schriftverkehr und Kontodaten ansah, war ihr klar, weshalb Wessel den Stick so gut versteckt hatte. Die ›Einnahmen‹ von Wessel waren wirklich bemerkenswert! Und hier hatte er der Kripo erzählt, diesem Schulfreund die Schlüssel für die leeren Wohnungen aus Freundschaft gegeben zu haben; ein Lügner vor dem Herrn war er, dieser aufgeblasene Typ!

Inzwischen würde er sicher längst darüber nachdenken, wie er diesen Stick zurückbekäme. Das Versteck war ja ziemlich sicher, nur: Wie lange …? In diesem Moment klopfte es an der Tür und auf ihr »Ja bitte …« kam Rita herein, um ihrer Chefin einen guten Morgen zu wünschen. Als Möller-Seidenbach ihre junge, durchaus attraktive Mitarbeiterin sah, war ihr auf einmal völlig klar, wie Wessel versuchen würde, trotz Hausverbots an seinen Stick zu kommen.

»Ich hab da mal eine Frage, Rita. Hat sich Herr Wessel in den letzten Tagen bei Ihnen gemeldet?«

Die junge Frau schien ehrlich überrascht zu sein. »Nein, wieso? Ich meine, wieso sollte er?«

»Das tut jetzt nichts zur Sache. Falls er Sie anruft, stellen Sie ihn zu mir durch. Falls er das nicht will und Sie sprechen möchte, oder womöglich versucht, Sie um einen Gefallen zu bitten, stellen Sie ihn zu mir durch. Falls ich nicht da sein sollte, sagen Sie ihm, dass mir seine Berichte zur Anlage Launstein-Straße und das vereinbarte Schreiben noch immer nicht vorliegen.« Sie machte eine kurze Pause und fixierte Rita mit ausdruckslosem Gesicht. Dann fuhr sie mit einem Zucken des Mundwinkels fort, das andere als Andeutung eines Lächelns missverstanden hätten:»Ach ja, und dass es für ihn von Nachteil wäre, mich noch länger warten zu lassen.«

Rita nickte, wirkte aber leicht verwirrt. Möller-Seidenbach setzte noch einen drauf:»Das war jetzt keine Bitte, sondern eine ganz klare Anweisung, haben Sie mich da verstanden?«

Rita nickte schnell und sah aus, als wollte sie jeden Moment aus dem Büro flüchten. Und genauso hatte ihre Chefin sich das vorgestellt. Sie nickte, und Rita konnte gehen. Möller-Seidenbach wandte sich erneut Wessels kaufmännischen Aktivitäten zu. Als kurz darauf Rita bei ihr telefonisch anklopfte, fragte sie sich, ob er das wohl schon wäre. Falsch, Rita kündigte die Zentrale in Hamburg an, Herr Petersson war am Apparat.

Schon seine Begrüßung war unterkühlt und distanziert. Er kam dann auch gleich zur Sache.

Die Kripo hatte ihn angerufen, es ging um die Baufirma, um Diebstähle und sonstwas. Ob sie ihm das mal erklären könne.

»Die Baufirma fällt doch in dein Ressort«, hatte sie spitz geantwortet, und dass sie ihn schon in Rotenburg darauf hingewiesen hätte, dass es mit denen nur Ärger gab.

»Warum habe ich das Gefühl, dass du deinen Laden nicht mehr im Griff hast?« Seine Stimme klang frostig. Ebenso kühl antwortete sie, dass man das wohl so nicht sagen könne, denn immerhin habe sie dafür gesorgt, dass ihr Mitarbeiter Winfried Wessel seinen Hut nehmen musste. Sie erzählte ihm von der unrechtmäßigen Schlüsselvergabe durch Wessel, den USB-Stick verschwieg sie jedoch.

Ob das an die Öffentlichkeit gekommen war, wollte er wissen.

Nein. Ausgenommen der Mord natürlich, sowas kam ja immer in die Zeitung, aber die *Mieterparadies* war außen vor. Er schwieg einen Moment. Dann sagte er, dass ihr doch wohl klar wäre, dass sie sich hinsichtlich ihres Jobs auf absolut dünnem Eis bewege?

Sie biss sich auf die Zunge, weil ihr fast herausgerutscht war, dass sein Eis genauso dünn wäre, wenn sie sich mal mit seiner Frau unterhielte. Doch den Satz konnte sie glücklicherweise noch verhindern.

»Ich weiß«, antwortete sie stattdessen.

»Dann ist es ja gut«, sagte er und legte auf.

Sie war fassungslos. So eine bodenlose Frechheit, ihr zu unterstellen, dass sie mit ihrer Arbeit überfordert wäre! Denn genau so hatte er das gemeint.

Dass er ihr Verhältnis beendet hatte, war ihr mittlerweile gleichgültig; es gab auch andere, und sie hatte noch nie Probleme gehabt, die Kerle ins Bett zu kriegen. Aber ihr beruflich Unfähigkeit zu unterstellen und zu drohen, sie rauszuschmeißen, war ungeheuerlich! Sie überlegte kurz, ob sie nicht tatsächlich seine Frau mal ein bisschen über das informieren sollte, was ihr Mann so in den letzten zwei Jahren getrieben hatte. Sie verwarf den Gedanken sofort wieder. Das wäre im Moment nicht ratsam, mahnte sie sich. Eins nach dem anderen.

Sie dachte nach. Petersson würde sie über kurz oder lang feuern. Der wartete nur darauf, sie loszuwerden. Ihre Arbeit war gar nicht der Grund. Dass sie mit ihm im Bett gewesen war, und das nicht nur einmal, machte sie bedrohlich für ihn. Darum ging es. Aber wenn er meinte, sie würde so sang- und klanglos verzichten und hier verschwinden, hatte er sich geschnitten.

Sie würde nochmal ordentlich zulangen und zwar finanziell. Nein, sie würde Wessel nicht anzeigen, sondern seine Geschäfte übernehmen. Er hatte ihr ja gezeigt, wie das ging. Er selbst würde schön artig den Mund halten, um sich nicht selbst zu belasten. Das wäre eine sichere Sache ohne nennenswertes Risiko.

Sie würde das solange machen, bis sie genug hätte, um hier in den Sack zu hauen, ohne ihren Lebensstandard runterfahren zu müssen. Bei ihrer Intelligenz und ihrem kaufmännischen Know-how ließen sich Wessels Nebeneinkünfte bestimmt noch optimieren. Und wenn sie aufflog? Wie sollte sie! Wenn es – so unwahrscheinlich das auch war – tatsächlich dazu kommen sollte, würde sie schon Mittel und Wege finden, sich da herauszumanövrieren. Das wäre für sie schließlich nicht das erste Mal.

Sie schrieb sich Wessels ›Geschäftspartner‹ und ihre gemeinsamen Aktivitäten in Stichworten auf einen Zettel. Er hatte in seiner zwanghaften Akribie sogar noch deren Handynummern dokumentiert. Sie lächelte. Erst einmal würde sie ein paar Telefonate führen, und dann war es das für heute. Sie hatte auch noch ein anderes Leben und das fand unter anderem im Sportstudio statt. Dort hatte sie für heute zwölf Uhr bei einem neuen Personaltrainer eine Trainerstunde gebucht. Ob der viel Ahnung hatte, konnte sie nicht einschätzen. Das musste er aber auch nicht, denn Ahnung hatte sie selbst. Dafür machte er auf sie den Eindruck, als habe er, um es mal so auszudrücken, ein sehr ganzheitliches Verständnis seines Trainingsauftrags. Und zwar genau so, wie sie es heute brauchte.

Freitag, 26.03. | Curt-Launstein-Straße 35

»Ei, da schau einer an. Was meinst du dazu, Renate, meine Liebe?«, fragte Helmut Bumbke leise. Er stand in Gedanken versunken am Fenster seines Alpenstübchens und schaute auf die Wiese. Ein paar Arbeiter gingen mit blauen Säcken durch die Anlage und sammelten Schutt und Müll ein. Zwei von ihnen stellten das herumliegende Dämmmaterial in ordentlichen Stapeln zusammen. Ein weiterer hatte einen kleinen Trecker mit Anhänger, auf dem die vollen Säcke gesammelt und zu einem großen Container gebracht wurden, der seit kurz vor sieben Uhr auf dem Parkplatz stand.

Auf den Gerüsten sah er ausschließlich Arbeiter, die mit Sicherheitsschuhen, Helmen und neuen Westen mit Firmenaufdruck Kaczmarek Bautenschutz unterwegs waren. Drei zweifellos ›Wichtige‹ mit Klemmbrettern liefen gemessenen Schrittes an der gegenüberliegenden Häuserfront entlang. Der mit dem Blaumann und dem roten Helm war der Bauleiter, Lukasz Kaczmarek. Die beiden anderen hatten weiße Besucherhelme und Anzüge. Sie schienen das Sagen zu haben. Wessel war aber nicht unter ihnen, wie er erkennen konnte. Alle paar Schritte blieben sie stehen und redeten, notierten, zeigten auf die eine oder andere Stelle am Gerüst oder der Fassade, während einer von ihnen ununterbrochen mit dem Handy Fotos machte. Kaczmarek mit dem roten

Helm und den Händen in den Taschen nickte fortlaufend. Dann gingen sie langsam weiter.

»Die Fotos hättet ihr auch von mir haben können«, grummelte Bumbke. »Aber nett, dass sich mal was tut.«

Er ging in die Küche, goss Tee aus der Kanne in seinen Frühstückspott, rührte die Löffelspitze Honig dazu und setzte sich an den Esstisch. Vor ihm lag ein ungeöffneter Brief der *Mieterparadies.* Zustellung durch die Citypost. Einwurfeinschreiben. Nachdenklich schaute er ihn an.

»Hilft ja nichts, Renate. Irgendwann muss ich den ja wohl aufmachen.« Er kramte in der Hosentasche nach dem Schweizermesser, klappte die Klinge heraus und setzte sie an die Briefkante. Er zögerte kurz, dann schlitzte er den Umschlag auf.

Das Schreiben war auf zwei Blättern gedruckt. Langsam begann er zu lesen:

Sehr geehrter Herr Bumbke,
wir kommen zurück auf unsere bereits erfolgte Korrespondenz und die von Ihnen zur Verfügung gestellten Bilder der Sanierungsbaustelle in der Anlage Curt-Launstein-Straße.

Wir nehmen Ihre Hinweise zur Situation auf der Baustelle sehr ernst und bedauern, dass Ihnen dadurch Unannehmlichkeiten entstanden sind. Leider ist es aber so, dass es gerade auf Baustellen dieser Größe zu Lärmbelästigungen und Verzögerungen bei der Beseitigung von Baurückständen kommen kann, zumal die Koordination und Kommunikation zwischen den Gewerken nicht immer ganz einfach ist. Wir bitten Sie daher um Ihr Verständnis.

Selbstverständlich haben wir uns nochmals mit Ihrem Anliegen an den zuständigen Bauleiter gewandt und ihn gebeten, die von Ihnen aufgeführten Punkte und Sicherheitslücken sorgfältig zu prüfen und notfalls korrigierend tätig zu werden. Zudem ist in den nächsten Tagen eine Begehung der Baustelle mit Vertretern der Firmenleitung vorgesehen, um vor Ort offene Fragen zu klären und Mängel abzustellen.

Bumbke grinste. »Renate, was sagst du nun!«, sagte er mit einem Seitenblick zur Anrichte, auf der das Bild seiner Frau stand. Zuerst hatte er erwartet, eine fristlose Kündigung vorzufinden. Das wäre zumindest der Stil der *Mieterparadies*. Wessel hätte sicher über kurz oder lang versucht, sich irgendeinen obskuren Grund dazu einfallen zu lassen. Zerrüttung des Vertrauensverhältnisses? Verunglimpfung? Unüberwindbare Differenzen? Oder er fühlte sich persönlich beleidigt? Weil Bumbke ihn bei einer riesigen Schweinerei erwischt hatte? Bei diesem Kerl war alles denkbar. Bumbke nahm den Brief wieder auf und las weiter:

Bezüglich Ihres Wasserschadens im Keller können wir Ihnen mitteilen, dass wir zwischenzeitlich die Firma Johann Seibel beauftragt haben, sich kurzfristig mit Ihnen in Verbindung zu setzen. Bitte sprechen Sie mit dem Handwerker direkt einen Reparaturtermin ab.

Für die von Ihnen angegebenen Schäden, die direkt auf den Rohrbruch zurückzuführen sind, haben wir vorgesehen, Ihnen pauschal eine Summe von 300 Euro zu erstatten. Diese Zahlung erfolgt ohne Anerkennung einer Rechtspflicht.

»Das ist aber mal eine Überraschung, nicht wahr, Renate?« Bumbkes Stimmung wurde immer besser. Und er wunderte sich sehr über den völlig neuen Ton, den seine Vermietungsgesellschaft da anschlug.

»Wenn da man nicht noch ein dicker Haken ist«, argwöhnte er, als er sich den nächsten Absatz vornahm.

Die von Ihnen vorgetragenen Einwände und Widersprüche zu den Nebenkostenabrechnungen wurden von uns zur Kenntnis genommen und dem zuständigen Sachbearbeiter zur Prüfung vorgelegt. Unsererseits werden die Abrechnungen zunächst als korrekt und plausibel angesehen.

Allerdings sind aufgrund des vorzeitigen Ausscheidens unseres zuständigen Objektbetreuers und gleichzeitiger computertechnischer Probleme die von ihm verwalteten Unterlagen und Belege momentan nur schwer einzusehen und zu prüfen. Daher ist eine Rekonstruktion seiner Berechnungen und Belegführung erst möglich, wenn die

Computerdateien wiederhergestellt und ein geeigneter Nachfolger für den ausgeschiedenen Mitarbeiter gefunden und eingearbeitet werden konnte.

Um eine langwierige und kosten- und personalintensive Rekonstruktion und Überprüfung der Unterlagen zu vermeiden, besonders aber um Ihnen Zeit und Ärger zu ersparen, bieten wir Ihnen an, die fälligen Nachforderungen für die Nebenkostenabrechnungen in Höhe von 639,52 Euro zu erlassen. Auch dies erfolgt ohne Anerkennung einer Rechtspflicht.

Eine Verrechnung Ihres Guthabens erfolgt mit der Abbuchung der nächsten Monatsmiete.

Wie bereits erwähnt, ist Ihr Ansprechpartner und Mieterbetreuer, Herr Wessel, ab sofort nicht mehr für unser Unternehmen tätig. Sollten Sie also Fragen oder Anregungen haben, die sich auf dieses Schreiben, Ihre Wohnung oder Ihr Mietverhältnis allgemein beziehen, richten Sie Ihre schriftliche oder telefonische Eingabe bitte direkt an die Niederlassung.

Wir danken Ihnen nochmals für Ihre Geduld und Ihr Verständnis.

Mit freundlichen Grüßen,
Irene Möller-Seidenbach
Managing Director
Mieterparadies, Bremen

Bumbke lehnte sich zurück und las den ganzen Brief noch einmal durch. Dann griff er zum Handy und rief seine Freunde Ackermann und Hennings an. Jedes Mal sagte er nur kurz:
»Komm mal eben rum. Ich hab da was von der *Mieterparadies*. Ist wichtig.«
Zehn Minuten später saßen die drei im Alpenstübchen zusammen am Tisch. Bumbke nahm den Brief der *Mieterparadies* in die Hand und las ihn vor.

»Aha«, sagte Hennings, lehnte sich auf dem Stuhl zurück und ließ den Inhalt des Schreibens auf sich wirken.

»Kriegen wir nu alle unser Geld zurück?«, fragte Ackermann zappelig und warf wiederholt einen Blick Richtung Küche.

»Du hast doch Widerspruch eingelegt und noch gar nicht bezahlt. Also was willst du denn wiederkriegen«, maulte Hennings genervt, dem Ackermanns Fokussieren des Kühlschranks nicht entgangen war.

»Naja. Ich mein ja nur. Wegen der anderen halt, die schon bezahlt haben«, wollte Ackermann sich rausreden. Dabei knetete er seine Hände wie Teigbällchen.

»Mensch, nu hör auf zu zappeln, Robert. Es gibt noch nichts. Wenn du was trinken willst, habe ich Kaffee und Tee da. Und Wasser.« Bumbke schaute seinen Freund durchdringend an.

»Ich bin völlig unterzuckert, glaub ich. Da kann ich nichts für. Echt nicht. Kann ich einen Kaffee bekommen?«

»Klar. Und eine Scheibe Brot mit Schinken hab ich auch. Damit dein Zucker wieder in die Reihe kommt«, sagte Bumbke und ließ einen Hauch Ironie mit durchklingen.

»Ich auch, Helmut, wenn du hast«, bat Hennings.

Während Bumbke in der Küche schnell das Gewünschte zubereitete, unterhielten sich Hennings und Ackermann leise. Bumbke stellte kurz danach ein Brett mit Broten und zwei Becher Kaffee auf den Tisch.

»Bitte, Männer. Bedient euch«, sagte er und griff sich eine Stulle. Ackermann und Hennings langten ebenfalls zu.

»Ich hab gerade zu Robert gesagt, dass uns damit kaum geholfen ist. Also mir, Robert und den anderen Mietern, meine ich«, erklärte Hennings. »Wenn die *Mieterparadies* dir einen Deal anbietet, weil du so renitent bei denen die Tür eingetreten hast, heißt das nicht, dass sie unsere Widersprüche auch automatisch annimmt und auf die Forderungen verzichtet. Vor dir haben sie wohl Respekt, aber wenn zum Beispiel Hannelore die deswegen anschreibt, werden sie das ohne zu zögern abschmettern.«

»Und wenn wir uns auf Helmuts Brief berufen?«, fragte Ackermann kauend.

»Keine Ahnung. Versuchen können wir das ja mal. Hauptsache, Helmut bekommt keinen Ärger« Hennings trank einen Schluck Kaffee und fuhr fort: »So ein Unternehmen lässt sich nicht einfach vorführen. Glaub mir. Die werden, nur um uns still zu halten, ihre Anwälte von der Leine lassen und uns jahrelang durch alle Instanzen jagen. Egal, ob unsere Behauptungen wahr sind oder nicht. Egal auch, ob wir Belege zum Beweis haben. Da geht es nicht mehr um die Wahrheitsfindung. Oder wer recht hat. Da geht es darum, wer den längeren Atem hat, und welche Anwälte einfach frecher und durchsetzungsfähiger sind. Aber das Thema hatten wir ja schon ...« Hennings wurde beim Reden richtig aufgebracht und lief rot an.

»Reinhold, du hast ja recht. Aber wir sollten es trotzdem versuchen«, meinte Ackermann.

»Allerdings, Reinhold. Nicht aufgeben. Die Unterlagen sind ja da, und wenn jeder so ein Schreiben aufsetzt, sollten sie das durchaus ernst nehmen. Die Chancen stehen gut.« Bumbke griff ein weiteres Brot und biss hungrig ab.

»Also Margot und ich machen das. Ich verschenke doch keine 580 Euro. Außerdem wollen wir noch eine Woche nach Meck-Pomm an die Ostsee. Da können wir das Geld gut gebrauchen.«

Sie einigten sich darauf, dass Bumbke und Hennings zusammen die Briefe ausarbeiteten, die inhaltlich alle das Gleiche aussagten. Die Briefe sollten so abgefasst sein, dass auch andere Mieter sie leicht modifiziert übernehmen und an die *Mieterparadies* schicken konnten.

»Ich glaube aber, dass die meisten alle den Schwanz einziehen. Du kennst das doch. Wenn sie keinen schicken können, der für sie den Kopf hinhält, reden sie sich damit raus, dass sie ›lieber keinen Ärger haben wollen‹. Dann verzichten sie trotz aller Beweise und Unterlagen auf das Geld, egal, wie viel es auch sein mag.« Hennings brachte diese bittere Erfahrung mit der Nachbarschaft immer wieder in Wut.

»Gut, Männer«, sagte Bumbke, als er die leere Platte und die Tassen in die Küche brachte. »Lasst uns das trotzdem mal versuchen. Das kostet ja nichts.«

»Und dieser Stinkstiefel Wessel ist ja auch nicht mehr da. Ich bin gespannt, wen wir jetzt bekommen ...«, sagte Ackermann im Aufstehen.

»Mal sehen«, bestätigte Hennings und fummelte an seinem Schlüsselbund.

»Wie schaut's, um drei zum Skat?«, fragte Bumbke beim Verabschieden.

»Klar. Ich bin pünktlich.« Hennings öffnete die Tür.

»Ich bring uns mal einen kühlen Doornkaat mit«, kam es von Ackermann, als er schon auf der Treppe war. »Man sieht sich, Helmut.«

»Bis nachher, Jungs«, sagte Bumbke und schloss die Tür hinter sich. Im Flur hielt er einen Moment inne. Dann sagte er leise: »Man sieht sich. Ich werde hier sein.«

Freitag, 26.03. | **Lagerschuppen Überseestadt / Autobahn A 39**

Er war wütend. Kacper war am Dienstagabend nicht wie abgesprochen mit dem Transporter zur Baustelle gekommen. Auch in der Unterkunft in der Überseestadt war er nicht, wie er sich selbst überzeugt hatte. Niemand hatte ihn gesehen, und angerufen hatte er auch nicht. Auf seinem Handy hörte man nur die Ansage, dass er nicht erreichbar wäre. Dadurch war ein wirklich gutes Geschäft geplatzt. Und Kacper war schuld, der Verräter.

Es wäre zu gefährlich, eine Nachricht auf Kacpers Mailbox zu hinterlassen. Als professioneller Planer durfte er keine Risiken eingehen. Er musste alle Möglichkeiten berücksichtigen und Alternativen in der Hinterhand haben. Etwas konstruieren. Einen Plan B. Genau. Das war sein Job, und von dem verstand er etwas. Er war Planer. Und zwar ein verdammt guter.

Mittlerweile beschlich ihn ein ungutes Gefühl, jetzt, wo Marek im Bau saß, und Kacper verschwunden oder sogar aufgeflogen war. Die beiden waren dumm wie Stroh und würden sicher schnell auf den Knien um Gnade winseln. Es war nur die Frage, ob sie es wagen würden, ihn auch ans Messer zu liefern.

Manche seiner Kollegen hatten befürchtet, dass eine Razzia unmittelbar bevorstehen könnte. Irgendwie glaubten alle zu ahnen, dass sich etwas zusammenbraute; zu oft kam die Polizei auf die Baustelle, zu viele neugierige Fragen wurden gestellt.

Auch er war sich nach einer gründlichen Analyse der Lage am Ende selbst nicht mehr ganz sicher, ob er nicht besser seinen Notfallplan ausführen und sich endgültig absetzen sollte.

Sein Handy klingelte. Er schaute aufs Display; Lukasz von seinem Privathandy.

»Ja?«, fragte er auf Polnisch.

»Wo bist du«, kam die Gegenfrage auf Deutsch.

»Jetzt gerade in der Unterkunft, Lukasz.«

»Bist du verrückt? Kacper ist erwischt worden, als er einen Transporter geknackt hat. Der hat bestimmt schon sein Gewissen erleichtert. Hau besser eine Weile ab, Karol! Ich bin nicht so dumm, wie du denkst. Ich ahne, was du da treibst, und ich möchte da nicht mit reingezogen werden.« Lukasz Kaczmarek schien nicht nur nervös, sondern nahezu hysterisch zu sein.

»Keine Sorge, Lukasz. Ich habe alles im Griff. Alles ist bis ins letzte Detail geplant und bedacht. Du kannst dich auf mich verlassen«, beruhigte er ihn. »Soll ich die Karre von dem Dummkopf noch abfackeln, bevor ich hier verschwinde?«

»Auf keinen Fall!« Kaczmarek schrie fast ins Telefon. »Nimm den Dacia von den Malern, der wird gerade nicht gebraucht. Der Schlüssel ist im Schlüsselschrank im Büro. Damit fährst du aufs Gut nach Mecklenburg. Meine Ferienwohnung ist frei, da kannst du erst einmal unterkommen. Kauf dir Lebensmittel irgendwo unterwegs auf dem Dorf, und lass dich auf keinen Fall irgendwo sehen.«

»Ok, Lukasz. Liegt der Wohnungsschlüssel noch unter dem Blumenkübel auf der Veranda?« Er blieb ruhig. Ein guter Planer geriet nie in Panik, wie dieser Amateur hier.

»Ja, sicher. Also mach. Ich melde mich.« Lucasz hatte wieder aufgelegt.

Unverständlich, warum dieser grüne Junge hier so einen Wind machte. Hatte er denn kein Vertrauen in seine Leute? Hatte er, der

Profi, nicht schon oft genug unter Beweis gestellt, dass er alles im Griff hatte und auf alles vorbereitet war? Er lächelte hämisch. Was für eine Memme, was für ein Kind …

Sein Notfallplan sah vor, dass er sich irgendwo ein Fahrzeug besorgen und gleich ganz bis Danzig durchfahren würde. Aber gegen einen kostenfreien Leihwagen, den keiner vermissen würde und einen Zwischenstopp in Mecklenburg auf dem Bartelshof hatte er nichts einzuwenden. Auf Peterssons Gut mit dem Reiterhof und den Ferienwohnungen, die Lucasz Familie mitgebaut hatte, konnte er sich eine Weile unsichtbar machen, bis sich die Lage hier beruhigt hatte.

Der Schlüssel des Dacia hing da, wo Lucasz es gesagt hatte. Der Wagen war voller Farbeimer, Malerutensilien, Werkzeugen und Leitern. Und er stank nach Lack und Verdünner. Eine gute Tarnung, wenn er in eine Kontrolle geraten würde. Seine Arbeitskluft machte das Bild des eiligen Handwerkers komplett.

Ohne große Hast startete er den Wagen. Der Motor des Dacia knurrte unwillig und stieß dunklen Qualm aus dem Auspuff. Er schaute kurz in den Rückspiegel und hoffte, dass der klapprige Transporter die Fahrt bis Mecklenburg und dann bis Polen ohne Panne überstehen würde.

Er quälte sich durch den dichten Verkehr und musste an praktisch jeder Ampel bei Rot warten. Der Gedanke, bald in Reda bei der Familie zu sein und gemütlich bei einem Glas Wodka über die glücklichen Zeiten auf der Werft zu reden, gefiel ihm immer mehr. Es war so oder so an der Zeit, hier die Zelte abzubrechen. Etwas Ruhe einkehren zu lassen.

Trotzdem ärgerte es ihn, dass er den Kontakt zu seinem Team verloren hatte. Hatten sie ihn verraten? Wurde er schon von den Bullen gesucht? Ach was, dazu hatten sie nicht den Mumm. Diese Idioten waren es nicht wert, dass er sich noch länger mit ihnen beschäftigte. Ein guter Planer wie er sollte mit einer veränderten Situation umgehen können. Genau. Das ist es: Neue Wege führen zu neuen Zielen. Er würde bald neue Pläne entwickeln, sich ein neues, zuverlässiges Team suchen und größere, bessere Projekte durchführen.

Endlich erreichte er die Autobahn, zwängte sich zwischen zwei Lkws auf die rechte Fahrspur und schaltete das Radio mit dem

Verkehrsfunk ein. Er trat das Gaspedal durch und beschleunigte bis 120. Nur nicht auffallen, überlegte er. Ein Planer und Ingenieur macht seine Arbeit, aber er fällt nicht auf.

Die A1 hoch, dann auf die A39 und bei Dömitz über die Elbe. Auf dieser Strecke war nie viel los, das wusste er von seinen früheren Fahrten in den Osten. Auch der Verkehrsfunk meldete keine Störungen oder Staus auf der Strecke. Der mit dem ganzen Werkzeug und Malermaterial beladene Dacia klapperte und vibrierte laut und metallisch. Er schätzte die Fahrtzeit auf gut viereinhalb Stunden.

Seine Tank- und Pinkelpause machte er am Autohof Winsen an der A39. Bis hier war alles reibungslos und nach Plan verlaufen. Er war mit sich und der Situation zufrieden. Nahezu euphorisch.

Die Verräter Kacper und Marek und auch dieser Idiot, den er neulich Nacht aus taktischen Gründen hatte ausschalten müssen – das alles lag jetzt hinter ihm und sollte ihn nicht mehr interessieren. Heute und morgen würde er sich in der Ferienwohnung ausruhen. Vielleicht sogar auch noch übermorgen. Aber spätestens dann wäre es an der Zeit, Deutschland den Rücken zuzukehren.

Alles, was er brauchte, hatte er in der Tasche seiner grünen Weste. 11.950 Euro und etwas Kleingeld. Ein nettes Polster. Und von Lucasz waren noch etwa 1.800 Euro zu erwarten, sein Lohn der letzten Wochen.

Er war gerade wieder auf die Autobahn gefahren, als sein Handy knurrte. Er ignorierte den Vibrationsalarm, um in Ruhe überlegen und planen zu können. Er wollte jetzt nicht gestört werden.

An die letzten und die kommenden Tage denkend, und immer wieder zornig über den Verrat seines Teams fluchend, überbrückte er mehrere Kilometer auf Autopilot, ohne sich wirklich um den Verkehr um ihn herum zu kümmern.

Er wachte aus seinen Gedanken auf, als er in 250 Meter Entfernung die Bremslichter der Vorausfahrenden aufleuchten sah. Automatisch nahm er den Fuß vom Gas und ließ den Wagen rollen. Es ärgerte ihn, dass er nicht weiterkam und durch diesen Stau Zeit verlieren sollte. Dann musste er auch noch bremsen. Nichts ging mehr. Die Kolonne stand. Das entsprach nicht seiner Planung. Ganz und gar nicht.

Leise fluchend griff er nach dem Handy. Wer hatte vorhin versucht ihn anzurufen? Eine Bremer Nummer. Schon wieder. Diese Nummer war in den letzten Tagen mehrmals auf dem Display erschienen, aber das interessierte ihn nicht. Er kannte niemanden mit Bremer Nummer. Alle seine Kontakte hatten Handys, und die Nummern wusste er auswendig. Kurz dachte er daran, den Rückruf zu drücken, aber dann hielt er es für besser, das Handy ganz auszuschalten. Ein guter Planer dachte eben an alles. Auch daran, dass man Handys orten kann.

Er hörte hinter sich das Martinshorn eines Rettungswagens. Im linken Außenspiegel sah er ihn auf der linken Spur mit Lichthupe und Blaulicht schnell herankommen. Mit einem zweiten Blick in den Spiegel registrierte er auch den Lkw, der sich beinahe ebenso schnell näherte. Er schaute nach vorn, aber bis zu dem Transporter vor ihm waren es kaum drei Meter. Der Rettungswagen war schon an ihm vorbei, nur das Martinshorn war noch zu hören.

Er warf er einen weiteren ungläubigen Blick in den Spiegel. Keine fünfundzwanzig Meter hinter ihm raste der Lkw mit unverminderter Geschwindigkeit auf ihn zu. Er wunderte sich noch, dass er das Kennzeichen aus Polen im Spiegel klar lesen konnte. Keine Bremsgeräusche, kein Reifenquietschen. »Kurwa!«, fluchte er leise, stemmte den Fuß auf die Bremse und die Arme gegen das Lenkrad. Dann schloss er die Augen und hielt die Luft an.

Der Dacia wurde von dem Lastwagen erst auf die Hälfte der Fahrzeuglänge zusammengepresst, bevor die 40 Tonnen den Rest des zusammengefalteten Dacias mit ungebremsten 80 km/h in das Heck des Transporters katapultierten. Karol Michalski teilte sich jetzt den stark reduzierten Raum mit explodierten Farbdosen, Eimern, Werkzeugen und sonstigen Gegenständen, die sich wie Geschosse im vorderen Fahrgastraum ausbreiteten.

Ein idiotischer Unfall. Das Stauende übersehen. Hätte er noch ein Gesicht gehabt, hätte der Ingenieur gelächelt. Das musste ausgerechnet ihm passieren. Er hatte keine Schmerzen. Er versuchte zu atmen, aber es gelang ihm nicht. Also begrüßte er die Dunkelheit. Sein Bewusstsein verabschiedete sich mit dem Gedanken, dass er das so nicht geplant hatte.

Montag, 29.03. | **Kommissariat Bremen**

Neuhoff las das Fax der Kollegen aus Niedersachsen, dann reichte er es Rieke über den Schreibtisch.

»Schöne Scheiße. Dieser Karol Michalski, unser Ingenieur, hatte offensichtlich auf der A39 bei Lüneburg an einem Stauende einen tödlichen Unfall. Ein Lkw ist ungebremst auf ihn aufgefahren.« Neuhoff verzog bei der Vorstellung kurz das Gesicht. »Selbst wenn alles dafür spricht, dass er der Mörder von Hertel war, hätte ich das gerne von ihm selbst gehört ...«

Rieke hatte das Fax inzwischen ebenfalls gelesen und schwieg.

»Was ist los, Rieke? Was geht dir gerade durch den Kopf?«

»Ich hab da so eine Idee ...«, antwortete sie.

»Das letzte Mal, als ich diesen Satz von dir gehört habe, hatten wir kurz darauf zwei polnische Bauarbeiter und eine polnisch sprechende Kollegin hier sitzen.«

Rieke ging nicht darauf ein. Stattdessen lächelte sie ihn vielsagend an und griff nach dem Telefonhörer.

Eine gute Stunde später klopfte es an ihrer Bürotür. Kacper Frankowiak, begleitet von der Polnisch sprechenden Kollegin, betrat den Raum.

»Hallo Patrycja. Vielen Dank fürs Kommen.« Neuhoff signalisierte ihnen mit einer Handbewegung, dass sie sich setzen sollten. Rieke ergriff nach einer kurzen Begrüßung das Wort. Sie wandte sich zunächst an ihre Kollegin. »Ich möchte, dass alles, was von uns gesagt wird, ins Polnische übersetzt wird.«

»In Ordnung.« Die Beamtin nickte.

Rieke beobachtete Frankowiaks Gesicht und Körpersprache, als sie ihn fragte: »Karol Michalski. Sagt Ihnen der Name etwas?«

Bevor die Kollegin etwas sagen konnte, war Frankowiak kreideweiß geworden. Nach der Übersetzung der Frage nickte er.

»Ist das der, den Sie den Ingenieur nennen?«

Die Polizistin übersetzte, woraufhin Frankowiak erneut nickte und dann auf seine gefalteten Hände starrte. Rieke bemerkte, dass er sichtlich in sich zusammengesackt war.

»Herr Frankowiak, Sie haben uns bei unserem letzten Gespräch berichtet, dass Sie und Herr Michalski gemeinsam vorhatten, in die

Wohnung in der Curt-Launstein-Straße einzudringen und dort verschiedene Gegenstände zu entwenden.«

Die Beamtin übersetzte diese und auch alle nachfolgenden Fragen. Frankowiak nickte wortlos.

»Herr Frankowiak, das ist eine Frage, die man mit Ja oder Nein beantworten kann.«

»Tak«, sagte Frankowiak leise.

»Also ja. Es war nachts. Sie waren unten beim Wagen und Herr Michalski in der Wohnung, als ein Mann, das Mordopfer Daniel Hertel, vom Balkon fiel?«

»Tak, uczestniczyłem w tym napadzie«, flüsterte Frankowiak ohne den Blick zu heben. Nun nickte die Polizeibeamtin zustimmend. »Das ist richtig.«

»Sie haben uns weiterhin erzählt, dass Sie nicht wissen, was in der Wohnung passiert ist. Richtig?«

»Tak«, bestätigte Frankowiak leise.

»Wir haben hier eine Nachricht, die Ihnen jetzt vorgelesen wird.«

Jetzt haben wir ihn, dachte Rieke zufrieden und reichte ihrer Kollegin das Fax. Während sie ihm die Nachricht von Michalskis Tod auf Polnisch vorlas, registrierte Rieke in Frankowiaks Gesicht eine Mischung aus Entsetzen, Erleichterung und ungläubigem Erstaunen.

»Würden Sie immer noch behaupten, dass Sie nicht wissen, was in der Nacht genau passiert ist? Oder mal so gesagt, fällt Ihnen etwas ein, was Sie uns zu Ihrer Entlastung noch erzählen möchten?«

Statt einer Antwort wandte sich Frankowiak an seine Übersetzerin: »Czy to prawda? Inżynier naprawdę nie żyje?« Er zeigte auf das Fax.

Die Beamtin nickte bestätigend und antwortete: »To prawda …« Ja, das stimmt wirklich. Er ist tot.

Frankowiak holte tief Luft, und Rieke hatte den Eindruck, dass er erleichtert war. Die Beamtin übersetzte: »Ich schwöre, dass ich nicht mit in der Wohnung war. Aber als Karol wieder nach unten kam, hatte er Blut an seinen Händen. Sehr viel Blut. ›Das war ein Idiot‹, sagte er über den Toten. ›Hätte doch im Zimmer bleiben können, selbst Schuld, wenn's dann von mir was auf die Fresse gibt. Idiot.‹ Dann hat er gegen den Mann getreten. Den Rest wissen Sie ja.«

»Warum sagen Sie das erst jetzt?«, fragte Neuhoff, obwohl alle im Raum die Antwort kannten.

Nachdem Frankowiak die Frage in seiner Sprache gehört hatte, antwortete er auf Deutsch: »Karol gefährlich. On by mniezabił … Er mich töten.«

Alles Weitere war dann nur noch eine Formsache.

Seit einer Woche lag Winfried Wessels Welt in Schutt und Asche. Wieder einmal.

Wäre sein Freund Michael Lehnhorst jetzt da, hätte er darüber reden können. Aber Michael hatte gerade eigene Probleme und wurde von der Polizei festgehalten. Grübelnd saß er wieder einmal an dem alten Küchentisch in Lehnhorsts Wohnung, und versuchte, einen Ausweg zu finden. Einen Ausweg aus einer Situation, die nicht er zu verantworten hatte, sondern andere.

Aber wie er es auch betrachtete: Er war allein. Verlassen. Und verraten.

Es war nicht schwer zu erkennen, dass diese Möller-Seidenbach ihn zum Sündenbock machen wollte. Sie hatte ihn mit ihren haltlosen Unterstellungen und Verdächtigungen zu erpressen versucht und einfach vor die Tür gesetzt. Und seine bisherigen Geschäftspartner neideten ihm den Erfolg, den er sich so schwer erarbeitet hatte. Sie machten jetzt mit ihr gemeinsame Sache. Verräter!

Er hasste nicht nur Möller-Seidenbach, diese machtgierige Tusse, die sich mit ihren weiblichen Qualifikationen einen Job unter den Nagel gerissen hatte, der eigentlich ihm zugestanden hätte. Er hasste auch diese kriminellen Scheißkerle Mahnke und Sawatzki, die ihn erst hemmungslos ausgenutzt und dann verraten und verkauft hatten. Hatte Sawatzki die Frechheit besessen, die Möller-Seidenbach mit ins Boot zu holen? Oder Mahnke? Egal wie, sie steckten jetzt alle unter einer Decke und waren dabei, ihm seine, wohlgemerkt Winfried Wessels!, grandiose Geschäftsidee zu stehlen und sich eine goldene Nase zu verdienen. Diese Schweine verdankten ihm so viel, aber nun wollten sie ihn nicht mehr kennen. Einfach so, als wäre nie etwas gewesen. Das würden sie bereuen, diese undankbaren Verräter und Diebe.

Sogar Hendrikje hatte ihn fallen lassen, ihn verstoßen, als er sie so dringend gebraucht hatte. Der schlimmste Verrat. Und sie hatte ihn beklaut, hatte das Geld aus dem Safe genommen, seine Uhren, die Autoschlüssel ...

Wessel schlug so fest auf den Tisch, dass das Glas umkippte: Möller! Und noch ein Schlag: Mahnke! Dann dreimal: Sa! watz! ki! Sein leeres Glas rollte über die Tischkannte und fiel klirrend auf den Boden. Er würde Rache nehmen. Sie wollten ihn in den Abgrund stürzen? Nur zu! Aber er würde nicht fallen. Dafür würde er sorgen. Er würde beweisen, dass er das Opfer einer niederträchtigen Verschwörung war, die Möller, Mahnke und Sawatzki ausgeheckt hatten.

Er hob sein Glas auf und schenkte sich den restlichen Wodka ein, der seit einer Woche auf dem Tisch stand. Er war warm und brannte höllisch in der Kehle. Aber der Alkohol half, seine aufgewühlten Gedanken zu beruhigen. Sein Entschluss stand fest. Er würde ihnen zeigen, dass er alles im Griff hatte und die Rückschläge der letzten Woche nur als einen kleinen Knick in seiner unaufhaltsamen Kariere betrachtete. Und das, obwohl die letzten Tage für ihn alles andere als leicht gewesen waren: Zunächst hatte er von Lehnhorsts Festnetzanschluss Rita im Empfang der *Mieterparadies* angerufen. Aber die wollte nicht mit ihm reden und ihm schon gar keinen Gefallen tun. Das bedeutete, dass er an den Datenstick in seinem Büro so schnell nicht herankam.

Möller-Seidenbach wartete auf seine Kündigung. Da konnte sie lange warten. Sollte sie ihm doch kündigen. Sie würde schon sehen, was sie davon hatte.

Mahnke hatte ihn abblitzen lassen. Alle Geschäfte wären beendet. Er solle ihn nicht mehr anrufen.

Und am Freitag, endlich, hatte er Sawatzki erreicht. Der hatte ihm auch die kalte Schulter gezeigt. Dann hatte er ihn ganz nebenbei darüber informiert, dass er mit der Möller-Seidenbach ein besseres Arrangement getroffen habe. Er wäre raus. Endgültig.

Hendrikje hatte er erst am Sonntag gesprochen. Sie sagte, sie habe Abstand gebraucht. Es wäre so erniedrigend gewesen, als sie am letzten Montag mit Lieke das Haus verlassen wollte und von der Polizei aufgehalten wurde. Sie hätten die Wohnung von vorne bis hinten durchsucht.

Und sie sagten, er wäre erst einmal auf dem Revier. Da hatte sie ihre Sachen gepackt und sei zu ihren Eltern gefahren. Als Wessel sie nach dem Geld fragen wollte, hatte sie einfach aufgelegt und das Handy abgeschaltet.

Also war es höchste Zeit, diese Verschwörung gegen ihn ein für alle Mal aufzudecken und die wahren Schuldigen zu entlarven. Dann hätte er im Anschluss genug Zeit, sich auch um Bumbke, dieses Arschloch, und seine liebste Hendrikje Gedanken zu machen.

Wessel trug noch immer den Anzug, mit dem er am letzten Montag überraschend sein ehemaliges Büro verlassen musste. Er hatte nicht geduscht, und auch den Rasierer hatte er nicht angefasst. Aber all das kümmerte ihn nicht.

Ohne sich über sein Aussehen Gedanken zu machen, zog er seine Jacke an und verließ das Haus. Um halbwegs klar und wach zu werden, ging er die Zeppelinstraße entlang und wartete an der Haltestelle Parsevalstraße auf den Bus.

Er bezahlte nicht. An der Haltestelle Polizeipräsidium stieg er aus und ging die wenigen Meter bis zum Haupteingang.

Er musste mehrfach fragen, bis er vor dem Gang stand, in dem Rieke Sengers Büro sein sollte.

»Kann ich Ihnen helfen?«, sprach ihn eine Uniformierte an, die sein Zögern bemerkt hatte. Dabei musterte sie ihn skeptisch.

»Frau Senger«, flüsterte er und lehnte sich an die Wand. Seine Beine zitterten.

»Ist Ihnen nicht gut? Brauchen Sie etwas?«, fragte die Beamtin besorgt.

Wessel schüttelte den Kopf und atmete durch. Gleich würde er alles klarstellen. Alles war eine Intrige gegen ihn, in der er als Sündenbock dargestellt werden sollte, angezettelt von der Möller-Seidenbach. Die anderen hatten sich drangehängt und versuchten ihn reinzulegen. Er würde jetzt reinen Tisch machen und alles klarstellen, damit die begriffen, *wer* das eigentliche Problem hier war!

»Hallo?« Die Beamtin schien nun noch mehr besorgt und fasste ihn an den Arm.

»Geht schon, danke. Zu Frau Senger …«.

»Den Gang bis fast ans Ende, dann auf der rechten Seite. Der Name steht an der Tür. Soll ich eben mitkommen?«

»Nein danke. Geht schon. Ich komme klar.« Wessel machte sich aus ihrem Griff frei und ging etwas wackelig in die angegebene Richtung. Die Beamtin schaute ihm nach, bereit, ihm notfalls zu folgen.

Dann fand er das Büro, Kommissarin Sengers Name stand auf einem Schild an der Wand neben der Tür. Wessel schloss kurz die Augen. Jetzt machte er reinen Tisch. Jetzt würde er alles aufklären. Und wenn alles gut ginge, würde er schon Morgen wieder mit Hendrikje und Lieke am Frühstückstisch sitzen und eine neue Zukunft planen. Vielleicht würde er sogar mit Hendrikje einen Ausflug im Audi machen. Genau. So würde es sein.

Nachdem Patrycja und Frankowiak das Büro verlassen hatten, lehnte Rieke sich in ihrem Bürostuhl zurück und streckte sich.

»Mensch, bin ich froh, dass wir diesen Fall abschließen können. Ich habe selten so etwas Verworrenes erlebt.« Dann fiel ihr noch etwas ein.

»Noch was zu Bumbke. Der hat ja hinsichtlich der Abrechnungen einiges an Beweisen gesammelt, das auf einen ausgeklügelten Betrug hinweist. Also auf mich wirkte das schon sehr überzeugend. Meinst du nicht, wir sollten unseren zuständigen Kollegen da mal einen Hinweis geben?«

»Das sollten wir. Ich habe das unbestimmte Gefühl, dass dieser Wessel seine Finger da drin hat. Nach dem, was Lehnhorst angedeutet hat, ist der nicht so unbedarft, wie er tut. Selbst wenn es nicht mehr um den Mord geht, sollten wir uns ein zweites Mal mit ihm unterhalten. Laden wir ihn also noch einmal vor?«

Bevor Rieke antworteten konnte, klopfte es an der Tür. Auf ihr »Herein« stand zu ihrer Verblüffung Winfried Wessel in der Tür. Sie mussten zweimal hinsehen; er war unrasiert, sein Anzug war dreckig, und er roch nach Alkohol.

»Sie haben uns gerade noch gefehlt!«, platzte es aus Rieke heraus.

Wessel war völlig verunsichert. »Komme ich ungelegen? Ich wollte Sie eigentlich nur sprechen, also dachte ich …«, stammelte er.

Neuhoff fiel ihm ins Wort: »Nein, ganz und gar nicht. Sie meint es tatsächlich so. Also kommen Sie rein, setzen Sie sich und legen los.«

Mit so einer Begrüßung hatte Wessel nicht gerechnet. Etwas verlegen trat er ein und schloss leise die Tür hinter sich. Er hätte jetzt gerne einen Schluck Wasser getrunken. Aber als er erst einmal mit dem Erzählen angefangen hatte, konnte er nicht mehr aufhören. Er würde sie schon von seiner Unschuld überzeugen.

Genau, dachte er. Jetzt sollten sie alles erfahren. Alles.

Epilog

Montag, 23.05., später Nachmittag | Rotenburg an der Wümme
Als hätte er die Norddeutschen für einen launischen April entschädigen wollen, zeigte der Mai sich von seiner schönsten Seite. Wie immer montags hatte das Restaurant *Lampenputzer* Ruhetag. Dennoch herrschte auf der Terrasse hinter dem Haus reger Betrieb.

Unter großen Sonnenschirmen war eine lange Tafel aufgebaut, an der fast alle Plätze besetzt waren. Neben dem Eingang zum Gastraum rauchte ein großer Grill. Während der Hausherr Horst Schütte ins Haus ging, um das Grillgut zu holen, versorgte Carmen ihre Gäste mit Getränken. Sie hatte ihren Geburtstag und die stabile Wetterlage zum Anlass genommen, zum Grillen einzuladen. Jeder hatte sich einen Platz ausgesucht: Elli Brandt saß neben Marie, die ihrerseits darauf bestanden hatte, dass Ben neben ihr saß. Es folgten Carmen und Horst. Vier weitere Plätze waren von Carmens jüngerer Schwester, deren Mann und zwei Töchtern besetzt, die ebenfalls in Rotenburg lebten.

Rieke konnte von ihrem Platz auf die Wümme sehen. Die anhaltende Wärme hatte den Wasserstand gesenkt, und der Fluss wirkte auf sie, als wäre er durch die Hitze so träge geworden wie die Menschen. Ihr Blick fiel auf die Gartenanlage und das Haus. Es war wirklich ein bemerkenswertes Restaurant, nicht nur durch die Qualität des Essens. »Eine wahre Goldgrube« hatte ein Kollege das mal genannt, der hier Gast gewesen war. Rieke dachte an die viele Arbeit und Zeit, die die Schüttes hier investiert hatten, und fand den Vergleich mit der Goldgrube nicht so passend. Das hieße ja, man muss zwar schürfen, aber dann ›sprudelt‹ es irgendwann von selbst. Vielleicht könnte man es mehr mit einem Goldstück vergleichen, aus dem man nach und nach mit viel Einsatz und Voraussicht mehr machen kann, überlegte sie weiter. Sie hörte Marie lachen, weil Ben gerade irgendeinen Quatsch mit ihr gemacht hatte, und sah zu den beiden rüber. Wenn es hier überhaupt ein Goldstück gab, dann war es sechs Jahre alt und kringelte sich gerade vor Lachen, beendete sie ihren Gedankengang und wandte ihren Blick wieder dem Fluss zu.

Horst hatte inzwischen das Grillgut auf dem Rost verteilt und war zum Tisch gekommen, um einen Toast auf seine Frau auszusprechen. Irgendjemand stimmte »Happy Birthday« an, alle sangen mit und ließen Carmen hochleben, die sich gerührt bedankte. Ihre Schwester erhob sich mit den Worten »Bleib mal sitzen, ich geh schnell rein und hol die Beilagen«, was Carmen gerne annahm. Ben stand ebenfalls auf, um Horst am Grill zu unterstützen. Carmen beugte sich über den Tisch zu Rieke und sagte: »Danke für das schöne Geschenk! Wer hätte das gedacht, dass ich so schnell mit dir wieder in die Wachtelhof Therme komme!«

»Gern geschehen«, antwortete Rieke, »Mir hat es dort ja auch so gut gefallen! Bis auf manche Gäste …«, ergänzte sie in Anspielung auf den Streit zwischen Möller-Seidenbach und Petersson bei ihrem ersten Besuch im März.

»Die sehen wir bestimmt nicht so schnell wieder, sind ja keine Stammgäste, wie wir! Prost, Rieke.« Carmen nahm ihr Sektglas und stieß mit ihrer Freundin an, die sich an alkoholfreies Bier hielt. »Ah, das Essen kommt!«

Ben, dessen Hand wieder verheilt war, verteilte wahlweise Fleisch, Fisch und gegrilltes Gemüse an die Gäste.

Als er Rieke eine Bratwurst auf den Teller legte, warf sie einen Blick darauf, rümpfte die Nase und lehnte sich kurz zurück. Plötzlich stand sie auf und verließ mit den Worten »bin gleich wieder da« die Runde, um ins Haus zu laufen. Carmen sah noch, dass sie sich die Hand vor den Mund hielt, dann war sie im Inneren des Hauses verschwunden.

Ben stellte den Teller ab, um ihr hinterherzugehen, aber Carmen war schon aufgestanden und ihm zuvorgekommen. Mit gerunzelter Stirn verteilte er weiter das Essen. Die anderen Gäste waren beschäftigt und hatten von alledem nichts bemerkt.

Kurz darauf kam Carmen zurück an den Tisch. Sie lächelte, und Bens Stirn glättete sich augenblicklich.

Als sie an ihm vorüberging, strich sie kurz über seinen Arm, und er verstand. Inzwischen kam auch Rieke zurück, etwas blass noch, aber ansonsten wohlauf. Sie setzte sich auf ihren Platz zurück und nahm sich ein Stück Baguette.

Carmen klopfte behutsam mit einem Löffel an ihr Glas. Sie erhob sich. »Ich möchte euch nur sagen, wie sehr ich mich freue, dass ihr alle gekommen seid, und wir an so einem schönen Tag an so einem schönen Ort feiern können!« Sie hob ihr Glas und ihre Gäste machten es ebenso.

Riekes Abwesenheit war jedoch einer Person nicht entgangen, und die meldete sich nun zu Wort.

»Rieke, warum bist du denn eben weggelaufen und hast die Hand vor den Mund gehalten?«

Alle Augen richteten sich auf Marie.

»Mir ging es einen Moment lang nicht so gut, aber nun ist alles wieder in Ordnung.«

»Und warum isst du deine Wurst nicht?« So leicht gab sich eine Sechsjährige nicht zufrieden.

Ben sah seine Freundin an und nickte ihr ermunternd zu.

»Also gut«, nahm Rieke den Ball auf. »Ich wollte es eigentlich noch nicht so früh bekanntgeben. Ben und ich bekommen ein Kind. Und es sieht gerade so aus, als wenn ich vieles, was ich sonst gerne esse, nicht einmal mehr riechen kann.«

Für einen kurzen Moment schwieg die Runde überrascht, dann gab es ein Riesenhallo. Alle beglückwünschten die werdenden Eltern, es wurde gefragt, wann ist es denn soweit, gelacht und darauf angestoßen.

Marie schien noch etwas zu beschäftigen. »Bin ich dann eine Tante, wenn das Baby da ist?«

»Nein«, antwortete Ben, »wir sind ja nicht verwandt.«

»Vielleicht bin ich ja eine Oma«, witzelte Marie und kicherte über ihre Idee.

Carmen sah zu ihrer Tochter. »Das hat sie von ihrem Vater«, kommentierte sie, »der lacht auch immer so gerne über seine eigenen Witze!«

Horst lächelte seine Tochter an und zwinkerte ihr mit einem Auge zu. Marie zwinkerte zurück.

Elli wandte sich der Kleinen zu. »Marie, du bist keine Tante oder so, aber bald ein Schulkind, das ist doch mal was.« Dann sprach sie Ben und Rieke an. »Das ist ja wirklich schön, dass Sie Eltern werden. Also, ich bin ja noch gut auf Zack, wenn Sie dann mal einen Babysitter brauchen …«

»… und mich auch dazu …«, bot Marie an.

Ben streichelte Riekes Hand. »Bei so viel Hilfe kann ja nichts mehr schiefgehen, was?« Rieke nickte und schmunzelte. In der Tat, dachte sie, er lässt sich gut an, der neue Abschnitt in meinem und Bens Leben mit diesen Menschen um uns herum. Ihre Familien würden genauso erfreut reagieren, wenn sie es als nächste erfuhren. Sie drückte Bens Hand, die immer noch auf ihrer lag.

Auf einmal schossen ihr vor Rührung Tränen in die Augen. Na super, dachte sie, erst kotzen, dann heulen; das kann ja heiter werden.

Danksagung

Wir bedanken uns bei Patrycja Deev für ihre Übersetzungen ins Polnische und Jan Rietdijk für seine Hilfe bei Übersetzungen ins Niederländische.

Ebenfalls eine große Hilfe waren die Anmerkungen unserer »Testleser« Cinja Gründl, Monika Grohnfeldt, Karl-Erik Müller und Jan Grohnfeldt. Danke!

Last but not least auch ein herzliches Dankeschön an unsere Verleger Linda und Kai Falkenberg für die Ermutigung zu diesem Buch, die unkomplizierte Zusammenarbeit und den kritisch-konstruktiven Blick auf das Manuskript.

Katrin Steengrafe und Dieter Grohnfeldt

Über die Autoren

Katrin Steengrafe, Jahrgang 1959, ist promovierte Pädagogin und seit vielen Jahren in leitenden Funktionen im Sozialwesen tätig. Seit 2018 unterstützt sie zudem auf selbständiger Basis soziale Einrichtungen bei der Erstellung von Konzepten. »Wesergold« ist ihr vierter Krimi. Katrin Steengrafe lebt mit ihrem Mann in Achim bei Bremen; die beiden haben zwei Töchter.

Dieter Grohnfeldt, Jahrgang 1956, arbeitete bis zu seiner vorzeitigen Verrentung als Verkehrsmeister und Statistiker bei der Bremer Straßenbahn. Seit seiner Jugendzeit gehört neben der Musik das Schreiben von Kurzgeschichten zu seinen Hobbies. Dieter Grohnfeldt lebt mit seiner Frau Monika in Bremen. Das Paar hat zwei Söhne.

Die beiden Autoren sind seit Jahrzehnten freundschaftlich und musikalisch verbunden. »Wesergold« ist ihr erstes gemeinsames literarisches Projekt.

Weitere Regional-Krimis von Katrin Steengrafe

Wenn du noch eine Mutter hast
144 Seiten, 9,90 Euro
ISBN 978-3-95494-054-7

Das Einzige, was Carmen Schütte immer wieder aus dem Gleichgewicht bringt, ist die komplizierte Beziehung mit ihrer Mutter. Als diese in der Toilette eines Zuges erdrosselt aufgefunden wird, stürzt ihr gewaltsamer Tod Carmen in ein Chaos der Gefühle. Dieses wird komplett, als sie sich in dieser Situation auch noch verliebt. In ihrer Trauer und der gleichzeitigen Euphorie einer neuen Liebe nimmt sie eher am Rande wahr, dass sich im Zusammenhang mit dem Mord immer mehr Ungereimtheiten ergeben ...

Mord an der Wümme
244 Seiten, 9,90 Euro
ISBN 978-3-95494-126-1

Der 20-jährige Sven Hartmann wird am Borgfelder Deich tot aufgefunden. Weder ein Motiv noch weitere Hintergründe des Mordes sind erkennbar. Die Kommissarin Rieke Senger tappt bei ihrem ersten Fall in Bremen völlig im Dunkeln. Welche Rolle spielt der Verein »Helfende Hände e.V.«, bei dem Hartmann gerade eine Ausbildung absolvierte und Carmen Schütte ihre Stelle antritt? Die einzige Zeugin, ein depressives Mädchen, hüllt sich in Schweigen ...

Weserdonner
232 Seiten, 9,90 Euro
ISBN 978-3-95494-127-8

Ein rätselhafter Mord an einem älteren Mann beschäftigt die Bremer Mordkommission. Bei ihren Recherchen stoßen die Kriminalisten immer wieder ins Leere. Sowohl die Exfrau, seine ehemalige Lebensgefährtin, aber auch Freunde und Kollegen hüllen sich in Schweigen oder machen widersprüchliche Aussagen. Schließlich führt die Spur in die Firmengeschichte einer großen, inzwischen insolventen Bremer Werft, wo der Tote Vorsitzender des Betriebsrates war. Als die Kommissarin Rieke Senger sich fast am Ziel wähnt, gerät auch ihr Leben in Gefahr ...

Regional-Krimis von Christa Picard

Best-seller

Mord im Moorexpress

192 Seiten, Taschenbuch, Format 14 x 19 cm
9,90 Euro
ISBN 978-3-95494-139-1

Gerade hat der Moorexpress seine letzte Saisonfahrt beendet, da entdecken die Eisenbahner in ihrem Zug einen Toten. Die Mordkommission steht vor einem Rätsel: Bei dem Opfer, einem älteren, gut gekleideten Herrn, finden sie keine Hinweise auf seine Identität. Niemand hat etwas von dem Mord mitbekommen. Die Ermittler machen sich auf die Suche nach den Mitreisenden. Einer von ihnen muss der Mörder sein …

Ein kniffliger Fall für Kommissar Peter Köster, Gisela Schmidt, Leiterin der Verdener Mordkommission, und ihr Team. Und dann ist da noch dieses Tagebuch einer jungen Frau aus dem Jahr 1943. Die Spuren führen ins Teufelsmoor …

Der Krimi handelt in nahezu allen Orten an der Moorexpress-Strecke: Bremen – Osterholz-Scharmbeck – Gnarrenburg – Worpswede – Bremervörde – Stade.

Verschollen im Teufelsmoor

184 Seiten, Taschenbuch, Format 14 x 19 cm
9,90 Euro
ISBN 978-3-95494-176-6

Der neue Fall von Kommissar Köster: Sonja Brünjes meldet ihre Mutter vermisst. Aber ist sie wirklich vermisst oder mit der neuen Liebe durchgebrannt? Als sie nach einer Woche nicht wieder zur der Arbeit erscheint, fangen die Osterholzer Kommissare mit ihren Ermittlungen an. Die Vermutung liegt nahe: Sonja ist nicht freiwillig untergetaucht.

Die Spuren führen ins Teufelsmoor, wo die Polizei in den Resten einer frisch abgebrannten Moorkate einen Schuh und eine Haarbürste der Vermissten findet. Doch welche Rolle spielen die Russen-Mafia, ein verschollenes, wertvolles Gemälde aus der NS-Beutekunst und die Bremer Spedition Spreewald und Schraube?

Ein weiterer kniffliger Fall für Kommissar Peter Köster, Gisela Schmidt, Leiterin der Verdener Mordkommission, und ihr Team.